L'amore

è anche fatto di

niente

DM. CALLISTO

L'amore è anche fatto di niente

Copyright © 2022 DM. Callisto

Codice ISBN: 979-12-200-8665-3

In copertina: illustrazione di DM. Callisto

Ogni onda del mare ha una luce differente proprio come la bellezza di chi amiamo.

VIRGINIA WOOLF, *Al Faro*

Per apprezzare la bellezza di un fiocco di neve è necessario resistere al freddo.

ARISTOTELE

A volte bisogna annegare per arrivare alla meta.

DM. Callisto

1   Dimenticami come se non fossi mai esistito

La luce della luna illuminava gli alti palazzi del quartiere. Il silenzio echeggiava nell'ampio parcheggio, pieno di automobili come sardine compresse dentro una scatoletta. Le figure dietro i vetri delle case, parzialmente celate dalle tende, erano pressoché immobili davanti agli schermi televisivi. Uomini, donne, ragazzi, bambini, neonati, madri, fratelli, amanti, quasi sotto ipnosi, erano intenti a catturare ogni singolo fotogramma; assetati e avidi di quella linfa vitale che penetrava i loro occhi. Dal parcheggio vicino casa a me parevano morti viventi prosciugati di energie e della volontà di interagire o pensare.

Lampi di colore incessanti si infrangevano sulle finestre, abbaglianti come una scarica di mitragliatrice; solo le tinte rassicuranti della pubblicità potevano regalare una tregua per guardarsi di nuovo negli occhi e ritornare a stralci di vita reale.

Le particelle di polvere illuminate dai lampioni e mosse dal vento, quasi come una costellazione di lucciole, mi riportavano a ben altri pensieri, portando alla mente strane riflessioni, domande che sarebbe meglio non porsi e risposte che forse è meglio non conoscere. La luna, compagna fedele di sempre, mi avrebbe illuminato quando, tenendo saldi i remi, avrei navigato come Caronte in quel fiume di pensieri confuso e affollato, decidendo quelli da seppellire, a cui poggiare sopra due monete per dir loro addio.

Sarebbe stato bello vedere il mare dalla finestra della mia stanza o poter raggiungere un luogo poco distante da cui poter osservare il ritirarsi delle onde sulla battigia. Di sicuro il suono tranquillizzante del mare avrebbe cullato la mia tristezza e portato infine a pensieri più dolci. Pensavo, forse sarebbe stato meglio se qualcuno di noi due non fosse mai esistito: magari io, magari tu, forse entrambi. Di certo mi sarei offerto volentieri io, piuttosto di privare i tanti che ti avrebbero potuto conoscere o solo incontrare. Al miracolo di vedere tanto splendore racchiuso in quell'esile corpo: la perfezione delle tue forme, delle espressioni e dei tuoi difetti. Magari esiste un altro mondo in cui ci conosciamo già o siamo qualcosa di più di semplici conoscenti. La teoria degli universi paralleli, della distorsione spaziotemporale, in cui è possibile che ciò che accade qui e adesso non sta accadendo ovunque davvero. Chissà in quanti di questi universi siamo felici, in quanti non lo siamo. Sono di più quelli in cui abbiamo fatto del male o del bene? In quanti esistiamo ancora o il nostro ricordo vive ancora in qualcuno? La possibilità di essere tutto quello che non sono oggi e tutto quello che ho sempre voluto diventare. Il riflesso sbiadito di un io migliore, che in questa realtà è già partito con un biglietto di sola andata. E in verità, sono proprio sicuro che se potessi traslare in un'altra parte, sarei veramente disposto a fare il salto? La risposta riecheggia senza alcuna esitazione: sì. La mia scomparsa prematura lascerebbe di certo un solco leggero nel vento. Di quelli che non causano effetti disastrosi. Un battito d'ali, un soffio impercettibile che diventa velocemente passato ed è subito dimenticato.

Diciamoci la verità Remo. Il detto "nessuno è indispensabile, tutti sono sostituibili" ti descrive abbastanza. Anche se, forse, in fondo, vale per tutti. Quasi tutti. Forse dipende da quanto ampio è il cerchio di persone ed eventi che si considera. Per la tua famiglia e per gli amici stretti sei importante, soprattutto in alcune fasi della vita. Anche nel piccolo del tuo lavoro, in un esatto momento, sei fondamentale o addirittura determinante. Tanto più il tuo cerchio, la tua dimensione, le tue prospettive si ampliano e con esse amici, amanti, nemici, colleghi, conoscenti, parenti lontani, sconosciuti, ufficio, azienda, città, paese, quanto più diventi insignificante. E allo stato attuale degli eventi, per come sei dentro e fuori, non c'è proprio nulla che tu possa fare per cambiare le cose. E anche se ci fosse un modo per farlo, probabilmente non le cambieresti affatto. Perché tutto sommato, forse l'importante è fare la differenza per quel piccolo cerchio, visto che, prima o dopo, diverremo insignificanti per quello che include tutto. Sarà il tempo a disperdere le nostre ceneri in fondo al mare.

Potrebbe essere già troppo tardi adesso. Ci sono cose che non possiamo cambiare, altre che cambiano senza il nostro volere. Chissà se esiste il mondo in cui ciascuno di noi è in grado di cambiare le traiettorie della vita sempre e comunque, in cui le conseguenze non sono mai inevitabili e le scelte non sono mai davvero così cruciali. Tutto può essere riscritto, piegato dal vento come una spiga di grano. In quel momento, però, le nostre scelte non avrebbero quasi più significato. Le prenderemmo in modo distratto, senza badarci troppo, senza tenere in conto alcun rischio, con totale leggerezza. Molto di più almeno di quanto facciamo adesso. È certo che la vita sarebbe sì più facile, ma a tratti noiosa, priva di senso, ridicola, di certo meno interessante.

Chissà se nell'universo in cui non sono mai nato o in cui sono venuto al mondo solo per un istante, le persone che in questa vita ho amato, conosciuto, sfiorato per caso, sono più felici. Sono mai stato essenziale per qualcuno?

Come sarebbe stato se non fossimo mai esistiti?

Riflessioni esistenziali sottosopra.

Ci siamo chiesti per troppo tempo perché esistiamo. A volte dovremmo chiederci come sarebbe il mondo senza noi.

Solo allora magari potremmo svegliarci con occhi diversi.

Riparare il male inflitto con ragione o senza motivo.

Dimenticare l'inutile e l'accessorio.

Smettere di odiare il prossimo.

Perdonare anche i più terribili torti subiti.

Abbandonare il superfluo.

Vestirci solo del nostro vero io.

Sfoggiare la nostra anima nella sua assoluta e trasparente imperfezione.

Ricordare solo l'essenziale.

Ammirare la luna e vedere nel suo riflesso ciò che è invisibile agli occhi.

Amare senza pretese.

Amare senza condizioni.

Amare senza domani.

Se avessi solo un giorno da vivere che cosa farei? L'amore effimero delle libellule. Correrei da te. Con ali spezzate, trasportato dal vento amico. Senza cambiare i vestiti che indosso. Senza perdere tempo a guardarmi allo specchio o a sistemarmi i capelli. Lasciando aperta la finestra della camera da letto. Senza chiudere a chiave la porta di casa. Non userei l'ascensore, troppo lento e con il rischio che si fermi tra un piano e l'altro come accadde qualche anno fa. Non darei alcuna risposta e nemmeno un accenno di saluto alla vicina che mi rivolge domande tentando di bloccarmi sulle scale. Non aspetterei l'autobus, ma darei fuoco ai polpacci, sfruttando ogni più piccolo muscolo. Sentirei il cuore pompare sangue e vita dentro di me. Ignorerei tutte le cose inutili, eppure belle, che emergono e colorano questo mondo. Ignorerei tutti quegli sguardi dai dehors dei bar, dalle vetrine dei negozi, dai finestrini delle automobili. Non baderei alle gocce di sudore che mi rigano la fronte o ai capelli ribelli che animati di vita propria mi coprono parzialmente la vista.

Rallenterei solo un attimo prima di arrivare da te, ma solo per un po'. Per riprendere fiato e per non farti scappare.

Passo dopo passo, assaporerei lentamente l'istante prima di raggiungerti. Mi farei attraversare gli occhi dai più piccoli dettagli che ti circondano, perché la bellezza è lì, nelle piccole cose. Spegnerei gli occhi per registrare ogni suono artificiale e naturale. Respirerei a pieni polmoni l'aria inquinata dai tubi di scappamento e le minuscole particelle di verde.

Ti guarderei come fossi una dea, sfiorandoti le mani e il viso.

E con le gocce di sudore sulla fronte, la maglietta stropicciata, il cuore a pieno regime, i polpacci doloranti, ti direi: «Sono questo che vedi e come mi vedi. Ho corso per venire da te, come mai ho fatto prima d'ora, perché mi sono reso conto che non voglio passare un altro singolo giorno senza te. Forse abbiamo solo poche ore prima che finisca questo giorno, poche ore al tramonto. Voglio passarle con te. Dammi del matto se vuoi, forse lo sono davvero. Forse non ti sembrerà reale, ma lo è. Io sono qui e sta succedendo qualcosa. Parliamone se vuoi, oppure non parliamone affatto. Prendi la mia mano e andiamo insieme. Non importa dove e come.»

Insolita la nostra condizione, il nostro modo d'essere che ci spinge a non rivelarci, a esitare. Cosa aspettiamo? Cosa aspetto io?

La finestra trema. È il vento che tenta di parlare e richiamarmi a sé, ma non lo ascolto. Ha cambiato direzione e vuole salvarmi da domande senza risposta. Non riesce a interrompere questo flusso di pensieri, la malinconia ha preso il sopravvento.

Forse prima o poi ci dimenticheremo.

Forse mi hai già dimenticato.

Forse è in questo esatto momento che il mio ricordo si sta lentamente dissolvendo in te.

Forse sono io che voglio spezzare le catene a cui è legato il tuo ricordo.

Caronte, prendi pure questi pensieri e questi ricordi, portali dovunque con te. Non sei affatto un demone. Sei salvatore di anime. Trasportatore senza pace di queste rive.

Aldilà del fiume adesso, conducimi dove la realtà fa meno male.

Aldilà del fiume adesso, dove mi abbandono lentamente.

Aldilà del fiume adesso, dove non ci sono finestre per poter ricordare e pensare.

2   Dimenticami come una pagina volata via

Stasera riflettevo, la vita è proprio buffa a volte. Ieri mattina, mentre bevevo il solito caffè nero schiarito con un po' di latte, ho visto fuori dalla finestra un piccolo aeroplano di carta bianca apparire dal nulla e sparire allo stesso modo. Ho creduto per un attimo di aver avuto un'allucinazione, ho guardato la tazzina di liquido caldo fumante che avevo iniziato a sorseggiare in malo modo e l'ho allontanata con sospetto, accusandola di quello strano avvenimento. Forse lo stabilimento che produceva il caffè lavorava anche qualche altro estratto ricreativo più o meno legale. E, per errore o per uno scherzo finito male, alcuni lotti erano il risultato di un mix allucinogeno. Poco fa però, un altro aeroplano di carta è sfrecciato all'improvviso nella direzione opposta al primo, oppure era il primo che ritornava da dov'era partito. Ho lanciato un'occhiataccia al caffè e mi sono deciso a indagare. Scrutando dalla finestra non ho visto niente di fronte, ma quando stavo per guardare a sinistra qualcosa mi è sfrecciato davanti. Mi è sembrato per un attimo di essere stato preso di mira, ma ho notato poi due ragazzini, con le sembianze di adulti, che da due finestre aperte negli alti palazzi che abbracciano il mio ridevano a crepapelle lanciandosi l'un l'altro quel piccolo aereo di carta, sfidando il vento e la distanza. Senza un motivo ben preciso hanno rallegrato anche me. Guardandoli sono tornato indietro nel tempo a quando volevo fare il pilota, volevo fare la guerra e combattere per la pace.

Che strano il mondo in cui viviamo, in cui un giovane infante giunge a ritenere che sia necessaria la guerra per ottenere la pace. Ed è forse crescendo con quell'idea sbagliata che andiamo incontro alla distruzione del mondo e dell'essere umano. Non ci prendiamo per mano e, se lo facciamo, abbiamo celato un coltello affilato, pronto a ferire o uccidere. Non c'è mai fiducia nel prossimo, ma il timore costante di essere traditi. Riecheggiano nei pensieri frasi del tipo "occhio per occhio dente per dente" oppure "scaglia la prima pietra prima che sia il tuo nemico a colpirti".

Queste riflessioni da quattro soldi mi hanno fatto ritornare alla situazione che viviamo da qualche mese, mia cara sconosciuta. Ho osservato per troppo tempo, aspettando un segnale, una scusa, un atto di coraggio inaspettato per fare la prima mossa. Se invece non dovessi aspettare, ma tentare di creare un'occasione? Il parco che scandisce i nostri incontri, se così possono definirsi, potrebbe trasformarsi nel luogo ideale per ridurre i pochi metri che ci separano l'un l'altra. Mi è sovvenuta alla mente una soluzione semplice, ma allo stesso tempo geniale. No, non lancerò verso te un piccolo aeroplano di carta come un idiota, ma farò in modo che le mie parole arrivino a te, che trovi qualcosa che ho scritto e che parla di me. Qualcosa che eviti che arrossisca come un pesce rosso nel tentativo di parlarti o che non riesca a proferire una parola.

E, così, ho riportato i miei pensieri su un foglio di carta bianca, ho scritto che la mia timidezza mi frena, che vorrei parlarti, ma esito sempre per paura di iniziare nel modo sbagliato, di sputare fuori, distratto, qualche battuta senza senso. Ho scritto che non ti conosco, ma che ho la sensazione di capirti e che mi piacerebbe parlarti, spero sia lo stesso per te. Sì, forse questo può essere il modo giusto per iniziare. Le lettere d'inchiostro non sono come quelle pronunciate, possono essere meglio controllate, si piegano silenziose al tuo volere. Se sfuggono al tuo controllo, per ribellione o distrazione, puoi sempre appallottolare il foglio e tentare di fare centro nel cestino adibito a canestro. E ricominciare da capo, volta dopo volta. Dopo tre tentativi falliti, dopo qualche riga, il rivolo di parole è riuscito spontaneamente ad affiorare riversandosi in tre pagine. Rileggendo la lettera, tutto sommato, mi è sembrata né troppo smielata, né troppo noiosa o banale. E poi ho scritto in fondo, *da Remo - il ragazzo della panchina di fronte.* Se tutto fosse andato come previsto, sarei stato lì di fronte a te, pronto ad incontrare i tuoi occhi.

Il giorno dopo, con un obiettivo chiaro in mente, sono arrivato strategicamente al parco prima del solito orario. Dopo essermi accertato che tu non fossi nei paraggi, ho posato sulla panchina i tre fogli di carta. Adesso bastava solo che tu li leggessi. Ho aspettato che venissi, pieno di timori, e ho pensato più volte di alzarmi e nascondere quelle pagine nelle tasche del mio giubbotto blu. Ogni minuto che passava cambiavo idea sul da farsi e più volte sono stato sull'orlo di alzarmi e andarmene. In fondo, pensandoci bene, magari avrei potuto risparmiare una delusione. Forse avresti riso di me o forse non avresti neanche dato importanza a quei fogli bianchi tinti d'inchiostro. Il primo scenario era di certo peggiore del secondo. Chissà se un'anziana signora, come quella che vedo passarmi di fronte adesso, ti avrebbe battuto sul tempo. Avrei dovuto sottrargli le mie parole con la forza? Altro che un errore di destinatario, l'avrebbe considerata una dichiarazione da parte di un suo attempato e misterioso spasimante del parco. Avrebbe finito col picchiarmi con il suo lungo ombrello, che probabilmente portava sempre con sé e occasionalmente adibiva a bastone da passeggio. La signora mi fissava quasi in malo modo adesso. Forse riusciva a percepire quello che stavo pensando oppure non le piacevo affatto e voleva picchiarmi a prescindere.

Dopo dieci minuti, la tua sagoma si delineò in lontananza. Avevi una maglietta viola, la stessa che indossavi sabato, e una gonna nera che ti arrivava alle ginocchia, tanto leggera da ondeggiare anche in un giorno senza vento e ad andatura lenta. Quando venti passi o poco più ti separavano dalla mia dichiarazione scritta, il cuore incominciò ad aumentare il ritmo. Mi sentivo instabile e le mani si sforzavano di stare ferme. Venivano controllate malamente dalla mia volontà e allarmanti si facevano i segnali per la temperatura corporea che si era insolitamente e bruscamente innalzata. Sconcertato, contavo alla rovescia in silenzio: "otto, ancora sette passi, sei." Poi, con la coda dell'occhio, vidi due fogli bianchi cadere a terra, come spinti da una mano invisibile e dispettosa. Solo uno resisteva appena al vento che si era destato per magia o stregoneria nera. Quel foglio sembrava ancorarsi alle assi di legno della panchina, come se fossero le mie parole con insospettabili artigli a contrastare le folate di vento.

I miei pensieri, davanti a quegli eventi, si trasformarono in una tribuna di uno stadio di calcio in piena finale di campionato. A sinistra, con toni pacati e calmi c'erano i razionali, a destra i violenti pronti alla rissa, in mezzo gli emotivi. I razionali si dividevano a loro volta in due tifoserie principali. La maggior parte affermava che questa occasione non doveva esser persa e che bisognava agire subito. Per questa ragione sostenevano le parole, che dovevano continuare a resistere e mantenere salda la presa. Qualcuno suggeriva di agire rapidamente in modo efficace, ma discreto allo stesso tempo per non farsi scoprire subito. Una possibile strategia era quella di lanciare sassolini di medie dimensioni o rami secchi per appesantire la carta ed evitare che volasse via. La restante parte, credendo fortemente nei segnali della vita, era convinta che il vento fosse l'espressione di una volontà cosmica benevola: ogni azione tesa a contrastarlo dunque era fortemente sconsigliata. Se anche l'ultima pagina fosse stata trascinata via, sarebbe stato un segno inequivocabile che bisognava trovare un altro modo e un altro giorno per esternare i propri sentimenti. E poi, suvvia, vi erano certamente altri modi più congeniali e romantici per dichiararsi.

Gli emotivi, nervosi più che mai e fortemente lunatici, erano in preda a crisi d'ansia e cambi di decisione repentini. Anch'essi si dividevano in due gruppi. Vi erano continui cambi di partito, ma gli scambi si eguagliavano velocemente mantenendo costante la numerosità delle due parti. La prima, alquanto coraggiosa quanto caratterizzata da una certa schizofrenia, voleva addirittura catapultarsi dall'altra parte e posare una pietra pesante sul foglio così che non fuggisse via. La discrezione non era nelle loro corde, ma se si fossero trovati occhi negli occhi con la ragazza, le azioni successive sarebbero state imprevedibili e potenzialmente catastrofiche. Le ipotesi andavano dal tentativo di un baciamano d'altri tempi senza proferire parola alcuna, a un caloroso abbraccio fingendo di essere grandi amici invece che perfetti sconosciuti, fino ad arrivare al piano B se le cose fossero andate particolarmente male: darsela a gambe levate, veloce come un fulmine.

La seconda metà degli emotivi era impaurita e insicura. Lo stato d'ansia era perenne e alle stelle. Avevano il presentimento che scrivere la lettera fosse stata una cattiva idea e che non avrebbe portato a nulla di buono. Anzi, a causa di essa, temevano che sarebbero stati derisi e umiliati. Immaginavano scenari così apocalittici e improbabili da suggerire di afferrare il foglio con uno scatto felino e poi scappare via lontano. E magari far passare alcune settimane prima di ritornare al parco, il tempo necessario per far svanire l'avvenimento dai ricordi della ragazza e dai suoi frequentatori abituali.

Infine, c'erano i violenti. Non erano d'accordo né con gli altri né tra di loro per motivazioni e sentimenti differenti. Una sola cosa li accomunava: l'impulso irrefrenabile di distruggere ogni cosa e sfogare la rabbia innata. Erano riusciti, con escamotage inspiegabili, a eludere i controlli delle guardie di sicurezza dello stadio. Erano armati di tutto punto: fumogeni, tirapugni, bastoni, mazze da baseball, catene, spranghe, tubi, coltelli, spade, asce. C'erano tre idee urlate più delle altre. Quella più insensata prevedeva di iniziare una rissa con il gruppetto di cinque ragazzi che parlavano seduti sul muretto a una ventina di metri. Ne sarei uscito sicuramente massacrato e con il naso rotto, tuttavia sarebbe stato un diversivo perfetto. Nessuno avrebbe più badato ai fogli che si muovevano sulla panchina e per terra. L'opzione più risoluta, invece, consisteva nel raccogliere in modo deciso le pagine, impostare una camminata da duro e andare dritto incontro alla ragazza. E poi dirle senza alcuna esitazione: "Questa è una lettera che ho scritto per te *baby*. Sono pazzo di te, ma questo immagino che l'abbia già capito. Se vuoi puoi leggerla anche dopo e possiamo conoscerci meglio."

I più estremisti invece suggerivano una risoluzione che prevedeva in sintesi le seguenti azioni. Primo: munirsi di una tanica di benzina. Secondo: cospargere la panchina e i fogli sparsi. Terzo: dar vita ad un bel falò.

Il dissenso generale vide inizialmente prevalere di un leggero scarto i razionali in preda al destino e gli emotivi impauriti, spettatori silenziosi di una partita tra uomo e natura. Il tiro alla fune, lancetta dopo lancetta, era ormai entrato nel vivo dell'azione e per alcuni secondi le macchie d'inchiostro nero prevalsero sul vento che sembrava essere stato domato. A quel punto, gli animi si scaldarono ancora di più e anche i razionali più pacati e pazienti divennero rissosi. Erano pronti a scavalcare le barricate che separavano le tifoserie opposte per manifestare con maggiore foga chi l'una, chi l'altra ragione. Le guardie erano già state avvisate di intervenire ma, clamorosamente coinvolte nel vivo dell'azione, erano diventate parte integrante della tifoseria scalmanata. Un avvenimento senza precedenti. Senza alcun controllo la situazione avrebbe potuto precipitare da un momento all'altro.

Nel mio stadio mentale il chiasso cresceva, gli sforzi dell'inchiostro sembrarono ripagati quando finalmente, dopo esserti seduta, la tua attenzione fu subito diretta al piccolo foglio.

Le urla cessarono, le mani rimasero immobili in aria.

Tutti si fermarono in attesa.

La tensione era palpabile e gocce di sudore erano comparse sulle tempie.

Sembrava di assistere ai rigori decisivi.

La tua mano curiosa si mosse nella direzione del foglio, ma un ultimo fatale soffio di vento spazzò via il peso insignificante delle parole. Prima a terra e poi a diversi metri dalla panchina.

Le tue dita riuscirono solo a sfiorare la carta e a sfiorare me. Contemporaneamente anche i fogli a terra si allontanarono, scivolando in silenzio e con prudenza per evitare di toccare le tue scarpe e di fare rumore rischiando di attirare la tua attenzione. I fogli si alzarono a mezz'aria, planando, poi, tra le dita intrecciate di fidanzati e le teste del gruppo di corridori allo stremo delle forze. Continuarono a volare come aeroplanini di carta, destando l'interesse degli scoiattoli e di un corvo spelacchiato. Ogni tanto si intrecciavano tra loro, come se fossero nell'occhio di un ciclone orizzontale. Tutto ciò aveva un non so ché di artistico e magico. Forse, alla fine della corsa, sarebbero stati raccolti dalle mani di qualcuno a cui avrebbero risollevato il morale, oppure si sarebbero infilati in un tombino dissolvendosi per sempre.

Alla fine, un gruppetto dei razionali e degli emotivi aveva vinto. Davanti al fatto compiuto però, nessuno dei tifosi si era lanciato in gesti di esultazione. Nessuno aveva gioito della vittoria. Nessuno aveva urlato al goal. Forse perché ogni tifoso aveva una parte di sé che, per quanto piccola, aveva sperato in silenzio che la ragazza leggesse le parole. E magari che facesse un sorriso verso gli occhi tremolanti del ragazzo della panchina di fronte.

Anche se triste, dopo il volo, il mio viso si distese in un'espressione più rilassata e la temperatura corporea iniziò gradualmente a scendere.

Le tifoserie violente, che inneggiavano a ultimi tentativi disperati, vennero bloccate appena in tempo da un nuovo gruppo di controllori. Fu così evitata la rissa per un soffio. E lo stadio, infine, si svuotò velocemente: non c'era ormai più nulla da vedere. Un'altra partita poco degna di nota, una vittoria rimandata o una sconfitta posticipata. Di sicuro la palla sarebbe tornata di nuovo al centro. Forse la prossima volta, al fischio di inizio, avrei tirato e fatto goal da centrocampo. Forse non avrei neanche sentito il fischio, sarei stato travolto dagli avversari e finito con la faccia contro il terreno umido.

Non sapevo se fosse stato un bene o un male in quel momento, ma quelle scene interiori, frutto della mia immaginazione, mi strapparono un sorriso.

Poco dopo, ripensandoci, riuscii a stento a frenare una risata senza senso.

Non so se sia stato il destino o un brutto scherzo della natura, ma comunque vorrei conoscere l'indirizzo esatto a cui spedire una lettera di reclamo perché quando te ne sei andata sono rimasto per una mezz'ora abbondante a cercare le mie parole, ho guardato ovunque, ma non sono riuscito a trovarle.

Chissà che cos'avrai pensato quando hai visto la mia faccia per metà divertita e per metà stupita.

Che buffa la vita.

3   Dimenticami come i colori che cambiano

A volte sono le cose che ignoriamo, le piccole cose di tutti i giorni, che rendono la vita piena di sfumature.

La possibilità, che diamo sempre per scontata di percepire la realtà a colori e non di vedere solo bianco e nero, è di per sé stupefacente. In alcuni casi ci permette di comprendere a fondo il perché delle cose e di apprezzare la bellezza racchiusa nel mondo. Soprattutto per gli animali più che per gli esseri umani, ho sempre pensato che i colori rappresentino un vestito cucito su misura. Un modo attraverso cui inviare segnali, comunicare, esternare le proprie intenzioni. Uno stratagemma per nascondersi, per sfuggire ai pericoli, per ingannare. Un mezzo per attirare l'attenzione, per corteggiare e trovare l'amore.
Come i colori che mi appaiono davanti adesso, brillanti, mentre volano da un fiore all'altro. Le farfalle sono le supreme rappresentanti dei colori e della natura. Iridescenze viola, blu intenso, sfumature di nero, arancione vivo, rosso acceso, giallo pallido, marrone scuro, verde smeraldo.
Ogni colore non è mai casuale. Alcune si fondono con l'ambiente circostante e diventano indistinguibili, invisibili. Le *Kalima* sono foglie che lentamente cambiano posto nei rami degli alberi, le *Biston Betularia* si fondono con la corteccia delle alte betulle, le ali delle *Polygonia* sono foglie secche e imperfette. Altre mimano con astuzia temibili predatori. I falsari per eccellenza simulano grandi occhi dipinti nelle ali. Le *Caligo Memnon* sfoggiano occhi di gufo, le *Bunaea Alcinoe* di animali famelici, le *Vanessa* e *Junonia Coenia* di creature temibili a quattro

e sei occhi. Altre ancora, come le *Papilio*, si fingono tossiche sfoggiando un aspetto che appartiene a farfalle che lo sono davvero.

Alcune si immedesimano così tanto da diventare loro stesse predatori spietati. Così come succede agli esseri umani quando indossano una maschera che non appartiene loro per troppo tempo. Alla fine, diventi quello che non sei, oppure accetti quello che sei sempre stato.

Le farfalle, in fondo, come noi indossano maschere.

I colori all'esterno poco o nulla rivelano della loro vera natura. Per capire davvero chi sono devi andare oltre. Devi conoscerne i trascorsi, i mutamenti, le esperienze positive e i traumi repressi, i pensieri non detti, le idee agli antipodi, le decisioni sofferte e contrastanti. Non devi accontentarti di vederle con le ali spiegate alla luce del sole. Perché è flettendo la luce a proprio piacimento che ti abbagliano e approfittando degli occhi chiusi, cambiano rapidamente forma e sfumature. Mentono e ti imbrogliano, ripetutamente. A volte lo fanno istintivamente e senza alcuna cattiveria: si nascondono per non mostrare la fragilità del proprio io. Non ti è sufficiente valutarle guardando il battito d'ali in corso. Devi chiederti come reagiranno quando piove e davanti agli imprevisti più oscuri che la vita riserva loro.

Quando il ragno tigre avrà finito di tessere la sua sottile trappola mortale, che cosa succederà quando i piccoli cavi d'acciaio stringeranno intorno al collo della vittima di turno? Riuscirà a divincolarsi e fuggire? Oppure con il movimento tenderà ancora più a fondo i fili, lacerando la carne? Il ragno tigre non si scomoderà neppure per dare il colpo di grazia alla preda, assisterà immobile a un quasi suicidio lento e involontario.

E se fossi tu stesso a cadere nella trappola? Quelli che chiami amici proverebbero a soccorrerti con un colpo d'ala, oppure starebbero a guardare in silenzio?

Le maschere delle persone a noi più vicine sono quelle più pericolose.

I colori si acquisiscono nel tempo, ma alcuni sono innati. Il mutamento passa per forme e sfumature di colore diversi. Il bruco deve accettare di perdere le proprie caratteristiche e fare spazio ad altre. Lasciare andare via l'addome corazzato in cambio di uno molle ed esposto, l'assenza di una coltre fitta di spine che schermiva figure a otto zampe e offriva riparo perenne non è più visibile, le zampe robuste e rampicanti sono adesso così sottili che pare si spezzino. L'opportunità delle ali può apparire come un peso, un fardello non voluto, inutile, detestabile. Lo stadio intermedio della crisalide serve a segnare l'abbandono del vecchio io per uno nuovo. Forse diventeremo creature migliori, sicuramente saremo diversi e non solo nella forma.

La trasformazione dell'essere umano è spesso ignorata, considerata banale o solo data per scontata. L'aspetto più importante, quello dell'evoluzione delle idee e dell'essere dentro al corpo hanno meno peso, sono ridicolizzati in funzione dell'aspetto superficiale.

La nostra capacità di comunicare con i suoni e vedere solo con gli occhi spesso si evolve a discapito della lettura dell'anima. Quando diventiamo adulti perdiamo alcune capacità fondamentali.

La leggerezza delle azioni.

L'assoluta libertà di pensiero.

La visione senza preconcetti e forme della realtà.

L'idea di amare l'altro senza alcuna ragione specifica.

La consapevolezza che la felicità può essere raggiunta anche adesso. Non sono necessari voli pindarici. La felicità è fatta anche di piccole cose.

Poi impariamo cose che ci contaminano, ombre che ci entrano dentro dalla bocca, dalle narici e dagli occhi, soffochiamo e senza accorgercene mutiamo. L'odio puro, la religione, la corruzione, la violenza, il tradimento, l'avarizia, la sofferenza. E impariamo a odiare, mentire, soffrire, tradire, urlare, violentare, uccidere, morire. E mutiamo. Diventiamo parte di un sistema infernale.

Perdiamo il contatto con il nostro io.

E finiamo col creare anche noi delle maschere e indossarle.

Leggendo i miei occhi da sconosciuto, mia cara ragazza della panchina di fronte, vedresti forse che c'è molto di più di quello che potrei mai riuscire a esprimere. La corazza di vetro non è abbastanza trasparente per farti vedere ciò che risiede al suo interno, ma col tempo forse si frantumerà. Se fosse possibile, potrei alzarmi adesso e venire verso di te, prendere la tua mano e guardarti negli occhi. Riusciresti a capire la costellazione dei miei pensieri e perché ormai ne fai parte.

A volte, alcuni colori non sono proprio voluti. Ti si attaccano addosso senza che tu possa evitarlo.

Oggi per fortuna non eri al parco ed è stato meglio così. Non mi avresti visto con colori diversi perché avevi notato qualcosa di speciale in me o perché risorgevo a nuovo stadio da un guscio di crisalide. No, sarebbe stato tutto molto più banale e ridicolo. Avresti sorriso notando il verde della panchina, appena verniciata, stamparsi su di me come un timbro che mi etichettava "distratto". Già, perché il cartello con l'avviso c'era. Sarebbe bastata un po' di attenzione. Potevo approfittarne e lanciare una nuova moda, ma non ero in vena di pensare alle varie possibilità con occhio divertente. Così sono tornato a casa e ho messo i vestiti in una busta di plastica per paura di macchiare altro. Forse li porterò a lavare, oppure no. Li indosserò con queste strisce sfocate e poco simmetriche di verde spento. Come alcune maschere che siamo costretti a indossare e poi riveliamo lentamente, senza dare troppo peso alla cosa.

Forse, guardandomi, qualcuno capirà che quelle strisce non facevano parte del disegno originale. Magari intuirà qualcosa e mi riderà dietro, proprio come quei ragazzini in bici quando stavo tornando a casa dal parco. Oppure nessuno baderà a quei colori e non mi guarderanno in modo diverso, forse perché non mi guarderanno affatto.

Ho guardato le cose con occhi diversi in due occasioni.

La prima volta è stata quando ho avuto consapevolezza che non avrei mai più abbracciato mia madre. In quel caso fino a poco prima i miei occhi erano quelli di una farfalla che distende le ali e volteggia sicura perché conosce il percorso inconsciamente. All'improvviso la notte, un grido violento fende l'aria, non c'è modo di cercare riparo e un vento di lacrime amare spezza le ali a metà. Il verde è scomparso di colpo nella gamma dei miei colori, il nero e il rosso hanno assorbito tutto, anche ciò che era bello prima.

Le catene di seta mi avevano intrappolato. E non tentavo neanche di divincolarmi. Il ragno tigre si era accorto di tutto dal vibrare dei cavi d'acciaio. Sarebbe rimasto a guardare, attendendo il momento giusto per fare la prossima mossa.

Si leva dal sonno del mutamento

distende gli estremi piegati,

non è solo la forma cambiata

guarda le cose con occhi diversi.

Il blu reale volteggia sicuro

conosce il percorso senza sapere,

lo scopo del ciclo che si ripete

l'amore disegna strade di seta.

D'improvviso un grido violento

fende l'aria che s'agita e chiama,

l'attesa dura un solo momento

la notte s'illumina e risponde.

Il blu reale volteggia veloce

cerca riparo nel verde scuro,

il cielo piange lacrime amare

gocce d'odio e d'amore.

Cavi di seta e diamante catturano,

stringono forte senza fermarsi

stritolano carne e sogni

spezzano ali senza pietà.

4   Dimenticami come la prima volta

La prima volta non si scorda mai dicono.

La prima volta che ho sentito la neve sulla faccia era la prima volta al mio paese che nevicava dopo sedici anni, almeno questo è che quello che mi hanno raccontato.

Quando la neve è soffice come cotone e inizia a ricoprirti la faccia mentre guardi all'insù è una bella sensazione. Guardi il paesaggio e lo trovi incredibilmente cambiato, come nuovo. Tutto quel bianco dona sfumature diverse al paesaggio e noti cose che non avevi mai visto prima.

Quell'albero sempre spoglio, adesso ricoperto di fiori bianchi e geometrici, è sempre stato lì?

L'automobile senza ruote dei vicini che forma un blocco unico di bianco sopraelevato.

Il lampione dipinto di bianco sembra un oggetto mistico e di un'altra dimensione.

Le foglie non sono più innocue quando cadono dai rami, avvolte in un'armatura di ghiaccio sembrano cristalli appuntiti, che possono squarciare la pelle e far sanguinare.

Il tramonto è spettacolare. Lo strato bianco riflette l'ultimo raggio di sole, prima che scompaia del tutto.

Osservi con attenzione per la prima volta il tuo respiro che si cristallizza e ti si palesa davanti. I tuoi piedi, che affondano leggermente nel terreno, ti fanno immaginare di essere in una sorta di sabbie mobili stregate e alquanto difettose considerando che non sprofondi come ci si aspetterebbe. La bolla di sapone che hai creato soffiando con la bocca si poggia lentamente sul terreno bianco e con tua sorpresa non si rompe. Lo strato soffice la accoglie e la culla fino a farla diventare una sfera di ghiaccio con nervature variforme. Senti freddo alla testa nonostante il cappello che indossi, però sei stranamente felice.

Vedere l'acqua in un'altra forma prendere il sopravvento sulle cose è come assistere a una magia e ti fa tornare indietro nel tempo, a quando bastava veramente poco per meravigliarti.

Le tue mani tremano compattando la neve in palline squadrate e mai perfette. Lanciarle è come lasciare andare via le preoccupazioni e le paure. E allora pensi: "Se riuscirò a lanciarne abbastanza chissà forse diventerò invincibile, almeno per un po'."

Al ritorno a casa, sotto l'acqua calda corrente, senti un leggero fastidio alle dita. Ti ritrovi multipli taglietti per il freddo che non avevi percepito mentre eri ancora fuori. È una sensazione sgradevole, ma allo stesso tempo sorridi perché senti ancora la neve addosso. Magia.

La seconda volta quella sensazione sul viso ti sorprende ancora e ti fa sentire diverso, ma non è come la prima volta. Sei più preparato questa volta. Indossi sciarpa, un cappello e guanti più spessi e perdi un senso importante. L'esperienza cambia e le sensazioni si affievoliscono.

Dopo la terza volta ti sorprendi sempre meno, fino a non sorprenderti affatto. La patina di nuovo viene via e diventa solo un'altra cosa che hai già visto. Sì, è vero ti piace, ma come centinaia di altre cose a cui ormai conferisci poco peso.

La neve è ritornata a brillare quando l'ho vista da un'altra prospettiva.

La prima volta sugli sci è stata un'esperienza comica e paurosa allo stesso tempo. La paura di cadere, nonostante fossi sulla pista per bambini, si è trasformata in realtà. L'attimo prima di perdere l'equilibrio ero spaventato. Sentivo dentro di me che sarei caduto e temevo di potermi fare male seriamente a un braccio, a una gamba o a entrambi. Subito dopo la caduta ero un po' dolorante, con il sedere a terra al freddo, ma non riuscivo a smettere di ridere. Mi ero contorto in modo così buffo da non riuscire neanche a spiegarlo, però fortunatamente l'elasticità delle articolazioni aveva retto il colpo. L'esatto momento della caduta non ho provato nulla e non ho pensato a nulla. Le mani si sono mosse come se fossi un automa, si sono sollevate a protezione degli occhi e del viso. La seconda caduta è stata inaspettata come la prima, ma di certo meno spaventosa.

La seconda volta sugli sci, invece, ho dato meno conto al paesaggio, la neve era solo una coltre bianca e artificiale.

La terza volta oppure era la quarta, è stata l'ultima volta che ho indossato degli sci. La sensazione di nuovo era già svanita ed era rimasto ben poco e quel poco non era sufficiente a giustificare il prezzo da pagare per andare in pista o noleggiare ancora una volta l'attrezzatura.

La patina si era sgretolata come vernice vecchia. Era venuta via facilmente ed era rimasto solo il ricordo di un'esperienza passata, mai tramutata in passione, mai vissuta appieno.

Ci sono cose che dimentichiamo ancora prima di viverle, le viviamo in un modo artificiale e quando si concretizzano davvero non hanno il sapore che ci aspettavamo.

La prima volta che ho visto un'aurora boreale in televisione l'ho dimenticata e non l'ho ancora vista dal vivo. Forse non la vedrò mai.

A volte le foto e i video ci mostrano cose che viviamo solo a metà e distruggono le sensazioni della nostra prima volta. I colori dal vivo sembrano più sfocati di quello che ci immaginavamo. Credevamo di aver visto delle sfumature diverse. E soprattutto, che cos'è questo odore che sentiamo? Non ci piace affatto, non ce lo aspettavamo così forte e pungente.

La versione artificiale prende il sopravvento e deruba gli occhi della prima visione. La prima volta si svaluta e muore poco per volta tutt'intorno.

Alcune prime volte rimangono nei cassetti della memoria più delle altre.

La prima volta che ti ho vista non ti ho sentita arrivare.

I miei pensieri confusi e impazziti si sono fermati a un tratto, quando i miei occhi hanno incontrato i tuoi per la prima volta. Un vento leggero ti sfiorava i capelli lunghi, facendoli dondolare come un'altalena vuota, avanti e indietro. Il tuo maglione giallo rubava alcuni raggi al sole e sembrava possedere una propria energia. Le mani erano poggiate su un libro dalla copertina indecifrabile e ne nascondevano il titolo. Il viso era rivolto verso un punto non preciso del parco.

Eri un'altra anima come me, ti trovavi in un parco con un libro aperto davanti, ma non eri veramente lì. Osservavi lo specchio riflesso dei tuoi pensieri, esattamente come ero intento a fare io prima di vederti.

La prima volta è stata un pugno dritto al cuore e non ho capito il perché. Una sensazione che non sono riuscito a interpretare subito, una forza invisibile che non mi permetteva di guardare altrove. Il respiro era meno controllato. Ogni istante assimilavo avido ogni dettaglio apparentemente insignificante, ma che mi premeva conoscere.

I tuoi capelli inviavano riflessi non uniformi alla luce del sole. Le punte erano più chiare e arricciate e toccavano appena le spalle. Le mani compivano movimenti impercettibili e ritmati.

Le tue labbra accennavano un sorriso.

Qualche volta mi sembrava di vedere dei piccoli movimenti della tua testa a destra e sinistra, come se stessi ascoltando una canzone che tu sola riuscivi a sentire.

La prima volta che ti ho vista avrei voluto parlarti, anche utilizzando una scusa banale. Mi sarei avvicinato esordendo: «Ciao, sei la sorella di Monica vero?»

Tu allora avresti risposto: «Monica? No, mi dispiace, credo tu mi abbia confusa per qualcun altro.»

E dopo avrei tentato un: «Ah scusami, questa mia amica viene al parco qualche volta con sua sorella e la somiglianza mi ha tratto in inganno. Comunque, piacere sono Remo…»

Anzi, avrei potuto fare di meglio, più diretto, più conciso. Mi sarei avvicinato e ti avrei detto: «Ciao, sono Remo e tu come ti chiami? Vieni spesso in questo parco?»

No no no. Forse avrei potuto dire: «Che bella giornata vero? Sono Remo, piacere. E tu come ti chiami?»

Oppure avrei potuto usare la scusa del libro. «Ciao, posso chiederti che libro stai leggendo? Ho visto la copertina e mi ha ricordato qualcosa, anche se non riesco bene a ricordare che cosa…sì sì è ovvio che è solo una scusa per attaccare bottone…»

Pensandoci bene avrei potuto dirigere tutto con un tocco di stranezza e surrealismo, giusto per essere sicuro di imprimere bene quel primo ricordo di me. «Ciao, ti dispiace se mi siedo qui vicino? Sì, lo so che ti starai chiedendo perché considerando che ero già seduto sulla panchina di fronte. Però vedi, non ti voltare mi raccomando, ma dietro di noi a una decina di metri di distanza c'è un uomo che mi fissa in modo strano da quando sono arrivato, e non so perché. Non credo di averlo mai visto prima. In ogni caso preferisco dargli le spalle. Comunque, piacere, Remo.»

La prima volta non è mai come te l'aspetti.

Quel giorno immaginai dentro di me centinaia di modi diversi per parlarti. Il libro, il tizio sospetto, la panchina scomoda, il paesaggio da un'angolazione differente, il sole in faccia, il sole alle spalle, l'ombra, il vento, chiedere l'orario, chiedere una penna, una matita, un foglio, una sigaretta, un accendino, un fiammifero, una tanica di benzina, una pistola, una gomma da masticare, dieci centesimi, un euro, due euro, un fazzoletto, fare una chiamata con il telefono, inviare un messaggio, scambiarti per la sorella di Roberto, la figlia di Anna, la cugina di Andrea, la figlia della dottoressa, la figlia del proprietario del negozio di dischi, la ragazza che lavora al bar, al cinema, alla biblioteca, all'università, la ragazza che fa video su YouTube, l'influencer di Instagram, la ragazza che scrive poesie d'amore, romanzi d'avventura, horror, offrirti una gomma da masticare, prendere un gelato insieme, un caffè, una birra, un bicchiere d'acqua, una limonata, una coca, una piadina, una pizza, chiederti di uscire insieme, fingere di conoscerti, di essere un tuo compagno di scuola, l'amico di tuo fratello, il figlio del rettore dell'università, il miglior amico di tuo fratello, un agente segreto, farti subito dei complimenti, sederti accanto senza spiccicare una parola, andare via, tornare indietro e chiederti scusa senza una ragione per farlo, per poi subito dopo urlare cose indecifrabili e senza alcun senso.

E invece? Codardo.

Rimasi a guardarti per quello che sembrò essere un lasso di tempo interminabile.

Dopo aver letto un numero di pagine che potrebbero essere state dieci o venti o più, le tue mani decretarono la fine della lettura. Il libro si chiuse e dopo qualche sguardo all'insù e di fronte a te, ben oltre la mia figura silenziosa, le tue gambe decisero di sollevarsi. Prima di voltarti mi sembrò di riuscire a cogliere un sorriso. Forse eri contenta per le frasi che avevi appena letto, forse eri contenta di quel tempo trascorso serenamente.

Passo dopo passo ti vidi allontanare e poi sparire.

E io rimasi lì sulla panchina in silenzio, a urlare dentro di me. A immaginare l'occasione di conoscerti che avevo fatto scivolare tra le mani. Come l'esitazione della prima volta sugli sci, quando poi ero caduto, ma non era stato così drammatico in fondo.

E se non ti avessi incontrata di nuovo? La prima volta mancata sarebbe stata anche l'ultima. Sentivo le mani fredde, come la prima volta che ho visto la neve.

Quella prima volta che mi hai visto di sfuggita, probabilmente l'hai dimenticata subito dopo.

La prima volta non si scorda mai dicono. Soprattutto se diventa anche l'ultima.

5   Dimenticami come una fotografia sbiadita

I ricordi sono forse la cosa più preziosa che abbiamo. Un momento felice, un avvenimento importante, un evento triste, qualcosa di inaspettato, qualcosa di desiderato da tanto tempo. Quando viviamo nel presente il flusso di emozioni dura solo qualche secondo, poi diventa passato e quando la nostra memoria si arrende ogni cosa va dritto dritto nel dimenticatoio. Non è questione di se, la domanda è quando. Forse i ricordi non vengono mai veramente dimenticati. Sono in un angolo remoto del nostro cervello, in attesa di essere risvegliati per sbaglio o da qualcosa che ci fa riaffiorare tutto all'improvviso. Qualcosa che pompi sangue di passato nel nostro cuore.

Abbiamo bisogno di ricordare soprattutto quando non proviamo più niente, non un briciolo di sentimento o emozione. Per ricordare a noi stessi che almeno in quell'esatto giorno siamo stati vivi, abbiamo provato qualcosa e abbiamo fatto qualcosa, qualunque cosa, diversa da quella che stiamo facendo adesso.
Per sentirci vivi abbiamo bisogno di rievocare un ricordo ormai lontano e che quasi non ci appartiene più.
Abbiamo bisogno di un ricordo per evitare di dubitare che qualcuno ci abbia voluto bene e ricordarci che anche noi abbiamo ricambiato lo stesso sentimento. Che non siamo stati soli e, in fondo, forse non lo siamo neanche adesso. Forse per ricordare che un giorno abbiamo fatto qualcosa di speciale per qualcuno. Dobbiamo ricordare per conoscere gli errori che abbiamo fatto e sapere come evitarli, sapere riconoscere la

strada giusta man mano che i fari la illuminano davanti a noi, come quando ricordiamo le parole della nostra canzone preferita appena iniziamo a canticchiarla.

I ricordi però sono pericolosi. Potremmo vagare con una lanterna per ore e ore, forse per giorni e giorni, alla ricerca di qualcosa che non esiste. Solo il vago ricordo di un sogno, di una speranza, di un obiettivo rimasto tale. E quando ci arrendiamo, e ci rassegniamo a non trovarlo perché non c'è e non c'è mai stato, tutto diventa più buio. Siamo piccoli pesci lanterna che discendono nella profondità dell'abisso, così in fondo dove la luce viene risucchiata ancora prima di brillare. La lanterna è spenta e noi non vediamo nulla anche se abbiamo gli occhi aperti.

Non abbiamo scritto libri e girato film, sono rimasti sepolti dalla polvere delle nostre intenzioni.

Non abbiamo scattato la fotografia più importante della nostra vita.

Non abbiamo scalato la vetta artificiale del nostro lavoro.

Non abbiamo salvato il mondo.

Il "non" all'inizio della frase fa male come tre pallottole dritte al petto sparate a bruciapelo. E sono le nostre stesse mani a premere il grilletto.

Non abbiamo raggiunto il sogno di sempre. Oppure ancor peggio, l'abbiamo raggiunto e non aveva alcun sapore, solo un forte retrogusto di amaro.

Forse esiste una via di uscita a tutto questo nulla. Forse c'è stato un giorno o più di uno in cui abbiamo fatto qualcosa di veramente speciale per qualcuno. Qualcosa che ha fatto la differenza. Non importa se un piccolo gesto o un atto teatrale, se fatto di nascosto, in silenzio, o davanti a cento occhi. Quello sì che rimane un giorno da ricordare, che spazza via quel sapore amaro dei "non". Anche noi siamo stati speciali almeno per una persona, per un giorno, per qualche ora, per qualche labile istante. Forse questo, inconsciamente, è quello che pensano i padri o le madri quando cercano di insegnare ai figli ad andare in bicicletta. Ripensano a quel giorno che potrebbe essere esattamente analogo a quello che si sta verificando adesso davanti a me. Il padre dice con tono rassicurante: «Non avere paura, ti tengo io.»

Sono occhi interrogativi a rispondergli: «Sei sicuro che non cadrò? Ho paura di farmi male...»

«Beh, potrebbe succedere Marco, ma io sono qui. Se perdi l'equilibrio ti aiuto io. Vedrai è più semplice di quello che sembra. Devi solo lasciarti andare, non pensare di cadere. Guarda dritto davanti a te e pensa solo che ce la farai!»

«E se cado lo stesso?»

«Le protezioni sono fatte apposta per questo. Se ti fai qualche graffio mettiamo un cerotto e quando non ti fa più tanto male proviamo di nuovo. La vita è questa, figliolo, cadi e ti rialzi, cadi di nuovo e ti rialzi. È normale avere paura, anch'io ne ho alla mia età!»

«Davvero? Paura di andare in bici?»

«Di andare in bici molto meno adesso. Però con gli anni ho imparato che bisogna saper convivere con la paura. Bisogna accettarla Marco, perché non c'è vita senza paura. E tu sei fortunato perché la tua paura adesso è quella di andare in bici e non qualcosa di più grande e la puoi vincere a poco a poco. Dai, adesso andiamo insieme senza che la paura ci blocchi.»

"Andiamo insieme" si trasforma a poco a poco in "adesso vai da solo". E la paura si trasforma in felicità perché ti rendi conto che stai andando in bici da solo. Di certo è stato tutto merito di quella persona speciale che ti ha dato la spinta e ha percorso i primi dieci metri con te, aiutandoti e rassicurandoti. Adesso però sei da solo e questa nuova consapevolezza ti trasporta in uno stato di felicità e di soddisfazione anche se non priva di timori.

Felicità di potercela fare da solo e paura di cadere e senza qualcuno lì accanto che ti dica che andrà tutto bene.

Chi si ricorderà di più quel giorno al parco in bici, il figlio o il padre? Forse entrambi, solo che lo faranno in momenti diversi. Di certo sarà un ricordo plasmato dall'accumulo di emozioni nella roccia dei ricordi.

Io non ho mai imparato ad andare in bici da piccolo. E questa mancanza me la sono portata dietro anno dopo anno. In realtà non ho mai saputo guidare niente che avesse due ruote: bicicletta, motorino, moto, monopattino.

La mancanza di equilibrio e la paura di cadere mi hanno sempre accompagnato fedelmente. Non mi ricordo il giorno in cui mio padre dietro di me mi incoraggiava a pedalare e mi rassicurava che sarebbe andato tutto bene.

Scavando nella memoria sepolta non ricordo di nessuna bicicletta. Anzi ce ne erano tante, ma erano quelle degli altri ragazzi a scuola. Forse non ne ho mai avuta una. Non ne faccio nessuna colpa a mio padre. Aveva di certo cose ben più importanti da spingere che una bicicletta. Guardando però bene quest'uomo al parco ora, forse anche lui avrebbe cose più importanti da spingere. Eppure.

Non tutti i genitori spingono le biciclette al parco alla stessa maniera.

Ci sono quelli che vivono prevalentemente nel presente. Non sentono spontaneamente l'istinto di creare una memoria permanente attraverso foto o video. Forse perché non hanno mai sentito fino ad allora il bisogno di guardarsi indietro, di prendere vecchie foto e rivedere un passato più o meno lontano. Oppure ci hanno pensato, ma non hanno potuto perché la loro famiglia non se ne curava, o magari anche se avrebbe voluto rendere alcuni eventi indelebili non poteva permettersi una fotocamera. Anche i ricordi d'altro canto, come tutto, hanno un prezzo. Sì, se ci pensano bene è vero, ci sono di sicuro da qualche parte le vecchie foto della scuola, quelle di rito e degli eventi formali. Ma non è esattamente quello che stavano cercando quando frugavano nella moltitudine di oggetti dimenticati in soffitta o in cantina. Quello di cui volevano avere ricordo erano le cose di tutti i giorni, il vissuto quotidiano costituito di momenti piccoli eppure importanti. La banalità di un sorriso che ci fa sentire umani, amati, vivi.

Tra quelli che vivono nel presente ci sono anche i ribelli. Ribelli dei tempi dei social, si godono il momento, lo assaporano appieno. Sanno che guardare attraverso un occhio artificiale distrae e allo stesso tempo non ti fa cogliere sfumature ricche di significato. Una lente inumana non può ritrarre certe cose e nemmeno capirle. Se perdi tempo dietro a un filtro, quelle sfumature sono fuggite, le hai perse per sempre.

I genitori che catturano un ricordo lo fanno sia per sé stessi che per i figli. Sono la seconda categoria. Come già successo a loro, sanno che verrà il giorno per entrambi in cui vorranno rivivere quel momento. E a suon di «Ti ricordi quando…» e «Ti ricordi questo?» e ancora «Ti ricordi quella volta…» tireranno fuori una vecchia foto. E dopo aver scostato una manciata di polvere, potranno ricordare meglio. Assaporare il presente grazie al passato.

Per alcuni l'utilizzo è molto più ravvicinato nel tempo: l'evento immortalato verrà mostrato a parenti e amici che non erano lì presenti. Verrà visto e rivisto, poi conservato per farne certamente, nuovamente, uso in futuro.

Per altri non è necessario conservare nulla. Il trasferimento è istantaneo e viaggia nell'etere digitale: in mondo visione, sui social, amici, falsi amici, amici dimenticati, parenti, parenti a cui non telefoni mai, colleghi, sconosciuti, account falsi, chiunque e nessuno.

La condivisione crea dipendenza. È la nuova droga sintetica del ventunesimo secolo.

I motivi ti vengono ripetuti quotidianamente.

Se non condividi non sei nessuno.

Se non lo condividi significa che l'evento non è mai accaduto.

La condivisione è la prova provata che ciò che raccontiamo è attendibile.

Se non è condiviso non esiste.

In fondo, se non condividi sei tu a non esistere.

Condividendo esprimiamo noi stessi. Raccontiamo al mondo intero chi siamo, che cosa facciamo, che cosa ci piace, le nostre "incredibili" avventure, tutti i fottuti viaggi che facciamo, ogni benedetta cosa bella e brutta che la vita ci riserva.

Condividendo noi riusciamo a raccontare, corteggiare, conquistare, amare, donare, pregare, lavorare, riposare, osservare, conoscere, educare, mangiare, sfamare, distruggere, creare, salvare quante più persone possibili da ogni male materiale e immateriale.

La condivisione è la forma più innata dell'essere umano, che si definisce umano in quanto tale.

Essere, dall'antico linguaggio dei social, significa condividere. Umano, cioè tutto ciò che riguarda l'uomo. Ogni suo momento privato e non, veritiero o costruito ad hoc, in ogni luogo, a ogni ora, per qualsiasi avvenimento ridicolo o fondamentale.

L'essere umano è condivisione.

La condivisione è la nuova religione.

I social sono luogo di culto.

I fedeli sanno che la condivisione è la salvezza artificiale dell'anima. E i preti parlano ai loro seguaci e mostrano la retta via, tra un post e l'altro, una sponsorizzazione più o meno celata e l'altra, tra un video passato sul cesso e una foto riflessa nello specchio di un cesso.

I followers e le visualizzazioni sono la nuova moneta digitale. Oro fuso a forma di post che discende come una colata lavica di pensieri umani e si sparge attraverso la condivisione avvolgendo ogni angolo del web, fino a rompere gli schermi dei telefoni ed invadere la realtà.

La non condivisione diventa così un crimine punibile dalla legge secondo il nuovo articolo uno della Costituzione. Fondata sul lavoro? Popolo? Niente di più stupido e pure poco condiviso. Il vero articolo uno della Costituzione potrebbe essere corretto in: l'Italia è una Repubblica social fondata sulla Condivisone. La sovranità appartiene ai followers, che la esercitano nelle forme e nei limiti della Condivisione.

E poi. Articolo due. Chi Condivide riconosce e garantisce i diritti inviolabili dell'uomo, sia come singolo, sia nelle formazioni sociali ove si svolge appieno la sua personalità, e richiede l'adempimento dei doveri inderogabili di condivisone politica, economica e sociale.

Articolo tre. È compito di chi Condivide rimuovere gli ostacoli di ordine economico e sociale, che, limitando di fatto la libertà e l'eguaglianza dei followers, impediscono il pieno sviluppo dell'account e l'effettiva partecipazione di tutti i condivisori all'organizzazione politica, economica e sociale della Condivisone.

Coloro che non pubblicano o non dedicano alla consultazione almeno il trenta per cento del loro tempo libero e comunque mai inferiore a quattro ore complessive al giorno sono a tutti gli effetti degli infidi criminali. Né condivisori e né followers. Criminali dello Stato e delle pubbliche autorità.

Chi non condivide ha qualcosa da celare, ha commesso o sta commettendo crimini contro l'umanità e deve essere punito.

La non condivisione e la non partecipazione alla visione dei post è punibile con derisione, denigrazione, bullismo e isolamento. In ogni caso se non hai mai condiviso, nessuno sentirà la tua mancanza. Oppure in fondo non sei mai esistito.

La condivisione, in una parola, è vita, è cosa buona e giusta. Ed è "nostro dovere e fonte di salvezza, rendere grazie sempre e in ogni luogo" alla possibilità di condividere. Grazie condivisione, grazie followers e leader, grazie social networks.

Per chi condividiamo veramente?

La condivisione è digitale, artificiale, costruita. Non riuscirà mai a trasmettere il nostro vero essere. Foto a 100 megapixel, video a 64 K. In ogni caso, condividendo celiamo il nostro vero essere a persone nell'etere che non conosciamo o che forse conosciamo, ma di cui in fondo non ci importa niente.

Chi vogliamo stupire veramente?

In fondo agiamo solo da narcisisti repressi. Benvenuti nel ventunesimo secolo: amore artificiale e appagamento a portata di mano.

O forse sono io il coglione, nichilista verso la condivisione, i social e il mondo parallelo?

A prescindere che vengano rispettate o meno le leggi della condivisione social, i genitori che catturano ricordi si dividono a loro volta in due tipologie: quelli che amano immagini in movimento e quelli che preferiscono l'istantanea.

Sono sempre due oceani, ma sono il colore dell'acqua, la salinità, i pesci e le forme di vita e l'abisso sottostante, a renderli due entità totalmente diverse.

I video sono rapidi, come la vita. Catturano ogni fotogramma per mostrare appieno il prima, il durante e il dopo. Cercano di spiegare cosa sta succedendo, mimando la visione dell'occhio umano. Fotogramma dopo fotogramma, vengono scaraventati su di te come proiettili e ti danno poco tempo per pensare, riflettere, farti domande o darti risposte che davvero contano. Uccidono ogni tuo ragionamento. Non ti resta che guardare e mettere da parte le tue sensazioni.

Le foto, invece, imprigionano un esatto istante. Ti costringono a cogliere ogni dettaglio, anche quello che avevi perso al primo sguardo.

Una foto può essere più potente di un video, anche se quest'ultimo, rimosso l'audio, altro non è che una serie ordinata di foto.

Non mi ero mai reso conto della potenza di una foto. Fino a quando non ho visto quella della ragazza Napalm scattata da Nick Ut. l'8 giugno 1972. Durante la guerra del Vietnam dei bambini fuggono terrorizzati dopo che un attacco con il napalm ha disintegrato il loro villaggio. Il rombo dell'aereo, le bombe, il fuoco. Phan Thi Kim Phuc ha nove anni e corre interamente nuda, la bocca aperta urla per il dolore, per la paura, per quello che ha visto e sentito. I corpi in fiamme. È nuda perché il napalm le ha bruciato completamente i vestiti. Il collo, le spalle, la schiena, le gambe bruciate. Vestiti fusi con la pelle carbonizzata. Solchi scoperti fino alle ossa che ribollono a ogni passo. La bambina corre di fronte, ma dalla posizione delle mani, tese in modo innaturale verso l'esterno, e delle gambe, è chiaro che solo l'angoscia e il desiderio di fuggire sono più forti del dolore. Dietro di lei il fumo nero della morte. La guerra termina, lo strazio e il dolore restano.

Questa foto, da sola, potrebbe avere il potere di fermare una guerra, o evitare che se ne inizi un'altra.

La bambina è sopravvissuta. È diventata ragazza con cicatrici indelebili. È diventa donna con incubi fin troppo reali.

Ci sono foto che non ritraggono violenze fisiche, ma riescono a esprimere le ingiustizie e le follie perpetrate per generazioni. Come quella scattata da Elliot Erwitt nel 1950 in North Carolina, USA. Ci sono due fontanelle pubbliche. Quella di sinistra è moderna, lussuosa, pulita, abbastanza ampia, la manopola per attivarla è ben visibile e vicino al rubinetto scintillante. Quella di destra, a distanza di circa un metro, è piccola, sporca, scomoda, la manopola è forse nascosta sotto al lavandino, l'acqua esce da un tubicino arrugginito. L'uomo che usa la fontana logora di destra guarda fisso l'altra. È difficile decifrare le sue emozioni, forse è un misto di tristezza e incomprensione. Forse non si chiede più il perché, ha vissuto così tante scene analoghe da convincersi che la differenza sia cosa "naturalmente" giusta e necessaria. Sì, deve essere così, questo è il mondo che conosce, questa è la realtà da accettare. Ci sono due scritte sul muro sopra le fontane. La foto stessa è la storia, ed è parlante. Non è necessario conoscere il contesto, chi è l'uomo della foto o altro. Basta osservare le due scritte per capire. A sinistra *white*, bianchi. A destra *colored*, di colore.

Ci sono tante foto che fanno fermare il tempo e destano interrogativi.

Ci fanno detestare il mondo.

Ci spingono a cercare di capire cose che non accettiamo affatto e altre che ignoriamo forse di proposito.

Ci fanno gridare, piangere, disperare.

Ci fanno sperare, o ci illudono, di poter cambiare il mondo.

Ci fanno avere la forza di andare avanti.

Ci fanno diventare ribelli.

Ci fanno diventare combattenti.

Una singola foto può cambiarci molto più di dieci anni di vita.

Il corpo spento in spiaggia del bambino siriano di tre anni, cullato dalle onde nel 2015. La maglietta rossa, le mani immobili.

L'uomo che si getta in picchiata dalla torre nord del Word Trade Center durante l'attacco terroristico dell'11 settembre del 2001.

L'uomo che indomito blocca l'avanzata dei carri armati durante la protesta di piazza Tienanmen a Pechino nel 1989.

Il monaco buddista che nel 1963 si dà fuoco per protesta, impassibile e in silenzio.

Anche le foto di momenti felici hanno la capacità di rallentare il tempo. Le foto che mi rendono felice, mi rattristano allo stesso tempo, perché ritraggono le vite di qualcuno che, in fondo, non ho mai conosciuto veramente. Sono fotografie sbiadite del matrimonio dei miei genitori. I loro volti erano così sorridenti, così luminosi che, guardandoli attentamente, mi sembrava a volte di riuscire a percepire la loro gioia e l'amore. E bastava questo per sentirmi amato.

Avrei voluto avere il potere di entrare in quella fotografia almeno una volta per sentire il profumo di mia mamma, guardarla ridere e felice abbracciarla. Ho tentato chiudendo gli occhi, ma non ci sono mai riuscito.

Soprattutto quando sei un ragazzo, in fondo le fotografie senza un racconto finiscono per essere un bel quadro, una scena che non sai spiegare appieno. Ritraggono persone a cui non sai dare spesso neppure un nome.

Custodivo gelosamente quelle foto in una piccola scatola di latta, la stessa in cui erano riposte quando mio padre me le diede per il mio undicesimo compleanno. Quel giorno mi disse: «Il regalo più grande che posso farti, figlio mio, è parlarti di tua madre e farti capire quanto speciale fosse e quanto ti abbia amato, ancora prima che tu esistessi, quando ancora non eri che una piccola possibilità, quando non avevi ancora un nome.»

Una lunga pausa seguì a quelle parole e con gli occhi lucidi mio padre, pieno di emozioni come non lo avevo visto mai, a stento continuò: «È necessario che ti racconti quanto grande sia stato il suo sacrificio per te e quanto ti amasse anche senza averti ancora conosciuto, senza averti stretto tra le sue braccia.»

E mantenne quella promessa per quanto potessero essergli dolorosi i ricordi. L'ultimo giorno di ogni mese si sedeva accanto a me, quando già ero a letto, e guardando ora la luna, ora un punto imprecisato della stanza, mi diceva: «Scegli una foto.»

E poi ritornava indietro nel tempo e nello spazio, riavvolgeva ricordi e dava vita a quel fiume di parole che parlavano di persone che non avevo mai visto, di luoghi lontani nel tempo, anche di emozioni che non avevo ancora provato. Ricordi e parole così belle che forse avrei dovuto registrarle, riportarle su un quaderno per fermarle nel tempo, senza che si disperdessero nella stanza. Erano favole di una copertina troppo reale e con le pagine bagnate di pianto, di gioia e di tristezza.

Mio padre non parlava molto e leggeva ancora meno, ma quando parlava di mia madre era lampadina fioca e intermittente che si "illumina d'immenso", era un fiume in piena che inondava ogni cosa.

Chissà l'uomo che sarebbe stato con lei accanto, chissà quanta luce i suoi occhi avrebbero emanato.

E fu così che fotografia dopo fotografia, il suo cuore, già da tempo spezzato, cedette.

Capii col tempo, ricordando i suoi racconti, che la morte di mia mamma si era portata via anche parte di mio papà. Si era sgretolato, a poco a poco come un uomo fatto di sabbia colpito dal vento e dalla pioggia. E piansi al pensiero di quanto amore fosse colmo il suo cuore che gli faceva amare anche me, che gli avevo portato via l'amata compagna e, con lei, una parte insostituibile del suo cuore. In fondo, era stata la mia nascita a portare alla morte di entrambi i miei genitori.

Avrebbe avuto ancora molte cose da raccontare. Non sapevo delle sue condizioni e avevo tenuto dunque le fotografie più belle per ultime, aspettando impaziente di conoscerne la storia.

Erano e sono tutt'ora tre le mie preferite.

Nella prima, i miei genitori si baciano alla fioca luce del mattino e puntano il dito verso un punto imprecisato nel cielo.

La seconda li ritrae abbracciati in riva al mare.

L'ultima è quella di un pancione enorme, cullato delicatamente dalle loro mani in un abbraccio.

Non so niente di queste tre foto e forse questo è uno dei rimpianti più grandi che ho.

Le fotografie nel tempo sbiadiscono.

I colori si alterano lentamente, il blu si confonde con il verde, il bianco diventa grigio cupo e non si è più in grado di riconoscere i lineamenti del viso.

La luna diventa una massa senza contorno, poi sparisce nell'oscurità.

Da piccolo avevo paura di poter scomparire come la luna in una fotografia sbiadita.

Forse ne ho ancora paura.

6   Dimenticami come la felicità

I giorni sono sempre diversi l'uno dall'altro, nonostante la loro apparente somiglianza.

I miei giorni sono costellati, da un po' di tempo a questa parte, di pensieri cupi e dolci allo stesso tempo. Tanto assurdo quanto difficile è pensare che la felicità dei miei giorni dipende ormai quasi unicamente da quelle poche ore in cui ci guardiamo di nascosto, senza farci scorgere dall'altro, senza concedere nulla all'altro.

In fondo, a pensarci bene, la felicità non dovrebbe essere solo la meta, ma soprattutto il viaggio.

La felicità viene relegata troppo spesso in un angolino dimenticato. A volte viene data per scontata per così tanto tempo che quando la perdiamo ci sembra che sia ancora lì. La cerchiamo ovunque, non la troviamo da nessuna parte. O ancora più tristemente, non l'abbiamo mai persa perché non l'abbiamo mai trovata davvero. Troppo spesso siamo noi a decidere di metterla da parte per correre dietro a qualcosa che pensiamo sia più importante.

Ci sono tanti tipi di felicità. Ognuno ha un gusto diverso.

La felicità non ha più avuto lo stesso sapore da quando mio padre non è più accanto a me.

La prima volta che ha cambiato sapore è stato quando ci trasferimmo nella nuova casa e mia zia venne a stare con noi per un po' di tempo. Quella casa sconosciuta era tetra e orribile. Quelle finestre, sporche e pesanti che ostacolavano i più temerari raggi di luce, privandoli di tutto, trasformandoli in esili e impercettibili lampi di luce. Con il tempo fui sconfitto e anch'io mi abituai al buio, mi piegai quasi al punto da spezzarmi. Imparai a stare in silenzio, a parlare in modo impercettibile, a non sentire rumori, a non sentire dolore, a non sentire niente.

E poi mia zia, quella donna sempre vestita di nero tetro, non ebbe per me alcuna compassione, un briciolo di comprensione, un istante di umanità. Per anni non riuscii a spiegare quell'accanimento insistente contro me, quei pomeriggi solo con le tenebre, quelle mattine fatte di schiaffi e sangue. Un giorno poi mi decisi. Con l'ultimo pezzo di cuore che recavo in petto, le andai vicino e con lo sguardo rivolto in basso, pieno di lacrime amare, le chiesi: «Perché zia, perché sei tanto cattiva con me? Cosa ho fatto per meritarmi tutto questo?»

Il perché delle mie torture me lo confessò lei stessa, dopo avermi dato uno schiaffo che riecheggiò nella grande stanza vuota per la violenza con cui era stato sferrato.

«Ebbene, curioso stronzetto, ti dirò il perché, così che tu possa finalmente capire. Tu sei il marciume più nero, il riflesso di una pozzanghera sporca. Sei per me tutto ciò che detesto. Molti anni fa, prima che tu venissi al mondo, anch'io volevo avere un bambino. Non di certo un bambino brutto e sporco come te, ma un bambino dolce, un bambino sano, un bambino tutto mio. Un ricco barone mi avrebbe voluto sposare e io avrei vissuto come una regina. Io gli piacevo tanto e passammo tanti mesi insieme. Egli voleva una donna bella accanto e una prole numerosa. Voleva essere sicuro in tutto e per tutto che io corrispondessi al suo ideale di consorte. I camici bianchi vennero a studiarmi, come se fossi un oggetto, come se fossi malata. I medici fidati confidarono al barone che quella donna non soddisfaceva un requisito fondamentale. Scoprii che non avrei mai potuto avere figli. E il barone perse ogni interesse per me. Per lui non ero più una donna. Ero un oggetto temporaneo, usa e getta.»

Si fermò per un istante e poi, più accaldata che mai, con una furia che non le avevo mai visto prima in volto continuò: «E dopo tutto questo, dopo tutto quello che ho passato, dopo tutto quello a cui ho rinunciato…ti presenti tu. Un insignificante e stronzetto orfanello nato da una prostituta meschina e orribile.»

Dopo quelle parole, avvicinandomi alla sedia e poggiandole la testa sulle gambe le dissi singhiozzando: «Perché dici così? Potrei essere io quel bambino che tanto hai desiderato.»

Ero veramente stupido e ingenuo. Quelle mie parole destarono tutt'altre emozioni rispetto a quelle che avrei sperato. Rimase apparentemente immobile, come impietrita per qualche secondo. Subito dopo i suoi occhi si tinsero di un rosso acceso e le vene in ogni parte del corpo si dilatarono, come un serpente velenoso. Mi sollevò la testa con la mano sinistra quasi strappandomi i capelli e con la mano destra mi colpì con tanta rabbia da scaraventarmi a terra a diversi metri di distanza.

Dolorante in ogni parte del viso, con un rivolo di sangue che sgorgava ora lentamente ora più deciso, non ebbi nemmeno il tempo di aprire gli occhi. Un altro colpo raggiunse la guancia. Il serpente si era alzato sulla coda, più spaventoso che mai, urlando tutto il suo disperato odio.

Meccanicamente portai le mani sulla faccia contraendomi il più possibile, mentre calci e pugni si susseguivano senza pietà. Tanto forti erano stati scagliati quei pugni che anche lei sentì poi dolore.

Quel giorno ho creduto di morire su quel pavimento.

In preda al dolore persi conoscenza.

Mi risvegliai dopo un periodo di tempo indefinito, immerso in una pozzanghera di sangue nero, in parte liquido in parte grumoso. Avevo gli occhi chiusi, soffocati dal mio stesso sangue. Quando a fatica me ne trascinai fuori pensai veramente di essere nient'altro che una pozzanghera nera.

Quando si asciugò il sangue, si seccò anche la bocca. Non rivolsi più una parola, né a mia zia né ad altri per molti anni a venire. Persi la fiducia in me stesso, persi la fiducia negli altri, in un giorno solo persi ogni possibile felicità.

Gli schiaffi e i pugni diventarono sempre più leggeri non perché si fosse allentata la foga della zia, ma solo perché la sua veemenza non fu più supportata dalla forza fisica.

Il silenzio sarebbe valso più delle parole e avrebbe assorbito quasi totalmente il veleno di cui venivo coperto.

Il tempo e la malattia misero in ginocchio il serpente.

Alcune persone ce l'hanno scritto in faccia che sono felici, altre hanno un sapore amaro in bocca perché non ridono davvero, perché non vivono davvero.

Io, da qualche giorno, sento un sapore più dolciastro del solito in bocca. Forse sono i tuoi capelli così scuri che sanno di cioccolato, forse è la tua pelle così bianca fatta di zucchero. Non ti ho ancora sfiorato. Non so ancora se le tue labbra sanno di fragola o albicocca, forse non lo saprò mai.

Quasi a giorni alterni, sento un sapore più dolciastro in bocca. Sarà forse l'acqua che bevo, forse il caffè di quella caffettiera così vecchia che erutta come un vulcano, sporcando ogni mattina ogni cosa che la circonda.

Forse sei tu.

7 Dimenticami come il giorno della comunione

«Prendete e mangiatene tutti: questo è il mio Corpo offerto in sacrificio per voi.»

Il sacerdote all'altare alza l'ostia con entrambe le mani, chiude gli occhi. Poi si genuflette.

Prima o poi tutti ci genuflettiamo. A un Dio, alla chiesa, al denaro, alla droga, a una donna, a un uomo, a un computer, alla musica, al lavoro, alla violenza, a una pistola puntata alla testa, all'amore. A volte lo facciamo senza neanche averci riflettuto più di tanto.

È importante pensare bene davanti a che cosa ci genuflettiamo. Quel qualcosa potrebbe perseguitarci per tutta la vita.

Il giorno della prima comunione è pieno di responsabilità. La preparazione dei mesi addietro è pari a quella di un esame. Lezioni ripetute più e più volte. Riti, frasi e azioni da imparare a memoria. I catechisti sono i professori della chiesa. Il sacerdote è il preside. Ognuno cerca di spiegare in che cosa consiste il sacramento.

«La comunione è per i bambini il primo consapevole momento di contatto con la vita di fede.»

L'ultima cena. La trasformazione dell'ostia e del vino nel corpo e nel sangue di Gesù offerto in sacrificio per gli uomini.

Come si può diventare fedeli di qualcosa di cui non si ha nemmeno a grandi linee la benché minima idea? A otto anni non sai niente di niente ed è difficile comprendere certi aspetti.

Rischi di andare in confusione oppure di accettare alcune cose dandole per scontate. Pensi "se ci crede anche mio padre e i miei amici, è giusto che ci creda anch'io". Ma le domande, in verità, sono molte.

Mesi di riflessioni sulla vita, la morte, il sangue, lo spirito. Riflessione sui peccati e arriva la confessione. Perché devo raccontare le mie azioni cattive o non proprio buone a qualcuno? Se mi sono già pentito o ancor più se non l'ho ancora fatto, che senso ha dirle a un uomo vestito di nero? Genuflessione, preghiere, misteri, misticismo e ambiguità. Totale e assoluta confusione.

Dopo mesi e mesi solo il quadro generale appare chiaro. Sacramento, giorno importante, confessione obbligatoria, frasi di rito da ripetere, azioni da svolgere, prove come a teatro. In effetti sembra di stare a teatro. Gli attori ci sono tutti. E anche il pubblico è presente.

In ogni caso le cose davvero importanti sono quelle successive: mega pranzo con i parenti, festa, regali, regali, regali. Il significato reale del sacramento qualche ora dopo sarà seppellito sotto una pila di regali.

Le prime confessioni sono difficili da fare. Andare in confessionale e raccontare le cose brutte che hai fatto, quasi tutte. Cercando di incanalarle in espressioni generali e meno comprometteni, prendendo ispirazione dai dieci comandamenti. Mi perdoni perché ho peccato padre, ho mentito, non ho onorato mio padre e mia madre, ho commesso atti impuri.

Le confessioni più recenti non sono poi così difficili da fare. Non ci sono confessioni più recenti. Che valore avrebbe comunque? Sì, forse ti farebbe sentire meglio confessare i tuoi peccati terrestri, ma se non fossi veramente pentito non avrebbe alcun senso.

Le confessioni col tempo si fanno sempre più saltuarie, sporadiche, ancora più delle comunioni.

A dieci anni la domenica è un giorno dai risvolti quasi mistici. La domenica spesso non piove, anche se il sabato e il venerdì precedenti aveva fatto tempesta.

A dieci anni la domenica mattina significa poter giocare a videogiochi horror, violenti, perché sai che sei comunque al sicuro, è domenica e c'è il sole. Un velo mistico di benedizione invisibile protegge ogni cosa e sia il mondo reale che quello virtuale ti incute meno paura.

I discorsi del sacerdote a volte sono interessanti, spesso troppo difficili da capire. Le canzoni però mettono di buon umore. Dopo le prime volte non è così difficile ricordarsi quando alzarsi in piedi, quando sedersi, quando inginocchiarsi, quale preghiera o frase recitare, basta guardare qualcuno più grande di te.

Il momento che cerchi di evitare più che puoi è quando il sacerdote passa tra le panche di legno e schizza l'acqua da una parte e dall'altra cercando di colpire tutti i presenti. Dicono che è acqua benedetta, che è una benedizione. A te dà solo fastidio: gli schizzi sono incontrollabili e spesso bagnano i vestiti, tutta la faccia, gli occhi.

Finita la messa c'è la parte più divertente: il catechismo. Almeno lo è la maggior parte delle volte, perché ci sono alcuni incontri in cui scherzare e ridere è vietato e l'ora passata insieme diventa noiosa almeno quanto la messa o forse ancora di più perché devi anche prestare attenzione.

Il pranzo della domenica, soprattutto per gli altri bambini, è una festa con i nonni, gli zii e i cugini. Finalmente si mangia, pasta al forno, carne, poi dolci e giochi. Almeno i primi anni me lo ricordo anch'io così, prima che si trasformasse in un pranzo come gli altri, nessuna festa, un pranzo insieme a mio padre o in solitudine.

Con gli anni il gesto ancora poco chiaro di ricevere l'ostia diventa meccanico, abitudinario, per perdere poi ogni significato mistico, religioso. E il simbolo perde valore. Quella che tiene tra le mani quell'uomo vestito ora di bianco, ora di viola o verde, è solo un'ostia.

La fede diventa rito fine a sé stesso, solo qualcosa di esteriore.

E passano lunghi anni a nascondersi dietro gesti ripetuti e a porsi domande senza trovare risposte. Le cose cambiano lentamente.

I fedeli con più dubbi che certezze, non fanno più così spesso la comunione, abbandonano i segni con le mani, le parole ripetute. La confessione? Solo un vago ricordo. Non ci si confessa più. Non confessiamo i nostri lati oscuri e i nostri sbagli alle persone che ci stanno vicino, figuriamoci a qualcuno che conosciamo poco o per nulla. Figuriamoci a qualcuno che ti scruta da una griglia di legno scuro.

I peccati da confessare degli adulti sono macigni che ti trascinano dritti nell'abisso oscuro. Quelli dei bambini sono spesso sassolini nelle scarpe, a volte si prova più imbarazzo nel doverli spiegare che ad averli commessi.

Dopo anni neppure di domenica si frequenta più la chiesa.

I fedeli, o quelli che non lo sono mai stati veramente, passano da cattolici praticanti a non praticanti.

A volte le cose appaiono per come sono e come non le abbiamo mai viste prima. Con occhi più lucidi e razionali ci rendiamo conto che la chiesa cattolica altro non è che un'istituzione come tante altre, fatta di uomini, buoni o malvagi, gentili o ostili, onesti o corrotti, forti o deboli, integri o disturbati. In fondo, Dio c'entra molto poco con i riti, i costumi e le parole dette e non dette.

Quando scavano più a fondo alcune persone si rendono conto di far parte di qualcosa in cui non si riconoscono affatto, qualcosa che impone idee e modi di vivere, qualcosa che va contro i principi personali e la natura radicati sottopelle, qualcosa che demonizza il sesso e la sensualità.

La dottrina ufficiale della chiesa vieta i rapporti sessuali prematrimoniali, il divorzio, l'aborto, l'omosessualità. L'influenza che essa cerca di esercitare sullo stile di vita privato, sessuale e sul modo di essere degli uomini e delle donne infrange un confine molto delicato. Un confine di cristallo. Due persone non possono amarsi come meglio credono anche prima del matrimonio? Di certo sì e questa non può essere opera del demonio, ma solo amore.

La sessualità e l'orientamento sessuale rientrano nella sfera privata, nel diritto di poter esprimere sé stessi ed essere ciò che si vuole fino a quando ciò non arreca danno ad altri. La parola amore ha lo stesso significato anche quando ad amarsi sono due persone dello stesso sesso.

Forse bisognerebbe continuare a credere, ma in una forma diversa, dimostrando più tolleranza e accettazione, senza alcuna discriminazione, anche e soprattutto se non capiamo alcune scelte o non le condividiamo. Riflettere sul fatto che, indipendentemente dal tipo di religione e credo, l'essere umano in sé è tanto complesso quanto straordinario e il libero arbitrio porta a scelte e modi di essere differenti, meravigliosi. E allo stesso tempo, a volte dà anche origine a forme di malvagità difficili da comprendere o concepire.

Dovremmo essere compassionevoli, accogliere la diversità e le imperfezioni che caratterizzano ognuno di noi.

Potremmo essere più fiduciosi nel prossimo.
Potremmo amare molto più facilmente e apertamente.
E, invece, ci nascondiamo dietro principi a cui diciamo di credere, ma che infrangiamo ogni giorno. Mentiamo, rubiamo, calpestiamo il nostro prossimo, non abbiamo pietà di nessuno, ignoriamo chi ha bisogno, uccidiamo.
Diciamo di avere fede, ma facilmente dimentichiamo verso cosa.

Un giorno hai ventotto anni, non vai più a messa, non preghi e non ne senti la mancanza.

Il sacerdote, la morte e la resurrezione, abito verde, abito viola, l'ostia, il vino, il segno di pace, il segno della croce, la benedizione.

La comunione si dimentica in fretta, come si dimenticano altri mille riti. Le azioni meccaniche rimangono anche dopo anni. Il significato, privato delle sue fondamenta e di una riflessione interiore costante, è sempre più sfumato, fino a diventare fumo nero.

Le domeniche hanno smesso di essere luminose al funerale di mio padre. Era domenica, forse c'era il sole, ma il ricordo è sfocato, nero.

La tunica nera continuava a rovesciare parole di rito, le persone eseguivano meccanicamente, ma le lacrime inondavano ogni cosa, sommergendo suoni, visi e colori.

8   Dimenticami come un vecchio libro

Gli occhi di mio padre erano emozionati e commossi quando mi raccontò la storia del libro prima di consegnarmelo. Avevo dodici anni e forse era ancora troppo presto per capire certe cose, ma a quanto pare mio padre aveva seguito le istruzioni di mia madre.

Purtroppo, oltre al libro, anche la strega sarebbe comparsa nella mia vita di lì a poco…

La copertina era di pelle marroncina chiara e lucente. Sulla parte frontale le decorazioni floreali sapevano di un tempo lontano. Il formato era più simile a un quaderno che a un libro. Le pagine all'interno erano color avorio.

La prima volta, sfogliandolo velocemente, mi resi conto che le parole d'inchiostro nero erano lo sfondo di disegni magnifici. Le sfumature di colore sembravano magiche. Non era solo un libro di racconti o ricordi e non era solo un diario.

Nella prima pagina era scritto:

Le pagine della vita sono fatte di mille colori diversi, sono farfalle che continuano a battere le ali e non si fermano mai.

I ricordi sono difficili da catturare appieno, l'inchiostro nero su una pagina non può controllarli e i colori non li allietano a lungo.

Il ricordo è vivo e chi lo legge può riviverlo, immaginarlo, vederlo, toccarlo. E con esso avrà vita eterna la persona che l'ha vissuto diventando essa stessa un ricordo indelebile.

Caro Remo, ricordami e ricorda a tua volta.

Le pagine raccontavano di farfalle e di mutazione, di pianeti e stelle, di foreste e deserti, raccontavano favole di un principe e una volpe, di sfumature e lucciole. E poi davano risposte ad alcune domande che avrei voluto rivolgere a mia madre e altre a cui forse non avrei mai pensato. Venivo così a conoscere delle sfumature di cui neanche mio padre era a conoscenza.

Mia madre soffriva di vertigini e aveva paura dell'altezza, ma non di volare perché osservare le nuvole dal finestrino dell'aereo aveva un effetto calmante; quando invece c'era maltempo prendere un aereo si faceva più complicato. L'idea di arrivare in una destinazione con una cultura differente, un paesaggio nuovo da ammirare e persone con esperienze, idee e punti di vista diversi, costituivano le giuste motivazioni per superare la paura di viaggiare. Le lunghe distanze, infatti, la turbavano ancora prima dell'inizio del viaggio e la trascinavano in un senso di inquietudine crescente. Forse quelle sensazioni erano dovute alla morte dei propri nonni in un incidente d'auto e al trauma che l'amara notizia le aveva causato. Nonostante ciò, dopo aver iniziato a lavorare, aveva deciso di risparmiare per poter viaggiare almeno una settimana all'anno e visitare luoghi in cui non era mai stata prima. Diceva che non era necessario andare lontano, soprattutto quando i conti non lo permettevano, e che in fondo la distanza è solo un numero perché "le cose belle sono dappertutto, basta solo sapere come riconoscerle e soprattutto osservarle dalla giusta angolazione".

Amava alla follia la granita con la brioche e il gelato al pistacchio, che aveva assaggiato durante una vacanza in Sicilia prima di conoscere mio padre, ma ciò che preferiva mangiare in assoluto era più facilmente reperibile indipendentemente dal luogo in cui si trovasse: yogurt con pezzi di frutti di bosco.

Le piacevano quasi tutti i tipi di frutta, ma non la marmellata, aveva una consistenza e un sapore dolciastro che proprio non sopportava.

Non beveva il caffè, perché non ne aveva bisogno ed era "sufficientemente energica e ben desta per natura", tuttavia avrebbe potuto mangiare teglie intere di tiramisù.

Il suo punto debole era però il salato. Quando iniziava a mangiare le patatine difficilmente riusciva a fermarsi prima di aver divorato l'intero pacco. Per "limitare i danni" e sentirsi meno in colpa aveva iniziato a comprare dei formati più piccoli, anche se spesso ne apriva più di uno.

Il fenicottero, con un aspetto curioso e il suo comportamento insolito, era diventato il suo animale preferito quando da bambina ne aveva visti un paio in uno zoo.

Allo zoo alcuni animali sembrava che soffrissero in gabbia, come i leoni, con gli occhi persi nel vuoto che percorrevano ripetutamente i pochi metri dietro le barre di ferro avanti e indietro, avanti e indietro.

Qualche anno dopo in un documentario alla televisione aveva visto un branco di fenicotteri lucenti e più colorati che mai su una spiaggia e dei leoni che camminavano fieri e possenti, con le cicatrici sulla faccia, ma senza paura, gli occhi erano il riflesso della libertà. Per questo motivo alcuni dei luoghi che le mettevano più tristezza e le infondevano un senso di oppressione erano gli zoo e i circhi pur amando gli animali.

Tra tutti l'animale più fastidioso erano forse le zanzare che con il ronzio assordante, la minaccia della puntura e le abilità di schivare l'attacco umano, tormentavano le sue notti, facendole perdere "preziosissime e mai recuperate ore di sonno e di sogni".

Odiava le sigarette e tutte le sostanze annesse che nel tempo avevano decimato i suoi parenti. Zii e cugini a quanto pare erano fumatori incalliti e ormai dipendenti dalla "pausa da sigaretta" erano in grado di consumare tra uno e due pacchetti da venti al giorno. Dopo una serie ravvicinata di morti per tumore ai polmoni qualcuno dei parenti, colto dalla paura della morte alle loro spalle, aveva cercato di smettere o almeno ridurre la dose a cinque o sei sigarette al giorno, tuttavia ogni tentativo era stato vano: la spirale del decadimento si era già avviata da tempo e ogni anno portava con sé una brutta notizia.

L'ultima settimana dell'anno, soprattutto dai tredici ai ventotto anni, mia madre era solita fare una profonda riflessione interiore per valutare le cose positive e negative dell'anno ormai agli sgoccioli. Riavvolgendo mentalmente il nastro dei ricordi ripercorreva velocemente quanto accaduto, soffermandosi su quegli episodi particolarmente vivi per un motivo o per un altro. Ripensando a come aveva agito e quali erano state le conseguenze o i risultati cercava poi di stilare una lista di buoni propositi, di cose da fare e non fare.

A volte la lista era particolarmente lunga, piena zeppa di nuove esperienze da fare, cose da provare per mettersi in gioco e paure da superare. Alcuni anni la lista era un semplice post-it, essenziale e conciso. Aveva il vantaggio di poter essere attaccato al muro davanti alla scrivania della camera, ma qualche volta si staccava finendo prima sul pavimento e poi accidentalmente nella spazzatura oppure risucchiato dall'aspirapolvere.

Il periodo dell'anno preferito? Ovviamente il Natale. Non per i regali, né per i giorni festivi o per la quantità di cibo. Il perché era "nel sentimento generale di felicità e gentilezza tra le persone". Era per la voglia di stare insieme alla famiglia e agli amici, cliccare un tasto del telecomando e mettere tutto il resto in pausa, almeno per un po'. Mettere in pausa lo studio, il lavoro, gli impegni e le mille attività quotidiane. Certo, spesso la caccia ai regali diventava un vero e proprio lavoro con tanto di alti livelli di stress annessi, ma, se ci si preparava per tempo, diventava un'attività divertente e piacevole.

Una delle cose che più le piacevano era la musica natalizia, specialmente le canzoni inglesi o americane: allegra, piena di speranza.

Con la musica aveva sempre avuto un rapporto speciale. Adorava danzare o semplicemente "muoversi liberamente e lasciarsi trasportare dalle note. E perdere il controllo del proprio corpo e dei propri pensieri: sentirsi libera davvero".

Non aveva un genere preferito. Non esisteva musica sbagliata e ognuna assumeva significato e valore in un contesto specifico. La musica classica la aiutava spesso a concentrarsi nello studio di cose nuove. Quando invece doveva lavorare o scrivere prediligeva della musica di ambiente oppure le canzoni pop in una lingua che non parlava e capiva a malapena, come ad esempio il francese, così non faceva alcuna attenzione al significato del testo ed evitava di distrarsi.

La musica era vita.

La musica era l'amica inseparabile durante la gravidanza. La musica che avevo ascoltato anch'io dentro la pancia e che forse porto ancora nei ricordi più intimi e remoti.

Il libro era scritto solo a metà. Mia madre non era riuscita a scrivere le altre pagine, che così vuote e bianche imprimevano una profonda tristezza.

Le ultime pagine avevano una calligrafia più confusa e nervosa e testimoniavano le sue condizioni precarie durante la gravidanza. I suoi pensieri però rimanevano sempre estremamente dolci e gioiosi e, leggendo quelle pagine, mi sembrava di poterla vedere sorridere, felice.

Il motivo del nome che mi fu dato, Remo, suscitava in me emozioni che difficilmente riuscivo a contenere e mi faceva sentire ancor più la sua mancanza.

Remo. Il significato di tutto l'amore del mondo.

Il nome deriva dal latino Remus, tratto dal greco reo "che scorre". Sei diventato linfa vitale che scorre dentro me, nelle mie vene e nel mio cuore. Ti ho sempre desiderato, ancora prima che tu ci fossi, prima di sapere che esistevi, prima di sentire il tuo cuore battere.

Remo rappresenta anche il più grande impero mai esistito, il passato che scorre nelle vene di molti essere umani: Roma.

Remo non fondò Roma e non ne fu il primo re, eppure il suo nome è scolpito nella storia come quello del suo gemello. Le leggende fanno eco al suo nome, come se fosse il nome di un re.

Non importa Remo che cosa farai e chi diventerai, nulla potrà cambiare l'amore che scorre dentro di me. E forse è stata proprio la morte di Remo che ha permesso la nascita di Roma. E forse, se le mie condizioni si aggraveranno, vorrà dire che sarà proprio la morte a dare origine alla vita.

Remo continua a scorrere e inizia una vita nuova.
Sei e sarai tutta la mia Roma, comunque vada.
Con infinito amore, mamma.

Nell'ultima pagina invece erano scritte solo queste parole.

La fine non è che un nuovo inizio.
Continua tu Remo, assapora ogni momento e scrivi un ricordo d'inchiostro quando ne sentirai il bisogno, quando sarai pronto, quando vorrai raccontarmelo.

Il libro dei racconti di mia madre era la cosa più preziosa che possedevo. Frase dopo frase era stato come entrare nei suoi pensieri; era stato come conoscere una parte di lei. Ogni volta che rileggevo le pagine notavo sempre qualche particolare a cui prima non avevo dato peso o che mi era sfuggito del tutto.

Le pagine bianche che avrei dovuto riempire io erano rimaste immutate da quando l'avevo ricevuto.

I pensieri sono difficili da tramutare in parole, sono sfuggenti come anguille e quando li sfiori fanno male come artigli di tigre.

La mia indecisione sul soggetto o l'oggetto del racconto era forse soprattutto dovuta al fatto che in quel periodo della mia vita non c'erano molte cose che avrei voluto ricordare.

Dopo mesi di indecisione, fu mio malgrado qualcun altro a prendere una decisione al posto mio. Un pomeriggio di ritorno da scuola scoprii che il libro non si trovava più nel cassetto in alto del comodino della mia camera da letto. Eppure, era lì che l'avevo riposto la sera prima. Pensando di essermi sbagliato iniziai ad aprire tutti gli altri cassetti del comodino. Guardai in ogni angolo remoto della camera, pensando che la memoria forse mi stesse giocando un brutto scherzo. Dopo tre ore di apri e chiudi e di spostamento di libri, giocattoli e vestiti, sembrava essere esplosa una granata al centro della stanza. Il libro era perduto. Sapevo che il responsabile non poteva che essere uno solo: la mia matrigna. Quando le chiesi se per caso avesse visto il libro in questione, la sua risposta fu un secco e squillante «Proprio no!» con una smorfia iniziale che sembrava essere di sorpresa, ma che poco dopo si tramutò in un'espressione ridente e malvagia di chi si rende conto di aver infilato la lama in una ferita aperta e di poter conficcarla ancor più in profondità o ruotare il coltello per triturare la carne e allargare il taglio. Da quel giorno per me divenne "la strega".

Mio padre ci rimase molto male per la scomparsa del libro, ma una parte di lui, la parte stregata, credeva che in realtà lo avessi perso io chissà come chissà dove. Qualche giorno dopo sentii per caso che ne parlavano in cucina.

«Non riesco a spiegarmi come abbia fatto Remo a perdere il libro. È il regalo più importante di sua madre.»

«Ho troppo spesso l'impressione che abbia la testa tra le nuvole. Mi sembra molto distratto, non credi anche tu, caro? Secondo me è plausibile che l'abbia dimenticato chissà dove, magari dopo averlo infilato nello zaino per sbaglio e portato a scuola. In verità ultimamente lo vedevo immerso fin troppo in quel libro e secondo me non era positivo per lui. Chissà se non è poi meglio così. Focalizzarsi troppo sul passato ti impedisce di vivere il presente e rende appannato il futuro. Non credi anche tu, caro?»

«Mah, sì hai ragione anche tu da un certo punto di vista. Solo che ci tenevo che avesse quell'oggetto. Era pur sempre un regalo di sua madre.»

«Lo so. Vedrai che forse è meglio così.»

«Per caso tu non l'hai visto in giro vero?»

«Proprio no caro.»

Il colpevole su cui ricaddero tutti i sospetti e le colpe alla fine fui io per la mia spropositata e palese distrazione.

La strega tuttavia non era soddisfatta. Non trovare il libro era stato solo il primo atto della mia sofferenza e non era stato affatto sufficiente per lei. E così trovò un modo per rendermi ancora più triste, soprattutto in occasione di quei giorni in cui di solito, senza alcun motivo in particolare, mi sentivo più felice: il giorno del mio compleanno e di quello di mia madre, Natale,

Pasqua e le ultime settimane di marzo che aprivano le porte alla primavera.

Le bastava andare nel suo nascondiglio segreto, strappare una pagina dal libro e farla poi a mille pezzi. Stropicciarli per bene, bruciarli o in alcuni casi bagnarli sotto l'acqua corrente. E il gioco era fatto. La mossa successiva era poi metterli in bella vista nella mia stanza e rimanere nei paraggi, pronta a sentire e vedere la mia reazione ora triste, ora confusa, ora arrabbiata. Le mie lacrime erano la sua fonte di gioia, la mia rabbia invece le suscitava elevata soddisfazione.

La strega era una donna piccola e forse con una storia difficile alle spalle. Probabilmente conosceva in profondità solo il male perché ne aveva ricevuto troppo e solo questo sapeva donare, soprattutto a chi, come me, non aveva né la forza né la volontà di ribellarsi. Oppure, forse era solo una persona cattiva. Per le persone con un animo buono è difficile accettare che la malvagità pura e semplice possa esistere. Tuttavia, la realtà è che la natura può essere spietata oltre ogni limite e l'essere umano, in quanto tale, ha anche un lato malvagio più o meno accentuato, più o meno articolato: fa parte della sopravvivenza. Semplicemente le persone cattive esistono e, di certo, la strega ne faceva parte e avrebbe persino potuto esserne un grande e astuto stratega.

Dopo le prime volte mi resi conto che quello che in particolare desiderava era assistere alla mia disperazione e così decisi di difendermi attuando la massima e palese indifferenza, anche se non era per niente facile. Rimanevo in silenzio, ma avrei voluto urlare e buttare qualche oggetto per aria.

La cosa positiva era sapere che il libro era ancora, più o meno intatto, nascosto da qualche parte in casa.

Alcuni pezzi di pagine potevano tra l'altro essere recuperati: cercavo di metterli insieme come un puzzle rovinato e con parti mancanti. Cercavo anche di riscrivere quelle pagine rovinate aggiungendo i particolari che riuscivo a ricordare.

Ricordo che i mesi precedenti alla fine della scuola e all'esame di stato per il diploma erano stati più tranquilli del solito. Avevo deciso di continuare gli studi all'università e di trasferirmi in un'altra città, facendo domanda per ottenere un posto in una residenza universitaria e sostenermi, soprattutto per i primi anni, con l'aiuto economico di mio padre.

Il mio piano per i cinque anni seguenti il diploma era stato ben accetto e anche la strega sembrava contenta di non avermi più tra i piedi. Forse era per questo motivo che la malvagità nei miei confronti si era placata, ma una strana sensazione dentro di me mi faceva temere che fosse solo la quiete prima della tempesta. Temevo che il peggio dovesse ancora arrivare. Per quanto riguardava il libro temevo di lì a poco, ad esempio il giorno del mio compleanno o quello della partenza, di trovare solo la copertina senza più alcuna pagina oppure di entrare nella mia stanza e vederlo ancora fumante, ridotto in cenere dalle fiamme.

Invece non successe nulla di tutto ciò.

Una settimana prima di lasciare la mia città natale intrapresi per l'ennesima volta una caccia al libro di mia madre. Questa volta guardando anche in nascondigli a cui mai avevo pensato o a cui prima non riuscivo ad accedere. E dopo aver messo sotto sopra la casa, lo trovai nel ripiano più alto della cucina, seppellito tra barattoli avvolti dalla polvere contenenti sottaceti e conserve che probabilmente erano lì da sempre e non più commestibili.

Avevo ritrovato il libro finalmente. A breve sarei partito.

La strega sarebbe morta dopo qualche anno, lasciandomi per molto tempo dopo una sensazione di amaro e acido in bocca. Nonostante tutto, alla fine, non le avrei tenuto rancore perché come diceva mia madre: "le cose brutte è meglio lasciarle andare, farle scivolare via."

Soprattutto quando la persona con cui confrontarsi non c'è più o non fa più parte della tua vita, non ha senso farsi tormentare la notte dai fantasmi.

Mio padre invece, per motivi che mai riuscirò a capire, visse la scomparsa molto intensamente e non fu mai più quello di prima. Non era forse per il dolore della persona scomparsa, ma per la situazione in cui si ritrovava nuovamente, delicata come un vaso di porcellana in frantumi e riparato con un sottile strato di colla solo qualche anno prima.

9 Dimenticami come le luci spente

Prima che quello in cui ti ho incontrata per la prima volta e che ancora ci ospita diventasse il mio parco preferito, ero solito andare per qualche passeggiata in un altro più distante da casa e più ampio, vicino alla stazione. Gli alberi lì si allungano possenti e verdi verso il cielo e formano un mantello che ripara le aree sottostanti. Mentre i fiori delle piante sono più colorati che mai e attirano minuscole forme di vita di ogni genere.

Le panchine sono poche, logore, lorde. A ogni riqualificazione del quartiere ne vengono reinstallate di nuove e vengono riparate e dipinte quelle precedenti, ma bastano pochi mesi e tutto ritorna com'era. Poche panchine, logore, lorde. I cestini della spazzatura rimasti sono forati e una volta pieni rimangono stracolmi per giorni. Alcune persone non hanno bisogno di un posto specifico per i rifiuti, semplicemente considerano il parco un unico grande cassonetto. Soprattutto in alcune zone, sul terreno o sull'erba ci sono sparpagliati oggetti di ogni tipo. Copertoni, assi di legno con chiodi arrugginiti, vestiti, vecchie televisioni con lo schermo in frantumi, riviste di ogni genere, tubi di ferro, specchietti delle auto. Quello che si nota subito sono le siringhe usate e gli aghi piegati: formano un tappeto multicolore di disperazione e angoscia. Ormai tutto è entrato a far parte del paesaggio circostante.

Il parco vicino alla stazione è per altra gente. Per chi nei parchi ci vive, per chi li usa come zona di spaccio, per chi compie piccoli e grandi traffici illeciti. Quelli che passeggiano, perdono tempo, guardano il verde, quelli che non sono clienti, disperati o straccioni, non sono benvenuti. È per questo che le panchine vengono eradicate da un giorno all'altro, è un messaggio chiaro e inequivocabile: voialtri qui non siete i benvenuti.

Gli spacciatori per lo più se ne stanno in piedi, con la schiena poggiata ai tronchi degli alberi.

I clienti, invece, non hanno bisogno di panchine. La maggior parte, dopo il passamano, tira dritto verso casa o nel luogo in cui potrà assumere indisturbato il rimedio temporaneo ai propri mali. Quelli che, invece, in piena crisi di astinenza, non possono attendere un minuto di più cercano una zona del parco più appartata. Poi sciolgono il mix letale e si sparano veloci la dose dritta in vena. A nessuno di loro importa delle panchine. Si siedono sull'erba, al massimo poggiando la testa sul tronco di un albero. Poco dopo si accasceranno completamente a terra. Dimentichi del mondo, delle sofferenze, dei problemi, della vita e della morte. Apriranno gli occhi e crederanno di essere seduti sulla poltrona più comoda, accessoriata e colorata mai esistita. Guarderanno il cielo oltre i rami dell'albero e saranno in grado di raggiungerlo con un dito, piegando il tempo e lo spazio a loro piacimento. Si sentiranno leggeri come una nuvola e vedranno la luce flettersi e da essa apparire cose meravigliose.

Peccato che non esiste niente di ciò che immaginano.

La realtà è molto più triste e cruda. Non stanno volando, ma hanno gli occhi persi nel vuoto e la bava alla bocca. Si rotolano a terra con spasmi improvvisi tra siringhe usate e la morte intorno. Quando il cielo in cui fluttuano crollerà bruscamente e la terra sudicia darà loro il "bentornato" saranno nuovamente confusi e tristi, più di prima. Odieranno, odieranno più di prima il mondo e loro stessi. E faranno l'unica cosa che sembra possibile, imboccheranno l'unica strada che appare illuminata, l'unica via di uscita. Si procureranno altri soldi. Preleveranno gli ultimi risparmi, chiederanno un anticipo sulla busta paga, chiederanno un prestito a parenti e amici, venderanno gli ultimi oggetti preziosi, mentiranno, tradiranno, ruberanno o si venderanno. Tutto per un'altra dose di paradiso, tutto per sfuggire qualche minuto a questo inferno in terra.

In alcuni casi non c'è una prossima dose: quella in corso è anche l'ultima. Il paradiso allucinogeno e anestetizzante si sgretola e tutto si trasforma in un incubo. Il poveretto rimane intrappolato nell'inferno e non riesce più a uscirne. In preda agli spasmi incontrollati oppure immobile e in silenzio consuma la sua ultima dose. Si addormenta per sempre e così passano anche tutte le sue paure, finalmente non c'è più rumore attorno.

In alcuni casi la droga è un omicidio, in altri un suicido assistito. Gli spacciatori sono nient'altro che venditori di morte oppure angeli misericordiosi.

La morte ha sempre degli effetti a catena: l'ambulanza, i poliziotti, i cani, i giornalisti, i curiosi, poi tutto si dissolve nell'aria, tutto ricomincia come se niente fosse mai accaduto. Quando la morte arriva nel parco i controlli si intensificano. Vedere i cani antidroga è un evento normale, scandisce il gioco tra guardie e ladri che fa solo scena e nulla fa cambiare. Talvolta vengono sequestrate discrete quantità di erba o di quella che in origine era cocaina. In origine, cioè prima del mix con veleno per topi, talco, ruggine, antidolorifici, anestetici, pillole varie e altre sostanze sconosciute.

I pastori tedeschi fiutano le scorte nascoste nelle buche coperte da foglie secche, tra i tronchi scavati degli alberi, sotto gli assi di legno divelti delle panchine, nei bidoni dei rifiuti deformi e spesso accasciati al suolo. Quando succede sembra di assistere a uno strano gioco a nascondino che si ripete più o meno sempre con le stesse modalità. I poliziotti vengono avvistati da qualcuno che fa il palo, il quale manda un segnale analogico, ossia urla una parola indecifrabile, che forse non esiste nemmeno. Le mani dei compari lanciano nell'erba quello che tenevano stretto un attimo prima, oppure si ritirano subito dal nascondiglio che stavano per varcare. Il parco si svuota lentamente e rimane solo la polizia e qualche disperato. È una forma di danza in un teatro a cielo aperto.

Il numero di arresti per spaccio al parco è costante da cinque anni a questa parte, un numero a una cifra, zero. In un modo o nell'altro i venditori di morte la fanno franca. L'espressione dei poliziotti fa trasparire una sensazione di impotenza mista a rabbia. Alcuni di loro vorrebbero cambiare le cose agendo con la forza, andando ben oltre quello che la legge consentirebbe, ma non sarebbe la cosa giusta da fare: la violenza chiama altra violenza.

Molti si sono ormai rassegnati alla realtà: semplicemente non si può cambiare.

Testimone della battaglia senza fine è l'altra faccia del parco: i senzatetto che tutti ignorano sono le persone di vetro, gli invisibili. Persone di serie B ai margini della società. Giudicati male o ignorati da tutti, compresi da nessuno. Qualcuno è stato così sfortunato da conoscere la strada per tutta la sua vita, è venuto al mondo tra mura di cartone e non ne è più uscito. La maggior parte ha un passato turbolento, fatto di fame, violenza, tragedie, abbandono e fallimenti finanziari. Il mondo gli ha girato le spalle troppe volte e spesso sono rimasti impotenti a guardare ogni cosa intorno sgretolarsi.

C'è una cosa che accomuna tutti i senzatetto, non è la strada, né la fame perenne, ma la tristezza, quel vuoto inesorabile che risucchia ogni cosa. Esseri umani persi nel limbo della strada, senza ieri e senza domani.

Freddie era uno di loro, uno degli uomini di vetro.

Sono sicuro che questo non fosse il suo vero nome; tuttavia, era così che mi aveva detto di chiamarsi. Portava sempre con sé i suoi pochi averi in uno zaino nero pieno fino a scoppiare e due buste grandi di plastica dura, ormai deformi e consumate.

Lo vidi per la prima volta una mattina attraversando la stradina piena di negozi e bar che conduce alla stazione. Era seduto sul marciapiede su due cartoni sovrapposti, di fronte a un tabaccaio. Sul cartello ai suoi piedi c'era una scritta.

Urlando per la strada otterrai il mondo un giorno.

Ai lati del cartello vi erano due bicchieri di plastica con appiccicati fogli di carta.

In uno c'era scritto: *Ogni aiuto è gradito. Siamo tutti uguali dentro.* Nell'altro: *Stilo AA per walkman.*

Continuai a camminare, ma con passo più lento. Pensavo alla frase scritta sul cartone, aveva qualcosa di familiare, ma non riuscivo bene a ricordare dove l'avessi letta o sentita.

La frase "siamo tutti uguali dentro" mi aveva decisamente intristito. Sapevo bene che per fin troppe persone l'aspetto esteriore o ciò che si possiede contano molto più di quello che si ha dentro.

Non siamo mai tutti uguali.

Il bicchiere per le batterie mi fece sorridere invece, avevo già deciso che gliele avrei date una volta di ritorno, se si fosse trovato ancora lì.

E così fu. Lo trovai ancora nello stesso punto. Dentro a un bicchiere c'era qualche spicciolo, tutti di piccolo taglio, non più di dieci centesimi probabilmente. L'altro bicchiere era vuoto.

Uscito dal tabaccaio, misi due euro in cima agli altri spiccioli, che apparivano così ancor più insignificanti. Poi posai vicino all'altro bicchiere la confezione di batterie che avevo appena comprato. La moneta fu ignorata, le pile invece vennero raggiunte da mani smaniose e avide di musica e alloggiate con movimenti chirurgici e quasi religiosi nel walkman grigio scuro. Due dita applicarono poi una leggera pressione al tasto con inciso il triangolo. Le cuffie iniziarono ad alimentare le sue orecchie e un sorriso si disegnò sul suo viso. Solo dopo la fine del rituale, alzò gli occhi verso me e disse: «Grazie amico.»

Seguirono tanti altri «Grazie amico» e finimmo per diventare davvero amici.

Quando possibile mi fermavo a parlare con lui, spesso di niente in particolare, a volte dei suoi trascorsi.

La sua cattiva sorte e le malattie che gli avevano strappato via i genitori troppo presto, lo avevano catapultato rovinosamente nella strada. I tentativi di trovare e mantenere poi un lavoro non erano andati a buon fine. Il suo stile di vita indesiderato, gli abiti logori, le ossa sporgenti e i denti mancanti non lo aiutavano affatto. Era grato però alle persone che lo avevano aiutato in passato. Ogni tanto qualcuno lo aiutava ancora affidandogli dei lavoretti che gli permettevano di sentirsi utile e racimolare qualche soldo per i giorni di magra. I soldi raccolti erano prevalentemente utilizzati per il cibo per sé, per i cani del parco e per qualche oggetto di prima necessità.

Di solito non comprava le batterie perché costavano tanto, ma la musica per Freddie era come linfa vitale. Coloro che gli regalavano delle batterie nuove erano veramente pochi e li considerava ufficialmente i suoi amici. C'era però sempre qualche passante che voleva liberarsi di qualche batteria usata o scarica. Freddie era contento ugualmente. Diceva che a furia di fare prove aveva capito che alcune batterie non sono mai completamente scariche. Hanno ancora dell'energia, sono solo troppo deboli per apparecchi che richiedono molta potenza, questione di watt. Ma funzionano con un apparecchio che richiede poca energia, proprio come il suo vecchio caro walkman. «Sono grato delle batterie nuove perché durano veramente molto. Tuttavia, quelle usate hanno un certo fascino. Mi piace pensare che è come se stessi dando una seconda possibilità a degli oggetti che altrimenti verrebbero buttati, sprecati. E questo mi fa sentire molto meglio. A volte avere una seconda possibilità è come avere una seconda vita. Lo so bene io, ho avuto anch'io le mie seconde possibilità. E sono grato di questo.»

Gli occhi grigi profondi esprimevano molto più delle poche parole parlate o di quelle che scriveva.

Freddie aveva un talento naturale nel tramutare storie, pensieri e sentimenti in canzoni o poesie. A chi gli stava simpatico o si fermava a scambiare due parole con lui era solito regalare delle poesie o dei pensieri scritti a matita che strappava da un piccolo taccuino. Il primo foglietto me lo porse con un sorriso al terzo ringraziamento dicendo: «Grazie amico. Aspetta un attimo se non sei di fretta, vorrei darti qualcosa se non ti dispiace. È per ringraziarti delle batterie e dei soldi.»

Preso totalmente alla sprovvista provai a ribattere «No, figurati. Non devi, davvero», ma ero allo stesso tempo incuriosito di cosa avesse in mente.

«È una pagina del mio taccuino, una cosa che ho scritto tempo fa. Vorrei darla a te. Per me è importante dare qualcosa indietro. Mi fa sentire meglio, sai. Queste parole forse sono un po' tristi, ma rappresentano un pezzo di me. Grazie ancora amico, quelle pile mi permettono di ascoltare la musica e farmi sentire meno solo, soprattutto quando non c'è nessuno intorno.»

Poche parole, su un foglietto di carta.

Le lucciole brillano ancora

Tutt'intorno la notte si illumina

Una di loro si è appena spenta

Le lucciole brillano ancora.

Con quattro frasi era riuscito a trasmettermi la sua solitudine, il senso di non appartenenza che viveva ogni giorno sulla sua pelle. Vi si leggeva il riflesso della paura di sparire improvvisamente senza che nessuno si accorgesse di lui o sentisse la sua mancanza.

L'indifferenza e la solitudine facevano a Freddie più male dell'odio e dei pugni. Se sei odiato significa almeno che c'è qualcuno dall'altra parte. Quando rimani da solo, finisci per diventare trasparente anche di fronte allo specchio. Non ti vedi più. Lentamente sparisci come se non fossi mai esistito.

Da quel giorno andai a trovarlo spesso al parco vicino alla stazione, anche nel tardo pomeriggio. Lì trovava rifugio nella casa di cartone costruita su parte di una panchina logora e inutilizzabile perché priva degli assi della seduta.

Lontano dagli occhi giudicanti della gente, poteva ascoltare la sua musica in pace, canticchiare e sentirsi libero. Libero tra spacciatori, reietti, tossici e povere anime cadute in disgrazia. Scriveva poesie alla fioca luce delle stelle o grazie ad una torcia semidistrutta trovata per caso tra i rifiuti, ma ancora funzionante.

Avevo provato più volte a dargli dei soldi in più per trovare riparo in una struttura più decente, almeno tra mura di cemento. Oppure per tentare di migliorare la sua situazione e rimettersi in carreggiata.

Era stato sempre tutto inutile, anche l'ultima volta aveva rifiutato, nonostante avessi cercato di insistere più del solito.

«Voglio che li prendi, consideralo un prestito.»

«Ti ringrazio Remo. Sei veramente tanto gentile, ma non posso proprio accettare. Già mi aiuti abbastanza, ho tutto quello che mi serve in questo momento. Il walkman è pronto a suonare, le coperte ci sono, ho qualcosa da mangiare e anche qualche soldo per domani.»

«Potresti usarli per comprare dei vestiti nuovi e provare a cercare un lavoro. Che ne dici?»

«Ragazzo. Ho ormai perso il conto degli anni che mi porto dietro. Sicuramente ho superato di gran lunga i sessanta, ma di certo sembro molto più vecchio con questa faccia e gli acciacchi. Anche con dei vestiti nuovi e un bel bagno caldo non credo che riuscirei a resistere molto. E poi questi cagnoloni al parco sentirebbero troppo la mia mancanza.»

Il giorno prima di morire mi consegnò il taccuino che gli avevo regalato settimane prima. Con espressione compiaciuta mi disse: «Remo, in questi ultimi mesi, dopo tutte le volte che me lo hai ripetuto ho finito per credere davvero di possedere qualche tipo di talento per la scrittura. Ho ricopiato le canzoni e le poesie più belle nel nuovo taccuino e ne ho scritte di nuove nelle notti senza sonno. Voglio che lo tenga tu e, se ti capita di farle leggere a qualcuno che conta, magari tutto potrebbe cambiare. Come diceva il vecchio Freddie, il vero Freddie, si può essere tutto ciò che si vuole, basta trasformarsi in tutto ciò che si pensa di poter essere.»

Il suo entusiasmo nulla aveva potuto contro il freddo pungente e le ossa scoperte e stanche.

Se ne era andato come la lucciola della sua poesia e intanto le altre, beh, le altre lucciole continuavano ancora a brillare. Non si erano neanche accorte che una di loro si era appena spenta.

Dissero che il branco di cani che accudiva al parco, la sua famiglia praticamente, aveva ululato per tutta la notte. Forse avevano cercato di inviare un segnale d'aiuto o di fermarne la dipartita o solo di salutarla a loro modo. Forse ululavano per fare coraggio a quella lucciola che si stava spegnendo. Da allora non sono mai più andato al parco vicino alla stazione.

Le luci si spengono ogni giorno intorno a noi, e, come se niente fosse successo, continuiamo a vivere e forse dimentichiamo.

A volte basterebbe poco per cambiare le cose, ma in fondo siamo lucciole, indifferenti continuiamo a brillare.

10   Dimenticami come se fossi un amico

Gli amici sono tanto difficili da conquistare quanto facili da perdere. Non mi riferisco a quegli amici che di fatto sono solo dei conoscenti, ma di quelli che sanno chi sei veramente, di quelli che conoscono parte dei tuoi segreti e dei tuoi pensieri celati.

Apparentemente siamo tutti amici. Tutti sorridiamo.

Ci sono le facce delle signore per strada che scambiano sorrisi veloci mentre sono intente a fare la spesa il sabato mattina per il lieto pranzo domenicale e annuiscono tra loro con una certa complicità.

Ci sono i sorrisi forzati dei vicini che si salutano da un balcone all'altro. Si scambiano frasi di circostanza, ma stanno pensando entrambi a come fare per tagliare corto la discussione noiosa o scomoda.

Ci sono i sorrisi beffardi degli scrocca-passaggio che si guardano furtivi sull'autobus per individuare un eventuale controllore e pronti a scendere con balzo felino o ad obliterare (in casi estremi) con destrezza da prestigiatore.

Ci sono i sorrisi di assenso degli studenti universitari che si zittiscono usando tutte le proprie energie e per evitare di dirne di tutti i colori a quel professore che secondo loro ha sbagliato proprio professione.

Ci sono i sorrisi tesi e appena accennati dei colleghi che si sono appena lamentati del tuo comportamento con un altro collega, che a sua volta ha evidenziato le mancanze e le lamentele di qualcun altro.

C'è il sorriso falso dei parenti che in occasione degli eventi comandati cercano di non far trasparire i pensieri che nascono alle radici della loro coscienza e li rinchiudono all'interno del loro cranio.

C'è il sorriso da manuale dell'operatore dall'altro lato del telefono, povero cristo che parla a malapena la tua lingua e cerca, recitando un testo che ormai conosce a memoria, di venderti qualsiasi cosa, anche se a te non interessa, non ti serve o ce l'hai già.

Ci sono i sorrisi tristi dei mendicanti che dicono «Ciao amico» e mettono in vista la mano con il bicchiere di plastica per permetterti di offrire loro la tua benevolenza e piccola misericordia.

Ci sono i sorrisi, tutti uguali, degli sconosciuti che suonano al citofono e non sanno nulla di te, ma vogliono convertirti o invitarti a un evento sensazionale. Ovviamente il rifiuto è fatto con il sorriso.

Poi c'è il mio sorriso che è quasi sempre spontaneo ed è forse per questo che sorrido di rado. Lo faccio spesso per cose banali, che non fanno ridere quasi nessuno o che nessuno capisce.

L'importante alla fine è avere qualcosa che ti faccia sorridere.

Dicono che gli amici, quelli veri, si contino sulle dita delle mani. Forse sarebbe più reale dire di una mano. Nel mio caso è quella destra di Leo, a cui mancano l'anulare e il mignolo. Non si sa bene che cosa gli sia successo, ma circolano le leggende più svariate.

Alcuni dicono che è stato a causa di una granata difettosa esplosagli in mano durante la guerra.

Altri dicono che abbia vissuto un periodo in Giappone e che in seguito a un grave sgarro fatto alla yakuza gli abbiano dato una lezione esemplare.

Forse è stato un incidente mentre Leo nei panni di chef si cimentava nella preparazione del suo piatto preferito: tagliata di carne al sangue. Un po' troppo al sangue in verità.

Come la mano destra di Leo, non ho mai contato gli amici oltre il medio. I miei amici si sono dileguati nel tempo e allontanati nello spazio. È un numero che, ciclicamente, si incrementa e poi diventa un conto alla rovescia.

Le distanze, anche minime, hanno messo a dura prova legami che parevano indissolubili. E il tempo ha cambiato le opinioni e il modo di comprendersi sempre e comunque. Crescendo le priorità si sono ridefinite tutte d'un tratto e ineluttabilmente. Le passioni sono cambiate e si sono ridotti i punti di contatto. Sono cambiati numeri di telefono e indirizzi.

Per fortuna ci ha salvati la tecnologia. I social hanno costruito un mondo virtuale in cui essere sempre connessi e vicini, in cui è possibile creare nuovi punti di contatto e riannodare quelli vecchi o ormai persi.

La realtà, però, dopo anni di nodi virtuali, è ben diversa; le ragnatele tessute si sono per lo più rivelate una grande menzogna. Abbiamo tremila amici, ma nessuno degno del termine. Sono lì, in uno schermo di vetro con sfumature di blu, ma non li puoi raggiungere davvero.

La tecnologia ha annullato le distanze rendendo superfluo e quasi ingombrante il vedersi di persona. Gli incontri vis-à-vis sono pochi, evitabili, difficilmente digeribili. Il vedersi di persona è scomodo e imprevedibile.

Le telefonate implicano una risposta quasi immediata che sorprende e spiazza, implica l'ascolto istantaneo e la replica senza la possibilità di riavvolgere e cancellare la risposta impulsiva.

Il messaggio scritto o vocale permette di spezzare il legame tra le persone, le rende libere di rispondere come e quando è loro più funzionale. Oppure di inventare una scusa per posticipare all'infinito una risposta che già si palesa con il silenzio nero e assoluto.

Non amo le amicizie digitali. Preferisco tessere ragnatele tangibili, anche se sono ridotte in ampiezza, fatte di pochi fili di seta, ma spessa. Anche se nel tempo spezzandosi possono fare più male di cento fili virtuali.

Gli amici sono sempre oscillati tra due e tre. A tratti non ce n'è stato nessuno, neanche me stesso.

Una ragnatela vuota percossa dal vento.

A volte ti odi così tanto che perfino la tua ombra si rifiuta di guardarti le spalle e trama contro di te. È soprattutto in quei momenti che avresti bisogno di un amico, anche qualcuno con cui scambiare due parole dietro lo schermo forse sarebbe d'aiuto.

Gli amici veri ti scuotono forte e scuotono anche le tue paure. Ti assicurano che andrà tutto bene, anche se sanno che potrebbe andare male. Poi però fanno di tutto per darti una mano a far andare tutto bene.

Ti scuotono e scuotono anche i tuoi sogni, facendo cadere quelli che non avranno mai vita e concedendo spazio di crescere a quelli che potranno essere frutti rigogliosi e pieni. Gli amici veri non sono ambigui e si schierano sempre da una parte, talvolta contro di te, ma sempre per il tuo bene.

Sanno stare in silenzio, perché a volte non c'è niente da dire e va bene così.

Ti accettano per come sei, anche se non condividono alcune tue idee. Non hanno per te sorrisi vuoti.

Gli amici sono quelli con cui ti vedi quando gli altri non ci sono e quando non c'è nessun evento in particolare. Quelli a cui dici o vorresti dire: «Dai, mercoledì sera vediamoci, al massimo annoiamoci insieme. Mangiamo qualcosa insieme, niente di troppo complicato, magari una pizza! Parliamo di quello che ci passa per la testa e vediamo dove ci porta. Guardiamo anche un film qualsiasi, uno di quelli che, sappiamo, non ci terrà con il fiato sospeso e non ci appassionerà, uno di quelli quasi ridicoli e insensati. Saremo colpiti da quelle scene orrende o stupide e ne parleremo per almeno due mesi. Uno di quei film che possiamo parlarci sopra senza perdere frasi importanti, che puoi doppiare per divertirti e di cui puoi perdere minuti e minuti e capire comunque la trama scontata.» Perché l'importante non è il film, ma vederlo insieme.

È per questo che vado al cinema veramente poco. Una sala affollata e silenziosa, in cui l'unico rumore è il crunch delle patatine e dei popcorn che allietano le ore passate a guardare uno schermo. Al buio, senza proferire parola e senza voltare lo sguardo.

I film mediocri li dimentichi facilmente poco dopo averli visti. Nessun senso, nessuna morale, nessuna frase che vale la pena di rileggere. Colonna sonora poco incisiva, trama noiosa, effetti speciali quasi amatoriali, attori famosi e non che convincono poco e si impegnano poco. Niente amore, niente sesso, niente sangue, niente dramma, niente sfide, niente risate, niente vita.

I film che hanno avuto un certo impatto sono quelli che rimangono sospesi in una parte della tua testa. Quando senti nominare il titolo ti potrebbe venire in mente un vago ricordo piacevole o meno. Se guardi qualche scena potresti esultare con uno schiocco delle dita: «Sì, adesso mi ricordo! Certo che l'ho visto, bello. È quello in cui il protagonista…»

I film preferiti sono quelli speciali che ti hanno scosso e coinvolto talmente tanto che ti hanno fatto sorridere come un bambino o piangere di rabbia e tristezza.

Ti hanno suscitato odio e ti hanno quasi spinto ad alzarti e cercare di reagire per cambiare le sorti di ciò che stavi vedendo e, in un certo senso, vivendo.

Ti hanno fatto sperare e hanno distrutto le tue speranze nell'umanità e in te stesso.

Ti hanno fatto sognare e pensare per giorni e giorni.

Ti hanno fatto paura e te ne fanno ancora quando proietti quelle immagini nella tua testa o ti pare di vedere ombre minacciose nella stanza.

I film preferiti sono quelli che sei solito consigliare. Sono anche quelli di cui non parli con nessuno perché indirettamente rivelerebbero qualcosa di personale, sui tuoi più intimi piaceri e desideri o sulle tue paure. Sono quelli che accendono la lampadina ancora prima che tu ne sia cosciente. Sono quelli che guardi e riguardi. Quelli che hai guardato così tante volte che non vorresti più guardare, ma poi trovi sempre una scusa per rivedere.

A volte anche i film preferiti si dimenticano. A volte ci si accorge che non erano così speciali e scendono progressivamente dal podio della nostra top cinque per poi scendere ancora più in basso. Molto più in basso.

Ce ne ricordiamo ancora, ma preferiamo dimenticare, perché anche se lo erano, adesso non lo sono più. Fanno parte del passato ed è più facile lasciarli andare, insieme al nostro passato.

Forse un film che è stato tra i nostri preferiti per anni e anni, nonostante tutto, riuscirà a resistere al tempo, alla distanza, alla tecnologia e a noi stessi.

Forse un giorno lo rivedremo e capiremo il perché c'era piaciuto così tanto e perché adesso non è più così.

Forse rivedendolo salirà di nuovo in cima alla nostra lista.

Gli amici, in fondo, sono come dei film.

11   Dimenticami come uno sconosciuto

Il terreno era ancora umido, bagnato dalla pioggia leggera e costante che negli ultimi cinque giorni aveva interrotto il record di giorni luminosi. Solitamente in queste condizioni il sabato pomeriggio sono solo pochi che sentono il richiamo del parco e degli spazi aperti.

Mi vedo passare davanti il trentenne che corre, pantaloncini corti e cuffie ben dentro le orecchie. La temperatura gelida decisamente non gli incute alcun timore. E in ogni caso dopo il primo chilometro la sua temperatura corporea sarà già a livelli superiori alla mia. Io, che vestito così sembro un eschimese o uno scalatore pronto per una spedizione sul Monte Bianco.

Corre con ogni condizione meteo, pioggia e vento non lo spaventano. Corre per scaricarsi e il suo obiettivo ufficiale è quello di rimanere in forma, migliorare la linea, definire i muscoli.

Sono sicuro che c'è anche una versione non ufficiale. La versione non ufficiale è che corre per svuotare la testa, dei troppi pensieri, delle troppe decisioni importanti, dei problemi a lavoro. A casa poi non c'è nessuno e si sentirebbe malinconico. Invece, pensa, qui c'è quel ragazzo buffo sulla panchina vestito come se ci fossero due metri di neve e quella ragazza con il pastore tedesco. Oppure pensa che a casa c'è il bla bla bla continuo della sua ragazza o del suo coinquilino, che vuole questo, vuole quello e «In televisione c'è il film che mi piace!» oppure «Non mi va di fare niente oggi…» o ancora «Non fare rumore voglio dormire.» Allora non ci pensa neanche, è automatico: guarda fuori dalla finestra, se piove indosserà il cappello, non saranno certo due gocce a intimorirlo. Le mani hanno già preso dalla scarpiera le scarpe da corsa nere con i lacci giallo evidenziatore.

Cinque minuti dopo è già in strada.

Procede a passo lento, sistema bene le cuffie, seleziona la playlist.

Volume basso.

Ad intervalli prestabiliti rallenta e porta a gambe alterne il ginocchio verso il torace.

Sei minuti dopo attraversa l'ultimo semaforo e gli si apre davanti il verde, le panchine, le fontane a cui dissetarsi e far scivolare via dalla fronte il sudore, gli attrezzi in metallo arrugginito piantati nella terra, l'eco del passaggio delle auto solo in lontananza.

Le suole si dirigono sullo sterrato, l'asfalto è sopravvalutato. Il terreno è umido, quasi fangoso, a tratti si scivola, ma tutto è più interessante. Se scivoli o se becchi una pietra appuntita e ti fai male sei proprio un coglione ed è per questo che hai gli occhi bene aperti. Dopo aver tastato il terreno prendi velocità, ormai sei sicuro di te.

I tuoi occhi scrutano il terreno cercando di cogliere ogni cambio di pendenza, ogni ostacolo di medie o grandi dimensioni, ogni area fangosa o potenzialmente pericolosa.

Volume medio.

I primi tre chilometri sono quelli che richiedono maggiore sforzo. Bisogna sapere dosare bene l'andamento. Troppo lento e non riuscirai mai a prendere il ritmo, troppo veloce e sarai spompato prima del previsto.

Dopo i tre chilometri hai preso il ritmo, la testa si sta svuotando progressivamente.

Dai tre ai sette, forse otto chilometri inserirai il pilota automatico. La musica diventa più potente e ritmata, ne hai bisogno, senza di essa ti saresti già fermato da un pezzo. La musica è la sola droga di cui hai bisogno, non c'è alcuna necessità di steroidi, super integratori o bibite energetiche dal contenuto alquanto discutibile.

I pensieri evaporano con il sudore, goccia dopo goccia. Li lasci andare e a ogni passo sei più leggero, a ogni passo lo sforzo richiesto per il passo successivo è via via minore. L'attrito si riduce. Tu e il terreno siete la stessa cosa. Ne conosci ormai la forma, ogni dislivello, ogni zona umida. Senti le radici sottostanti degli alberi alla tua destra e alla tua sinistra e i rami che proteggono facendo scudo alle intemperie pur facendo filtrare i raggi del sole.

Otto chilometri. Vorresti fermarti, rallentare. Se lo fai sei morto, devi continuare a correre e pensi: "Corri, corri! Ancora un chilometro, almeno ancora uno."
Non li guardi nemmeno la ragazza che cammina davanti a te o la figura che corre più veloce di te e ti ha appena superato. Non stai facendo una gara con gli altri, l'unica gara è con te stesso. Il tuo sguardo ha una visione ristretta: guardi solo davanti a te e al massimo le scarpe che si alternano. Sei concentrato sul tuo respiro, perché sai bene che è il ritmo del respiro che fa la differenza, almeno questo è quello che hai capito di te.

Nove, nove chilometri è un numero senza senso. Dieci chilometri, tondi! Non c'è altra alternativa, questa è una sfida con te stesso, se non riesci allora non valeva neanche la pena di uscire. Potevi stare a casa e trastullarti con la televisione. La musica, è della musica che hai bisogno.

Volume al massimo.

Le cuffie pompano, le orecchie quasi tremano, ma sopportano perché sanno che in realtà non è dolore, ma una carica in più. È energia, energia fluida che entra in circolo dritta in vena.

I muscoli pompano. Acceleri. Acceleri perché non basta finire, all'ultimo chilometro devi dare tutto. C'è solo un modo che conosci per farlo. Pensi a tutto quello che avevi lasciato andare per i nove chilometri precedenti. La casa, bla bla bla, il frigo vuoto, il tubo che perde, i vicini, l'amministratore di condominio, l'ascensore guasto, l'affitto, le spese ordinarie, le spese straordinarie, i soldi, i problemi, lo sfarfallio fastidioso della lampadina dell'ufficio, i colleghi, il capo, il capo del tuo capo, la promozione in bilico, il miraggio dell'aumento dello stipendio, l'aumento di responsabilità inquantificabile e la previsione di tornare sempre a casa tardi la sera per le mille cose da fare, il lavoro che non hai accettato e quello che non hai neanche provato, il corso che non hai superato, le cose che non hai imparato rapito dalle serie tv, il libro abbandonato a metà da cinque mesi sul comodino, il fottuto telefono che squilla e squilla e non smette mai, il libro che non hai mai scritto.

Dieci. Dieci fottuti, sudati, chilometri meritati.

Ti svuoti completamente adesso, le gambe ti pulsano come se stessero per scoppiare.

Volume basso.

Cammini molto lentamente, ogni passo adesso per i prossimi cento metri peserà come un macigno, ma ne è valsa la pena. Inspira, espira. Ti senti vivo, sei al centro esatto del parco, vedi in lontananza il tizio seduto sulla panchina e la tipa col cane. Tutto è rimasto com'è. Miracolosamente hai raggiunto la fontanella così ti pieghi sulle ginocchia e bevi un sorso, poi un altro. Vedi le gocce di sudore scivolare dalla testa e dalle braccia e schiantarsi al suolo.

Volume a zero.

Le cuffie non servono più adesso. Ora è bello ascoltare il silenzio del parco, perché le voci in testa non ci saranno più per un po'.

Lentamente ti dirigi verso casa. Guardi in alto i rami degli alberi verdi che si incrociano e il pezzo di cielo che riesce a filtrare tra le foglie, respiri profondamente. Tutto adesso appare magico e pieno di significato. Adesso tu stesso fai parte di quegli alberi, riesci a non sentire più rancore dentro, perché è scivolato via con l'ultima goccia di sudore.

Nel frattempo, la ragazza che gioca con il cane è più o meno nello stesso punto in cui era dieci minuti fa.

Immaginava che il parco sarebbe stato poco affollato, ma non così deserto. Sicuramente guardandosi attorno sta pensando che c'è il solito sportivo, vestito da evidenziatore, che ha appena finito di correre. "Perché correva sullo sterrato? Non è pericoloso correre sul terreno bagnato? Gli uomini…e poi dicono che noi donne siamo complicate. Ah, non l'avevo nemmeno notato, chi è quello strano tipo seduto sulla panchina? Soprattutto la panchina non sarà ancora bagnata? E poi perché è vestito come se dovesse esserci una tempesta di neve?"

Una goccia scivola da una foglia e ti sfiora il viso, richiamando la tua attenzione verso il cielo. Le giornate di pioggia, specialmente come quelle passate, ti piacciono perché creano quell'atmosfera perfetta per fare alcune delle tue attività preferite. Tazza, anzi tazzona di tè bollente limone e zenzero, biscottini da inzuppo e zapping televisivo. Giusto per accertarsi che non ci sia niente di interessante in programma che vale la pena di essere visto adesso o più tardi. Subito dopo scelta del film da guardare la sera.

La lista dei prossimi film aggiunti a quelli potenziali da vedere è probabilmente composta da una decina di titoli. Alcuni sono famosi, come quelli a cui si riferiscono sempre i tuoi amici e che, quando alzi il sopracciglio perché non hai la minima idea di che cosa stiano parlando, ti prendono in giro per ore, giorni, mesi. Ti sembra di sentire proprio adesso le loro voci assillanti. "Come fai a non averlo visto? Devi assolutamente vederlo. Io l'ho visto al cinema due volte. In televisione lo rivedo ogni anno. Avevo comprato anche il dvd. Sai che è tratto da un libro? Ho letto anche il libro e te lo consiglio perché secondo me è meglio del film. Anzi non guardare il film, prima leggi il libro e poi guarda il film. Sai che è tratto da una storia vera? Non voglio rovinarti il finale, ma devo assolutamente raccontarti questa scena. È la mia preferita…"

Altri sono film semisconosciuti. Le recensioni online sono nella fascia bassa o medio-bassa. Il genere di film che guardi una volta e poi li chiudi a chiave nel dimenticatoio. Accettabili al massimo per passare una serata senza pretese. Se perdi una o più scene probabilmente non vale la pena portare il film indietro. Forse l'inizio è «Promette bene dai!» o addirittura «Figata!», a metà invece è «Cosa?» e alla fine è semplicemente «Tutto qui?» o peggio «E finisce così? Che delusione.»

Poi c'è la categoria "non per tutti". Film che dividono. Mille recensioni: cinquecento persone hanno dato voto "cinque su cinque", cinquecento persone hanno dato voto "uno su cinque".

È il tipo di film candidato a essere tra i tuoi preferiti o relegato tra i peggiori.

Ci sono persone che trovano che la regia, il montaggio, la recitazione e la storia siano unici e favolosi. Altri, invece, non hanno capito il senso di una sola scena, la trama non ha un filo logico e la recitazione è pessima.

Infine, ci sono i film "punto interrogativo" o "non esistente". Nessuna recensione, nessuna informazione di dettaglio. Nessuno li ha visti, nessuno ne parla o le pagine relative sono state rimosse: "Error 404 sarai reindirizzato a un'altra pagina del sito." Questi film li definisci "salto nel vuoto". Puoi trovare un materasso di velluto oppure un letto di chiodi oppure un baratro.

A volte chi ne ha visto uno si è così vergognato di aver sprecato due ore della propria vita che non ha avuto la minima intenzione di perderne un minuto di più facendo una recensione, un commento o un insulto. Semplicemente dimentica di aver visto il film e lo inserisce silenziosamente nella lista di quelli che odia profondamente. Forse non lo sconsiglierà neppure agli amici per evitare di ammettere di avere trovato chissà quale motivo assurdo per decidersi a guardarlo.

Diversamente qualcun altro è rimasto così sorpreso dalla rivelazione, dalle emozioni o dagli insegnamenti che ha ricevuto, che alla fine si è entusiasmato. Catalogato tra i film preferiti e da rivedere almeno una volta l'anno, meglio se con qualcuno che non lo conosce così da assaporare le sue reazioni. Prima di recensirlo con il massimo del punteggio e urlare al capolavoro assoluto ne parla con gli amici, consigliandolo come assolutamente da vedere. Ma come risposta ottiene delle facce sorprese, intente a capire se si tratti di uno scherzo oppure di un discorso serio. Facce che fanno insinuare dubbi profondi sulle proprie percezioni e sembra che dicano: "Quel film? Eri confuso o forse strafatto quando l'hai visto? Quel film è semplicemente la definizione del non film. Beh, se ti è piaciuto veramente e così tanto, credo proprio che mi guaderò bene da accettare i tuoi prossimi consigli cinematografici. Forse sarebbe il caso di prenotare una visita dall'oculista, e già che ci siamo, anche dall'otorino: la colonna sonora era proprio insignificante."

E così, chi aveva gridato prima al capolavoro si ferma a riflettere, smarrito e confuso. Preso dal panico cancella la recensione prima che qualcun altro la veda: meglio evitare il linciaggio online oltre a quello reale.

Poi improvvisamente l'illuminazione divina. Cancellare la recensione…sì forse hanno fatto così anche quelli prima di lui. L'assenza di recensioni è un messaggio in codice. Il film è solo per pochi eletti, i benedetti, gli illuminati. Gli altri non hanno capito cosa cela il film, non sanno di cosa parlano, non hanno compreso. E così si lancia senza freni a caccia di altri film senza recensioni per scovare altre perle nascoste.

I film della lista rientrano sicuramente in una delle categorie: famosi, semisconosciuti, "non per tutti", "punto interrogativo". La ragazza pensa: "Tralasciando questo aspetto, quale genere vedere?" Poi risponde ad alta voce: «Quale vedere, bella domanda. Romantico? No, già visto ieri e considerato che sono da sola non sono in vena. Avventura? Forse, magari teniamolo tra le alternative. Commedia? Non sono molto convinta, magari la prossima volta. Thriller? Ecco sicuramente è l'ideale con questo grigiore. A patto che non sia eccessivamente violento, magari poliziesco. Sì, questo è perfetto. Guarda qui, c'è anche un cane poliziotto, forse ho trovato un film che può piacere a entrambi. Che ne dici? Perfetto e dal tuo scodinzolio, in aggiunta a quello sguardo da cane prigioniero, capisco esattamente che cosa stai cercando di dirmi. Va bene, guardiamo il film dopo la passeggiata. Vado a mettermi il giubbotto, prendo guinzaglio e ombrello e usciamo.»

E così sei in strada. Ti sei resa conto che hai dimenticato l'ombrello. Decidi che non vale la pena di risalire quattro piani di scale, a volte fa bene correre qualche rischio. I rischi possono rendere tutto più interessante, a volte creano anche delle opportunità. Chissà, magari se iniziasse a piovere all'improvviso e ci fosse nei paraggi un bel ragazzo potrebbe essere una scusa perfetta affinché si avvicini oppure per attirare la sua attenzione. Qualcosa del tipo: "Hei, sono qui, salvami per favore, il tuo ombrello è sufficientemente grande per entrambi."

L'amico peloso che ti sta a fianco ti guarda felice per la passeggiata che state facendo insieme. Cammina qualche passo avanti a te. Di tanto in tanto si allontana qualche metro in più per andare in esplorazione, annusare eventuali tracce del passaggio di altri cani o avvistare eventuali gatti, verso i quali porta avanti una guerra implacabile. Poi ritorna indietro e si rimette a passo.

Lungo la strada, dal panificio un buon profumino di biscotti, cornetti, pizza e pane appena sfornati ti tenta. Decidi invece di entrare nel bar all'angolo del parco. Hai voglia di sorseggiare qualcosa piuttosto che di sgranocchiare. Magari qualcosa di caldo. Guardi il menù in cerca di una risposta. Ordini una tazza di cioccolata calda da portare via. Sei contenta di aver bevuto il tè a casa invece di una tazzona di cioccolata calda che puoi invece assaporare all'aperto.

Adesso hai tutto quello di cui hai bisogno. Il verde, la cioccolata calda fondente al 70% e hai appena trovato un rametto per giocare con il tuo migliore amico.

In tutto questo immedesimarsi, in tutto questo immaginare, mi perdo tra i pensieri. Il ragazzo che corre, la ragazza col cane.

Per fortuna non ho cercato di entrare nella testa del cane, segno che ho ancora una minima lucidità mentale.

In tutto questo, come sono arrivato al parco?

La giornata era passata facendo cose di routine, banali, forzate, senza nessuna bellezza. Mi ero svegliato di controvoglia. Le mie occhiaie testimoniavano una notte quasi in bianco. Una notte a fare che, poi? Avevo staccato la sveglia e avevo richiuso gli occhi. Avevo staccato anche la seconda e la terza sveglia. Avevo aperto gli occhi di controvoglia. L'assenza di luce non mi aiutava affatto. Avrei potuto dormire tutta la mattina.

Mi ero alzato lentamente, trascinandomi a stento. Avevo messo qualcosa sotto i denti, solo allo scopo di riprendere i sensi. Erano già le undici inoltrate. Avevo pulito casa, ma solo con l'aspirapolvere. Non avevo voglia di lavare il pavimento. Buttata la spazzatura ero andato a comprare al supermercato il necessario per sopravvivere per la settimana a venire. Avevo deciso di impegnarmi almeno un po' in cucina: pasta tonno e zucchine impanate e grigliate. Una piccola soddisfazione del sabato.

Avevo perso tempo. Guardato qualche video poco significativo, letto qualche articolo, interessante sì, ma di cui avrei potuto anche fare a meno. Avevo ascoltato un po' la radio.

Passando da una stanza all'altra senza uno scopo preciso, qualcosa aveva attirato la mia attenzione: il comodino. Il libro sul comodino. "Quale migliore giornata di questa per leggere un po'?", avevo detto a me stesso. Poi la mia vocina interiore aveva risposto: "Non vorrai mica leggere adesso. Senza prendere una boccata d'aria? Potresti morire, in questa stanza potrebbe finire l'ossigeno." Allora avevo unito entrambe le cose: passeggiata più parco più libro, combinazione vincente.

Sono uscito. Ho fatto qualche metro, ho svoltato l'angolo. Sono ritornato sui miei passi. Salito le scale ho riaperto il portone di casa, ho indossato una felpa più pesante, una sciarpa lunga dieci metri avvolta con più giri a coprire totalmente il collo e parte del viso e un giubbotto imbottito. Non c'era molto vento, ma il freddo era pungente, come una lama super appuntita. Conciato com'ero non mi potevo quasi muovere.

Sono uscito. Ho svoltato l'angolo, ma subito dopo sono ritornato sui miei passi. Salito le scale ho riaperto il portone di casa, ho preso il libro che avevo dimenticato in cucina. Prima di chiudere la porta ho fatto un check mentale delle cose da fare o degli oggetti da portare. Dovevo solo prendere il maledetto libro da leggere al parco, che avevo nel frattempo poggiato sul tavolino all'ingresso. E dovevo ricordare di prendere le chiavi di casa! Sono uscito, ho svoltato l'angolo e mi sono incamminato verso il parco.

Mi sono seduto sulla solita panchina. Tutto pronto per aprire e leggere il benedetto libro finalmente…e invece mi metto a immaginare la vita di altri due esseri viventi che mi stanno intorno. Sconosciuti che con tutta probabilità tali rimarranno. Venti minuti passati così. Non finirò mai di leggere questo libro.

Quasi incredulo, chino la testa e lo apro, forse sta succedendo, forse riuscirò a leggere. E proprio in quel momento vengo distratto da un muso scuro allungato che annusa le mie scarpe. Cerca di attirare la mia attenzione insinuandosi nello spazio tra le ginocchia e il libro. Sollevo le mani e intravedo due occhi di colori diversi, uno di un blu chiaro e uno castano scuro. Poi i miei occhi notano subito la coda marroncina che si muove a destra e sinistra, disegnando archi via via più ampi. Il musone insiste e alla fine cedo, gli faccio una carezza sopra la testa. Evidentemente ha bisogno di coccole da uno sconosciuto. Dopo aver vibrato la sua coda in aria, si siede con la schiena appoggiata alla mia gamba e mi guarda invitandomi a continuare. E così non posso fare altro che richiudere il libro e metterlo da parte.

Le carezze con due mani piacciono così tanto al musone che si rilassa completamente stendendosi a pancia in su, non curandosi del fatto che i miei piedi sono ormai seppelliti dall'ammasso di pelo. E proprio mentre mi sto chiedendo dove sia la sua padrona, due scarpe blu mare mi fissano. Jeans blu scuro, cappotto verde smeraldo, occhi guscio di nocciola.

«Devi proprio piacergli. È sicuramente un cercatore di coccole, ma solitamente non si lascia andare senza alcun contegno dopo solo due minuti.»

«Eh sì, a quanto pare ha individuato l'obiettivo perfetto. Seduto su una panchina e non intento a fare cose importanti.»

«L'alternativa sarebbe stata provare a raggiungere quel ragazzo. E dall'andatura più che sostenuta non credo che si sarebbe fermato, anche solo per un saluto veloce.»

«Comunque scusa, te lo restituisco subito.»

«No, figurati. Charlie sembra contento, ha quasi tutto quello vuole. Se avessi anche un osso o un biscotto potrebbe decidere di venire a vivere con te. Ti dispiace se mi siedo?»

«Ehm, no di certo, prego. Charlie…bel nome.»

«Si, mi è sempre piaciuto. Un cugino di mia madre che vive in Australia si chiama così. Anche se quando è venuto a trovarci qualche anno fa in estate è stato abbastanza strano. Però in fondo meglio di Greg. Era il nome alternativo che è stato pensato e subito rifiutato perché mio zio si chiama Gregorio. E vedendolo spesso ci sarebbero stati molti momenti diciamo ambigui.»

«Che razza è? A prima vista avrei detto pastore tedesco, ma adesso che lo guardo meglio c'è qualcosa che mi ricorda un altro tipo di cane.»

«Probabilmente è un incrocio con un husky. Charlie è un trovatello. Lo abbiamo visto che vagava in strada da solo quando era ancora un cucciolo. L'idea era di portarlo in un rifugio, ma non avevano posto e ci hanno chiesto di tenerlo per qualche giorno. Beh, dopo qualche giorno diciamo che la palla di pelo mi aveva conquistato e così ho deciso di tenerlo. A dir la verità i suoi occhi mi avevano colpito fin da subito. Anche se la differenza era più tenue quando era un cucciolo. E inoltre, poco dopo ho anche deciso di fare volontariato al canile. Comunque, tu stavi leggendo?»

«Beh, leggere è una parola grossa, diciamo che ci stavo provando, ero un po' con la testa tra le nuvole. Comunque, avevo iniziato a leggere questo libro qualche settimana fa. Non so se ne hai mai sentito parlare. È ambientato in una società distopica in cui leggere è proibito e i libri vengono bruciati.»

«Sì, ne ho sentito parlare. Ti dirò, l'ho anche letto molto tempo fa. I pompieri che bruciano i libri vero!?»

«Sì, esatto!»

«Beh dal tuo "ci stavo provando", non sembra che ti stia piacendo molto.»

«No al contrario, lo trovo geniale. Però come tutte le idee geniali, il proseguo della storia o il finale potrebbero deludere. E quindi, superata la prima metà faccio un po' di fatica a leggerlo. Tendo a rimandare.»

«Perché pensi che il finale potrebbe rovinare tutto?»

«Sì, in un certo senso è così. Non so se riesci a capire quello che voglio dire.»

«Beh, sì è una filosofia di vita interessante. Leggere un libro fino a quando capiamo che ci sta piacendo molto e poi chiuderlo. Lasciarlo a metà. Inventare noi stessi un finale. Quello che avremmo sempre immaginato.»

«Esatto.»

«A volte ho la stessa sensazione quando guardo un film. Sai quei film che nessuno conosce, senza recensione?»

«Che sembrano non essere mai esistiti?»

«Sì, a volte l'inizio è qualcosa di mai visto prima, figata garantita. Poi durante lo sviluppo della storia tutto inizia a piegarsi e non sta più in piedi e infine cade completamente a pezzi nella scena finale.»

«E tu ti chiedi il perché e senti che sarebbe stato meglio guardare solo i primi dieci minuti.»

«Ci ho pensato qualche volta. Sono arrivata alla conclusione che se lasci troppe cose a metà è come non averne mai iniziata nessuna. E in ogni caso perdi sempre un punto di vista interessante, brutto o bello che sia. Se guardi solo i primi dieci minuti o leggi le prime cento pagine potresti non sapere mai se ti stai perdendo una cosa più bella di quella che avevi immaginato.»

«Lasciare le cose a metà? In alcune cose sono il re del lasciare le cose a metà. Mi viene proprio naturale sai? Spesso non riesco nemmeno ad iniziarle!»

«Ahahah, comunque, a proposito di inizio. Non ci siamo nemmeno presentati. Sono Viola, piacere.»

«Hai ragione, scusami. Piacere Remo.»

«Sai che non è la prima volta che ti vedo in questo parco?»

«Sì, probabile, vengo qui spesso, mi piace.»

«Ti ho visto spesso seduto su questa panchina. Qualche volta ero con Charlie, qualche volta ero proprio seduta di fronte a te.»

«Sulla panchina di fronte?»

«Sì, ero insieme a una mia amica. Anche lei viene spesso al parco.»

Stavo per tradirmi. Stavo per dire sì, so chi è la tua amica. Adesso che ci penso bene mi ricordo di averti visto insieme a lei. Mi sono morso la lingua prima che le parole riuscissero a diventare suono. In ogni caso, mi sono morso la lingua per niente.

«Lei ti piace vero?»

«Lei chi?»

«La mia amica. Sai almeno come si chiama?»

«Non ho ben capito a chi ti riferisci...»

«Sì che lo sai. Andiamo, non mi freghi. Ti posso assicurare che anche se cerchi di nasconderlo o quanto meno di non farlo notare i tuoi occhi spesso sono fissi su di lei.»

«Mhmm lei l'ha notato?»

«Forse. Lei spesso è nel suo mondo. A volte quando le parlo sono sicura che sta ascoltando solo con un orecchio. Ultimamente è particolarmente assente.»

«Ah, comunque non so come si chiama. L'ho vista solo qui al parco.»

«Perché non glielo chiedi qualche volta, come si chiama intendo?»

«Non è così facile per me.»

«Beh, peccato che non abbia un cane. Sarebbe stato tutto più semplice a quanto pare!»

«Un cane coccolone come Charlie vorresti dire.»

«Ahahah sì esatto. Comunque, devo andare Remo. Grazie per le coccole e grazie per avermi fatto compagnia. È stata una conversazione piacevole.»

«Posso chiederti un favore? Quando mi vedi qui e c'è anche lei...»

«Faccio finta di non conoscerti?»

«Sì. Vorrei essere io a fare il primo passo. Non voglio che succeda così. Essere l'amico o un conoscente di un'amica.»

«Beh, per certi versi sarebbe molto più facile così. Però sei tu il capo.»

«Grazie.»

«Tranquillo. Io e te non abbiamo mai parlato. Io non sono mai stata qui. Ho guardato film e film tutto il giorno. Remo? Mai conosciuto qualcuno con questo nome in tutta la mia vita.»

«Sei simpatica oltre che gentile. Mi ha fatto piacere parlare con te Viola.»

«Anche a me. Se la prossima volta sono con Charlie e sono certa di non essere stata seguita o che la mia copertura è al sicuro, potrei anche decidere di avvicinarmi per salutarti. Ciao!»
«Ciao Viola, ciao Charlie.»

La vidi allontanarsi lentamente con Charlie al suo fianco che si era ormai completamente risvegliato dal torpore delle carezze e sembrava volesse soltanto giocare. Il rametto era ancora nelle mani di Viola e lui cercava di raggiungerlo a tutti i costi.

La vidi poi rimanere ferma così per qualche momento.
Si girò verso di me a guardarmi.
La vidi camminare a passi svelti verso di me.
Si avvicinò all'orecchio e disse: «Si chiama Vittoria.»
Poi si allontanò senza dire altro.

Vittoria.

Vittoria, già il nome è al di sopra delle mie possibilità.

Vittoria. Forse sarebbe stato meglio non conoscere il suo nome.

12   Dimenticami come i tubi che perdono

Questo pomeriggio al parco alla panchina di fronte c'era una donna, capelli scuri ondulati, occhi verde chiaro. Indossava un vestito con diverse sfumature di giallo che aderiva bene alla sua figura esile. Parlava al telefono con qualcuno, forse un'amica, una collega o una parente. La sua voce era così alta che sovrastava gli altri suoni e le altri voci circostanti.

«Sì beh, dovrei chiamare qualcuno per farlo sistemare prima che il danno si aggravi. Adesso che ci penso bene due settimane fa era un alone leggero nel soffitto, adesso invece è una macchia gialla abbastanza evidente. Sarà qualche tubo che perde del piano di sopra. Vorrei evitare che mi piovesse dentro casa, però ogni volta mi dimentico di fissare l'appuntamento con la ditta. Ho sempre altre mille cose più urgenti, ne succede una dopo l'altra. Eh, lo so, hai ragione Teresa. Far riparare l'auto, ad esempio, è più urgente...»

I tubi che gocciolano.

E goccia dopo goccia viene a galla un ricordo.

La casa in cui vivevo quando ero piccolo era fondata su pilastri non proprio saldi e tubature pronte a esplodere da un momento all'altro. Quando si utilizzava l'acqua calda i tubi diventavano elementi posseduti. Tremavano ed emettevano sibili agonizzanti che sembravano umani. Sentendo ripetutamente quei suoni mi ero convinto che nelle tubature vivessero uomini di piccola statura o creature sconosciute. Forse si nascondevano dagli umani perché erano diversi da noi e avevano paura che avremmo potuto far loro del male. Magari imprigionarli per studiarli o per farli diventare un'attrazione da circo. I bambini, dopo aver visto lo spot pubblicitario in televisione, avrebbero detto: «Mamma, mamma mi porti a vedere i piccoli omini allo zoo?» Oppure li avremmo sottomessi decretandoli razza inferiore e poco intelligente. Forse avevano paura proprio di questo, che prima o poi li avremmo imprigionati e sterminati tutti.

Il perché vivessero proprio nei tubi non mi era affatto chiaro, ma la spiegazione più sensata che mi ero dato era che amavano l'acqua e gli ambienti umidi. Sicuramente la maggior parte abitava nei tubi del lavandino del bagno, era infatti quello che si intasava più spesso. Chissà se esisteva una città in miniatura lì sotto.

Tuttavia, la mia perplessità più grande nasceva dallo scorrere dell'acqua calda. Immaginavo i tubi diventare bollenti e i piccoli uomini travolti da una colata lavica d'acqua. Si lamentavano del dolore urlando e dimenandosi senza controllo cercando di rimanere saldi nelle zone in cui risiedevano. Questa poteva essere la ragione per la quale i tubi erano più rumorosi quando qualcuno azionava l'acqua calda, bollente. Però, se loro soffrivano così tanto, perché avevano deciso di rimanere nelle tubature? La conclusione che avevo accettato allora era che non avevano altro posto dove andare, i tubi erano la loro casa.

Non importava se le misteriose creature erano frutto della mia immaginazione o esistevano davvero, io non volevo far soffrire nessuno e per questo usavo sempre l'acqua fredda, o al massimo tiepida. Nonostante le mie attenzioni, provavo comunque una sensazione di irrequietezza perché non conoscevo la vera natura delle creature. Non sapevo se fossero creature malvagie e se mi avrebbero fatto del male.

La mia paura più grande prese vita un giorno, quando il tubo del lavandino, dopo aver emesso un lamento più forte del solito, mi esplose davanti. Pezzi di muro, ceramica, metallo incrostato e acqua sporca, insieme a tutto il sudiciume che si era accumulato negli anni, volarono in ogni direzione. Dipinsero la mia faccia, i vestiti e tutto il bagno fino al soffitto. A parte qualche graffio non mi ero fatto nulla di grave; tuttavia, sarebbe stata la mia immaginazione a farmi male. Adesso sono certo che era solo sporco, ma la autosuggestione faceva sì che vedessi utensili minuscoli sparpagliati a terra, forchette, cacciaviti, martelli, case in miniatura divelte. Poi vidi anche i corpi delle piccole creature, o meglio di quello che ne restava. Avevo paura che qualcuno di esse potesse prendersela con me per quanto era successo e che prima o poi si sarebbe vendicato in modi orribili. Quel pensiero mi avrebbe tormentato negli anni a seguire.

I tubi e tutto ciò a cui essi erano collegati erano diventati la cosa che più mi incuteva paura. Immaginavo un fiotto di sangue risalire il tubo di scarico del lavandino mentre ero intento a lavarmi con l'acqua calda le mani o la faccia. I piccoli uomini forse mi avrebbero attaccato di sorpresa, utilizzando corde fatte di fili di acciaio e sfregiandomi con le loro minuscole armi appuntite. Oppure mi avrebbero fatto un solco profondo alla gola, da parte a parte.

I primi giorni dopo l'incidente chiamavo mio padre per aprire i rubinetti del lavandino o della doccia. La cosa lo infastidiva, ma capiva che ero inquieto e in qualche modo cercava di essere comprensivo. Quando invece c'era solo mia zia in casa mi sforzavo di non usare il bagno ed evitavo così la paura.

Un giorno avevo scoperto poi che contare fino a tre e tenere gli occhi chiusi prima di girare la manopola, mi faceva sentire in qualche modo più tranquillo. La sequenza di azioni ripetute, giorno dopo giorno, era diventata una sorta di rituale automatico. Dopo parecchi mesi, ero riuscito a fare a meno di contare, tuttavia un sentimento d'inquietudine generale mi accompagnava sempre, celato, soffuso, quasi impercettibile, ma vivo.

In realtà avevo sostituito quel rituale con un altro. Una notte avevo sognato mia madre, che dopo avermi abbracciato mi aveva guardato negli occhi e aveva detto: «Remo non avere paura. Gli uomini nei tubi non sono affatto cattivi. So che sei preoccupato e non vuoi farli annegare o far loro del male usando l'acqua calda. Devi sapere che hanno costruito un sistema per ripararsi dall'acqua! Hanno alcune sentinelle che segnalano quando l'acqua sta scorrendo nei tubi e prontamente aprono una sorta di grande ombrello che la fa scivolare ai lati. Quando invece i tubi diventano molto caldi si riparano dentro le case e accendono sistemi di raffreddamento avanzatissimi. Comunque, per dare loro il tempo di mettersi al riparo e non farli scottare all'improvviso puoi fare così: apri la manopola dell'acqua fredda e dopo che ha iniziato a scorrere la giri lentamente verso l'acqua calda. Così l'acqua nei tubi non arriva subito troppo calda e le sentinelle hanno il tempo di dare l'allarme.»

Prima fredda, dopo calda.

Mi ero portato dietro negli anni quel rituale che era diventato un'abitudine. Per quanto banale quella sequenza, e forse soprattutto il fatto che me l'avesse suggerita in sogno mia madre, aveva un effetto calmante. In realtà, senza rendermene conto, lo faccio tutt'ora. È ormai un gesto meccanico che fa parte di me.

I tubi che gocciolano.

Anche per mio padre i tubi erano un problema. Non quelli che potevano esplodere all'improvviso, che si manifestavano evidenti, ma i tubi con piccole perdite. I tubi che gocciolano con costanza e impregnano le assi di legno del pavimento. L'acqua ferrosa si insinua nel materiale isolante, nei muri, nelle barre di ferro delle fondamenta. A poco a poco erode ogni cosa dall'interno. Quando ti accorgi della perdita è già troppo tardi, si è già trasformata in un problema.

Il legno della camera da letto era così dilatato e così sporgente in alcune parti che sembrava essere sul punto di esplodere da un momento all'altro. Sembrava mantenuto in equilibrio per qualche strano miracolo o da un impossibile gioco di incastri. Scricchiolava malamente a ogni passo.

In bagno o in cucina, invece, soprattutto dopo la doccia, alcune pareti sembrava piangessero: una cascata di rugiada calcarea. Come per la signora al telefono, anche per mio padre c'era sempre qualcosa di più importante da riparare o a cui rivolgere lo sguardo.

Eppure, a pensarci bene sembra strano. In fondo a provocare tutti quei danni era solo l'acqua. E forse è proprio in quella sottovalutazione che sta l'errore più grave. I fiumi staccano terra, radici e piante trasportandole da un luogo ad un altro. Lo scorrere dell'acqua graffia e scava le rocce e il terreno dando nuova forma alla natura. L'acqua in movimento è una penna trasparente impugnata da una mano paziente che ridisegna e trasforma la Terra. Lentamente, goccia dopo goccia, si forma una cascata inarrestabile in grado di far germogliare la vita oppure spazzare via ogni cosa che incontra.

I tubi che gocciolano sono subdoli e agili nel celarsi alla vista, anche quando sai dove sono c'è sempre qualcosa di più urgente da fare, li trascuri o li ignori più o meno di proposito.

I tubi che gocciolano tornano alla mente quando si trasformano in una cascata che poi sfocia in un mare di guai. Alcune volte è troppo tardi per rimediare, si viene investiti e sommersi vivi.

Il vero problema non è il mare, ma le piccole gocce che pian piano gli hanno dato origine. Fin troppo spesso sono le piccole cose, quelle apparentemente insignificanti e che trascuri, che ti fottono alla grande. Forse c'è sempre un piccolo uomo o una creatura che si nasconde nei tubi, in un armadio, sotto il letto, vicino alla finestra, alle tue spalle, in agguato per fregarti o farti del male. Magari esce dall'ombra nella notte e ci sussurra all'orecchio cose spaventose, tristi o cattive mentre dormiamo. Trasformando i nostri sogni in incubi.

A volte quel piccolo uomo siamo proprio noi stessi. Siamo origine del fiume di paure che ci frena e ci ostacola, che tutto avvelena e tutte le cose belle porta via.

13   Dimenticami come le cattive abitudini

Quasi ogni volta che ti osservo seduta di fronte a me al parco la testa si svuota per un secondo, ma è una liberazione momentanea; subito dopo torna a riempirsi di mille pensieri diversi, contrastanti, confusi, insensati.

La mano sinistra quasi fosse dotata di un meccanismo automatico e di vita propria, si avvicina lentamente alle labbra. L'inesorabile e minuzioso contrarsi dei denti spezza lentamente le unghie, poi la pelle e la carne all'estremità dei polpastrelli. È una macchina tritatutto che non è mai sazia: non basta, non basta mai. E quindi i denti si spingono più a fondo guidati da una mente autodistruttiva che si ferma solo quando finalmente il dito sanguina. Allora la macchina si arresta, ma solo per ricominciare poco dopo con il prossimo dito in senso antiorario. È un modo implicito per calmare l'ansia o il nervosismo. Visto dall'esterno pare autolesionismo puro e semplice.

A volte, quando mi accorgo con la coda dell'occhio che stai guardando nella mia direzione, mi vergogno un po' di questa brutta abitudine e allontano rapidamente la mano dalla bocca. Cerco di scacciare via il mio autocannibalismo. Potrei apparirti ansioso, nervoso, stressato o qualcosa di ancora più grave. Non mi preoccupano tanto le mie debolezze quanto contribuire a palesarle così chiaramente.

Ma, in fondo, mangiarsi le unghie, che sarà mai? Questa è una di quelle cattive abitudini su cui ti soffermi a pensare soprattutto quando inizi a sanguinare o quando ti accorgi che le persone intorno ti fissano con espressione disgustata. E proprio in quel momento pensi: "Basta, devo cercare di controllarmi. Non è bello a vedersi e sicuramente fa male al corpo e alla mente." Ma l'automatismo è difficile da spegnere e dieci minuti dopo stai di nuovo rosicando, non hai mai infranto la promessa che avevi fatto perché non te la ricordi nemmeno. Era solo una promessa di circostanza. Non la consideri autodistruzione seppur localizzata, ma il rimedio antistress fai da te a portata di mano, anzi di dita. Adesso il problema principale è quello di disfarsi dell'ennesimo pezzo di unghia spezzata senza che gli altri attorno se ne accorgano. Tra l'altro ho letto da qualche parte che le unghie sono difficilissime da digerire. Sicuramente il nostro stomaco non è stato concepito per questa funzione. Chissà se magari un giorno, a partire dai mangiatori incalliti di unghie, l'evoluzione ne renderà l'assunzione volontaria o involontaria più digeribile.

Il nostro corpo si adatta alle nostre manie di autodistruzione e autocannibalismo.

La nostra mente complessa si placa attraverso modalità che apparentemente non hanno alcun senso.

Ci sono rimedi che ti aiutano a combattere le cattive abitudini. Il problema è che spesso non sono sufficienti se non siamo noi stessi a renderci conto della gravità delle nostre azioni: è una partita già persa in partenza.

Da bambino, un giorno, di ritorno a casa, trovai una novità non proprio felice: una boccetta trasparente, simile alla confezione di uno smalto per unghie. Puzzava come un medicinale deteriorato comprato al mercato nero. Era stata spacciata come la soluzione al problema, il mio problema. Mia zia aveva suggerito di utilizzare questo metodo che aveva funzionato alla grande con i figli delle sue amiche. Almeno questo era quello che le avevano detto. Era entrata in cucina con un sorriso illuminato e fiero, come un chimico che ha appena scoperto una nuova formula. Oppure un medico che ha la soluzione a una malattia incurabile. Si era avvicinata e aveva iniziato a scuotere la boccetta trasparente tra le dita, come se stesse preparando un cocktail. Poi aveva iniziato a muovere la boccetta a destra e a sinistra davanti ai miei occhi, come se stesse cercando di ipnotizzarmi.

E poi era cominciato lo show.

«Signore e signori, rullo di tamburi, il rimedio alla vomitevole brutta abitudine di Remo: lo smalto trasparente dal sapore disgustoso.»

Dandomi degli schiaffetti sulle mani e poi sulle labbra aveva continuato: «Questa storia finisce qui, una volta per tutte. Sono stufa di vederti rosicchiare e rosicchiare. Anche a guardarti mi viene il vomito. Solo i bimbi insicuri, nervosi e che nascondono qualcosa lo fanno di continuo come fai tu. Devi smetterla di mettere in imbarazzo anche noi. Grazie a questo rimedio miracoloso ogni volta che anche solo per un secondo ti metterai le mani in bocca, te ne pentirai amaramente. È come uno smalto trasparente da applicare alle unghie. È assolutamente innocuo, ma il suo sapore è semplicemente orribile. Fa venire il vomito all'istante. E poi è difficile da rimuovere senza il solvente adatto. In ogni caso non provare nemmeno a liberartene, se lo togli me ne accorgo subito!»

Ero rimasto a guardarla senza proferire parola. Non riuscivo a decifrare se quello smalto era frutto del fatto che volesse aiutarmi a gestire un problema, oppure solo un altro modo per torturarmi.

Con un ghigno soddisfatto e quasi disumano era poi passata all'azione. Mi aveva fatto distendere le mani a ventaglio sul tavolo e aveva ripassato più volte il prodotto sulle unghie. Era trasparente, ma osservandolo si poteva notare la pellicola che aveva lasciato sulle unghie una volta asciutto. Questo fatto mi aveva reso ancora più nervoso e teso, soprattutto in presenza di altre persone. Avevo paura che gli altri bambini avrebbero notato lo smalto sulle unghie e mi avrebbero preso in giro giorno dopo giorno. Avevo cercato di evitare che succedesse: ero diventato abile a nascondere le mani. Le tenevo spesso dietro la schiena oppure chiudevo le dita delle mani a pugno. Quando assumevo la seconda posizione sembravo un bambino arrabbiato e rissoso, ma questo poteva anche essere vantaggioso.

La zia aveva ragione, il sapore era estremamente amaro con delle punte di acido. Quando, nonostante i tentativi di controllarmi, il dito andava alla bocca non potevo che correre in bagno a sputare ripetutamente oppure, presa di mira la prima bevanda o cibo a portata di mano, li trangugiavo nel tentativo di far passare il sapore disgustoso. Per un po' il rimedio ostile aveva comunque funzionato. Era però sorta una modalità diversa di esprimere l'ansia; muovevo le mani freneticamente, strofinando ripetutamente due dita una sull'altra. Medio e pollice, indice e pollice, anulare e pollice. A volte mi grattavo nervosamente e incessantemente una stessa parte del corpo, il braccio destro, la mano sinistra, il collo. Finivo col farmi tante piccole escoriazioni con quelle stesse unghie che stavo cercando di preservare. L'autodistruzione avveniva comunque in un modo o in un altro.

Ogni due giorni lo strato di smalto veniva applicato accuratamente da mia zia perché quello precedente poteva aver esaurito la sua terribile funzione. Strato dopo strato lo spessore delle unghie cresceva e diveniva sempre meno trasparente e celato.

Nonostante tutti i tentativi per nascondere le mani, non potevo tenere sempre le mani chiuse o non in vista. E così, come avevo temuto, gli altri bambini avevano iniziato a notarlo. Alcuni mi prendevano in giro, prima solo con gli occhi, poi con le parole, poi con le mani, a volte con i piedi.

Al sapore amaro ci si abitua, ma ci sono cose ben peggiori delle cattive abitudini.

Agli insulti e alle botte avevo preferito il sapore chimico e malsano nella mia quotidianità. Nel tempo avevo smesso di correre in bagno quando la bocca veniva a contatto con le dita. Leccavo, mordevo, graffiavo e sanguinavo fino a demolire ogni strato di smalto che mia zia costruiva. Avevo involontariamente assunto una quantità così elevata di quella sostanza che ormai era entrata in circolo nel mio corpo e scorreva insieme al sangue.

Tutta questa storia mi aveva insegnato una cosa sola: le cattive abitudini col tempo sono facili da dimenticare per gli altri. Soprattutto se consumate quando non ci sono occhi indiscreti che ci guardano. Così, dopo qualche mese, anche se le unghie erano ritornate a uno stato penoso, mia zia rimase comunque soddisfatta di non vedermi più consumare la mia malsana abitudine in presenza di altre persone. L'applicazione dello smalto per lei aveva funzionato in fondo, non totalmente, ma quello ottenuto era un risultato accettabile. E questo era più che sufficiente per gridare alla vittoria, smettere di comprare le costose boccette e abbandonare il suo passatempo preferito.

Le cattive abitudini sono facili da dimenticare. Forse per noi non sono mai state delle cattive abitudini. A volte conviene cercare di celarle, dedicarsi ad esse in compagnia solo della propria ombra.
Forse sono il modo di esprimere quello che i nostri occhi e le nostre parole non hanno il coraggio di dire.

14 Dimenticami come una buca ricoperta

In questo periodo dell'anno, con la stagione calda che si avvicina, si vedono sempre più cani scodinzolare al guinzaglio. Di randagi o abbandonati in questa città non se ne vedono tanti. Forse la maggior parte soccombono all'inverno, oppure c'è qualcuno che li accoglie e se ne prende cura e magari si impegna a trovargli una famiglia. Alcuni affermano che queste persone si preoccupano più degli animali che dei loro simili, altri rispondono che siamo fortunati che esistano ancora esseri umani degni di essere chiamati tali.

In fondo se tutti avessimo le stesse priorità e lo stesso modo di pensare alcune cose finirebbe per non farle nessuno.

Nell'ultima settimana al parco ho visto almeno una ventina di persone con cani al seguito venire dritti verso di te per salutarti. Spesso sembravano in realtà i loro amici pelosi che si avvicinavano per salutarti. Sembrava che quegli animali ti conoscessero bene e volessero dimostrarti il loro affetto incondizionato. Per alcuni minuti si dimenticavano completamente dei loro padroni, facendoli quasi ingelosire. Dai loro occhi si percepiva un sentimento simile alla riconoscenza.

Dopo tutte queste settimane ad osservarti senza che trapelasse nulla, credo finalmente di aver scoperto un tassello di te. Forse sei stata o sei ancora una volontaria di un canile o di una struttura simile.

Uno dei cani mi è rimasto particolarmente impresso. Un pastore tedesco, alto e slanciato con un pelo prevalentemente nero e a chiazze grigio e argento. Dopo aver ricevuto una buona dose di coccole, aveva deciso che c'era un compito di maggiore priorità da portare a termine. Aveva guardato il suo padrone seduto sulla panchina per qualche istante e poi si era allontanato di soppiatto per qualche metro. Era rimasto a fissare un punto esatto sul terreno. Il suo muso si era avvicinato sempre più e poi aveva iniziato ad annusare più e più volte. Con il naso sempre più a fondo. Infine, aveva deciso che doveva scavare. Le zampe posteriori facevano presa sul terreno, il corpo era immobile, solo le zampe anteriori si muovevano veloci e precise per scavare. Si era già delineato un solco ben visibile sul terreno prima che i lavori venissero interrotti. Il padrone lo aveva richiamato con tono deciso all'ordine: «Laika! Vieni subito qui! Cosa stai facendo adesso? Non basta il giardino di casa, anche qui al parco devi scovare tesori nascosti che non esistono o nascondere oggetti che non ti appartengono?» Poi rivolgendosi nuovamente verso di te aveva continuato: «Non puoi immaginare com'è ridotto il nostro giardino. Quando sono a casa passo metà del tempo a ricoprire buche. Sono sicuro che in una di queste buche ci cadrà dentro qualcuno prima o poi. Devi sapere che due giorni fa ha scavato una buca enorme, per poco non...»

Poi il suo tono di voce si fece sempre più basso e non riuscii a percepire chiaramente altro, ma le risate facevano intuire che il racconto era alquanto buffo.

Chissà com'era ridotto il giardino di questo tizio e chissà se c'erano delle buche anche dentro casa.

Lo scavatore seriale, nel frattempo, sembrava aver capito che stava facendo una cosa sbagliata e diligentemente, aiutandosi con il muso e le zampe, stava cercando di richiudere la buca. Poco dopo anche il suo padrone si era avvicinato ad aiutarlo. «Brava Laika, non vogliamo che qualcuno ci cada dentro e si faccia male vero? Brava. Perché non lo fai anche a casa che invece devo fare tutto io?»

Della buca rimaneva ormai solo terreno leggermente sconnesso. Laika si fermò d'un tratto e mi guardò dritto negli occhi per qualche secondo.

Non so se in un modo o nell'altro, che non riesco a decifrare, aveva intuito qualcosa sul mio stato d'animo. Sui pensieri tristi che stavano prendendo lentamente forma mentre la buca non era più una buca.

Laika si era avvicinata piano, poggiando la sua testa tra le mie gambe. I suoi occhi, riflessi nei miei, si tingevano di sfumature diverse e la sua coda non scodinzolava più. Era triste anche lei. Poco dopo aveva emesso un suono che somigliava a un lamento. Il tempo di una carezza leggera sulla fronte e stava già ritornando sui suoi passi, prima che qualcuno potesse vederla e chiamarla a sé.

La mia intera esistenza è stata scandita da buche scavate e ricoperte. La mia vita aveva avuto inizio con una buca improvvisa, quella di mia madre. Il fatto stesso che sia morta dopo avermi dato alla luce, significa che l'ho uccisa io? E se io non fossi nato, lei sarebbe ancora viva? Queste domande erano state sempre dentro di me e mai pronunciate ad altra persona. Domande che diventavano massi pesanti sulle spalle e di cui sentivo il peso ogni volta che vedevo una buca, una bara, una tomba.

Come la buca in giardino che aveva scavato mio padre per Zara, la mia cagnolina.

Mi sembrava ancora di sentire la voce di quella strega della mia matrigna. «Sporca di continuo! Trovo la sua urina ovunque, sono stanca, caga e piscia dappertutto. Come l'hai educata questa cosa Remo, eh? Sembra ritardata come te. L'unica cosa positiva è che almeno non abbaia. E poi cos'è questo? Questo pelo schifoso e sporco che perde ovunque. Me lo sento in bocca, nelle narici, nel cibo che mangio, nei vestiti, sul letto. Mi fa letteralmente soffocare, la odio questa cosa.»

«La lavo ogni settimana e la pettino ogni sera! Non posso lavarla di più, potrebbe farle male.»

«Mi dispiace, ma io non posso più andare avanti così. Non vedo altra soluzione, da domani la mettiamo fuori. Tanto ha una cuccia no? Che inizi ad usarla davvero.»

«Ma fa freddo fuori e poi Zara non è abituata. È sempre stata dentro casa. Esce fuori in giardino solo per giocare.»

«Non me ne importa niente e tuo padre sarà d'accordo con me. Tu e la tua cagna mi state facendo ammalare, sono allergica. Adesso levatevi dalla mia vista entrambi, non ne posso proprio più. Portala via da questa stanza subito.»

L'amica più cara che avevo avuto era stata sfrattata in giardino solo qualche mese dopo che la strega si era impossessata ufficialmente della casa. Ero stato in silenzio, avevo supplicato davanti a mio padre, avevo cercato di alzare la voce, avevo pregato, avevo pianto e pianto, ma non ero riuscito a fargli cambiare idea. Alla fine aveva ceduto alle condizioni della strega. Ogni opposizione sarebbe stata assolutamente vana. Ogni ribellione punita pesantemente.

Avevo cercato di rendere più accogliente la cuccia di Zara, sistemando all'interno uno spesso strato di coperte e vestiti che non usavo più.

Ogni notte prima di andare a letto mi assicuravo che stesse bene. Ogni mattina aspettavo il momento di poter uscire e vedere la sua coda scodinzolare.

Le discussioni in casa erano senza fine. Cercavo di far cambiare idea a mio padre appena si presentava un'occasione. Come le volte precedenti ricevevo una risposta negativa, venivo ignorato oppure peggioravo ancora di più la situazione: «Vuol più bene a quel cane che a noi. Non sono sicura che questa situazione vada bene. Dovremmo portarlo al canile o regalarlo. Vedo questo ragazzo sempre più distratto, sempre più assente. Non riesce a capire quale sia la realtà. Quel cane è l'unica cosa di cui parla e di cui gli interessa. Secondo me è anche per questo che non ha amici. Rivolge troppe attenzioni a quel cane.»

Passò qualche settimana senza nulla cambiare. Un pomeriggio di ritorno da scuola non la vidi arrivare dal giardino come faceva di solito per salutarmi. Dopo averla chiamata invano e averla cercata con gli occhi, mi avvicinai alla cuccia. Scoprii il suo corpo che giaceva inerme, il pelo vicino agli occhi spalancati era piuttosto umido. Dalla bocca colava una sostanza biancastra.

Non riuscii a dire niente, rimasi lì per un tempo indefinito ad accarezzare la sua pelle morbida ormai gelida.

Sentivo lo sguardo compiaciuto dietro di me della mia matrigna, ma non volevo voltarmi, non volevo e non potevo darle questa soddisfazione. Non avevo alcuna prova, ma ho sempre saputo che c'entrava lei in tutto questo. Forse aveva avvelenato il cibo o l'acqua, forse l'aveva tenuta così stretta da farla soffocare. E Zara, buona com'era, non aveva capito. Non aveva capito che l'essere umano è capace di tradire e fare del male di proposito. Non per mangiare, non per difendersi, ma per gustare e compiacersi della sofferenza altrui.

Alcune persone provano solo rabbia e sofferenza, non conoscono altre emozioni. Forse perché se ricevi solo odio e dolore riesci bene a comprendere solo questi sentimenti e alla fine rischiano di diventare il tuo nutrimento. Forse anche per la strega era così, cercava di far male agli altri pur di sentire delle emozioni: il dolore provocato si trasformava in una forma sbagliata di gioia.

Non mi voltai a guardare. Rimasi lì, vicino alla cuccia. Non provavo odio, solo un'immensa tristezza.

Quando fuori era ormai scuro, finalmente venne mio padre. Sentii la sua mano poggiarsi sulla spalla e singhiozzando, con le lacrime che mi rigavano la faccia, gli dissi che Zara non c'era più.

Andò in giardino con una pala e si mise a scavare una buca vicino alla cuccia e io lo guardavo. Forse c'era un attrezzo con cui potevo aiutarlo, ma non ne avevo né la forza né il coraggio.

Quando la buca fu abbastanza profonda, l'accarezzai per l'ultima volta.

Non avevo più lacrime.

La buca fu ricoperta.

Si aprì una buca nell'anima, che mi trapassava da parte a parte.

Non mi ricordo se mio padre qualche tempo dopo mi chiese se volessi un altro cane.

Non avevo mai più voluto un cane, non volevo un'altra buca da coprire e dimenticare.

Alcuni dicono è solo un cane. Per alcune persone un cane può rappresentare tutto. Per me era una forma di affetto incondizionato e ricambiato, senza se e senza ma.

15   Dimenticami come una pillola buttata giù

Il tuo sguardo era quasi assente, triste.

Improvvisamente ero triste anch'io, senza capirne il motivo preciso.

Hai estratto un piccolo contenitore di plastica arancione semitrasparente. L'hai aperto e hai fatto scivolare giù due pillole bianche. Sono sembrate enormi sulle tue mani. Hai scrutato quelle due macchie bianche per qualche secondo, come se stessi cercando di vedere qualcosa, di leggere una scritta invisibile. Forse una risposta a una tua domanda silenziosa. Le hai messe in bocca e le hai buttate giù, aiutandoti con un sorso d'acqua dalla tua borraccia verde chiaro.

Lo sguardo è rimasto nel vuoto ancora un po'. Sembrava che non sentissi più niente, alcun suono, alcuna voce. Sembrava che quel bianco artificiale e chimico ti avesse inghiottito. Rapito. Confinato in isolamento in un'altra dimensione.

Ti ha ridestato la pioggia leggera sul viso, ma non subito.

Le gocce scivolavano lentamente su di te. Sembrava che volessero rimanere aggrappate il più possibile a qualcosa di bello. L'unica cosa che le avrebbe consolate una volta cadute è che ti avrebbero visto dal basso ancora per un po'.

Se avessi avuto un ombrello mi sarei seduto accanto a te, senza dire niente. Aspettando il momento in cui saresti risalita dalla voragine dei tuoi pensieri tetri o tristi o spaventosi.

Avrei aspettato in silenzio che fossi stata tu a parlare, solo se ne avessi avuto veramente voglia. Non mi sarei spostato se avessi voluto poggiarti anche solo un istante su di me. Per ricevere conforto dalla sensazione di calore umano, sentire qualcuno che percepisce le tue emozioni.

Non avrei allargato le braccia come una piovra per abbracciarti e stringerti a me. No, non sarebbe stato corretto approfittare di quel momento di fragilità. E avrebbe avuto poco significato in fondo anche per me. Invece avrei sfiorato, senza toccarla, la tua mano con la mia, pronto però a ricambiare la forte stretta che avresti potuto chiedere senza guardarmi. Una stretta di conforto o di condivisione di dolore.

I nostri occhi non si sarebbero sfiorati per paura di intravedere la propria anima messa a nudo. Per paura di svelare segreti che non si è ancora pronti a confessare. Per paura di spogliarsi della spessa coltre di pelle artificiale e tessuti resistenti che ci siamo costruiti nel tempo. Di lasciare andare per qualche minuto la corazza che abbiamo indosso e con cui abbiamo imparato a proteggerci da noi stessi e dagli altri.

Non ci saremmo guardati in volto. Avresti poggiato la tua testa sulla mia spalla, solo per scaricarne almeno in parte il peso tremendo, non sopportabile da sola. Io sarei rimasto immobile, in silenzio. Una colonna pronta all'uso, senza pretese, che non desidera e non si aspetta nulla in cambio.

Un oggetto umano di uso temporaneo, simbolico, dimenticabile in qualsiasi momento e in una manciata di secondi. Calore umano e comprensione non associabili a un volto e quindi non rintracciabile, irriconoscibile, labile.

Sarei stato, come sempre, la persona della panchina di fronte al parco, solo più vicino, solo per una volta, solo per farti sentire meno sola. Eppure, sarei stato importante lì e in quel preciso istante. Sarei poi tornato alla panchina di fronte, uno sconosciuto come prima.

Forse avresti pianto.

Non avrei potuto fare nulla per asciugare le lacrime. L'ombrello che avrei portato in dono avrebbe solo potuto far scivolare via le gocce di pioggia lontano da te, evitando che si mischiassero alle lacrime. Salvandoti dalla confusione, evitando un fiume amaro senza fine.

Eppure.

Eppure, non avevo nessun ombrello quel giorno.

Prima di uscire di casa, avevo avuto la sensazione di dimenticare qualcosa. Sulla soglia della porta ero tornato indietro. I fornelli erano tutti spenti, il frigo era chiuso bene, la finestra della camera da letto era bloccata, la mia ombra mi seguiva ancora, le luci nelle stanze erano spente. La sciarpa era attorno al collo, i fazzoletti erano nella tasca sinistra del giubbotto, nella tasca destra dei jeans il portafoglio, in mano le chiavi di casa che sarebbero state riposte nella tasca sinistra dei jeans, la testa sopra il collo, sì anche quella a posto.

Avevo tutto, eppure. Adesso che ci ripenso, il momento prima di chiudere la porta, dal sottile spiraglio ancora aperto, l'occhio aveva intravisto un oggetto. Sì, l'ombrello nero con le righe verdi, mi era capitato di guardarlo, ma non c'era alcun buon motivo per prenderlo. Non avrebbe dovuto piovere, il meteo non aveva neanche accennato alla possibilità di precipitazioni. Il tempo era soleggiato da più di una settimana. Nel cielo non era presente neanche una piccola nuvola grigia. Il vento era assente, non urlava e non sussurrava. Eppure. La porta ormai era chiusa e in automatico le chiavi erano già nella fessura. Tre giri in senso orario, chiusa a chiave. Troppo tardi.

«Ciao Remo.»

Eppure.

«Salve signora Di Bella, come sta?»

«Bene grazie e tu? Stai uscendo?»

«Sì, tutto ok. Stavo andando a fare due passi.»

«Proprio una bella giornata per fare una passeggiata. A proposito, sono di ritorno dal mercato di via Di Nanni, ho preso degli spinaci favolosi. Deliziosi. La prima bancarella a sinistra arrivando da qui. Devi assolutamente prenderli. Io ne ho preso più di un chilo, questa busta bella piena sono solo spinaci. E pure a un prezzo veramente conveniente!»

«Ah, grazie dell'informazione. Io e gli spinaci in realtà non andiamo molto d'accordo.»

«Eh, ma forse dipende da come li cucini. Ci hai mai pensato? Puoi farli in diversi modi. Io, ad esempio, ci faccio dei tortini deliziosi. Spinaci, formaggio grattugiato, pane morbido a pezzetti, un uovo, un pizzico di sale e un po' di pepe. Mischi tutto per bene e poi li metti nei contenitori monoporzione, di quelli che si usano per i muffin. Meglio mettere un po' di olio o di burro sui bordi e nel fondo del contenitore per toglierli più facilmente. Poi subito in forno per quindici minuti. Voilà, un'ottima cena o un ottimo contorno. Se sei a casa questa sera te ne porto due per farteli assaggiare, altrimenti c'è il rischio che non mi credi e non provi a farli.»

«Grazie signora Di Bella, sempre troppo gentile.»

«Di nulla Remo, adesso ti lascio andare. Queste buste della spesa iniziano ad essere pesanti. Eh eh, le mie braccia non sono più quelle di una volta. Buona passeggiata caro.»

«Buona preparazione culinaria e buona serata!»

La conversazione aveva spazzato via quella strana sensazione di aver dimenticato qualcosa di importante. Era inutile ripensarci, ormai la parola spinaci e tortino di spinaci aveva invaso gran parte della mente. Poi, una volta in strada, con la temperatura mite e il cielo chiaro, non ci avevo più pensato.

Solo ora mi stavo ricordando.

Piccole gocce si gettavano a braccia aperte sul tuo viso, come kamikaze di acqua che avevano preso di mira i tuoi capelli, le tue guance rosee, le tue mani.

Rimanevo immobile a guardare. Sentivo l'acqua fredda che ignorava i vestiti e trovava la strada per arrivare dritto a me.

Tu, immobile, mentre il parco tutto intorno si era animato.

I bambini correvano richiamati dalle madri, si doveva tornare a casa presto.

I pochi previdenti o fortunati che avevano un mini ombrello nascosto nella borsa, nello zaino, nella giacca o da qualche parte, si affrettavano ad utilizzarlo. Qualcuno, che era sempre preparato per quegli avvenimenti imprevedibili, estrasse magicamente, come un coniglio da un cilindro, un ampio ombrello dalla tasca laterale dello zaino; certi zaini sembrano fatti per contenere qualsiasi cosa, addirittura persone, e resistono anche agli uragani più violenti.

Gli sportivi meno accaniti avevano già gettato la spugna. In ogni caso l'allenamento poteva anche essere sufficiente per oggi: anche se non era concluso, non era il caso di prendere un'influenza. Gli sportivi temerari con le scarpe già colorate di fango, non si erano nemmeno accorti della pioggia, sarebbero tornati a casa solo finiti tutti gli esercizi e i sollevamenti alla sbarra o dopo aver percorso i chilometri stabiliti per arrivare all'obiettivo.

Alcune coppie di amici, di fidanzati, di amanti si riparavano sotto gli alberi più grandi, le fitte foglie filtravano quasi tutto come un ombrello, anche se non a tenuta stagna.

Una piccola folla ritornava alla fila di auto parcheggiate tutt'intorno al parco. I fumatori aspiravano gli ultimi bocconi prima di lanciare come razzi le sigarette verso la strada.

I cani seguivano i loro padroni a passo svelto, si fermavano a tratti solo per scuotersi le goccioline catturate dalla loro pelliccia prima che potessero infiltrarsi più in profondità. Gli uccelli si rifugiavano silenziosi e rapidi nei loro nidi tra i rami.

Il chiosco si svuotava delle sedie di metallo che venivano portate sotto al grande ombrellone malconcio. L'effetto pendolo delle altalene utilizzate fino a poco prima si riduceva sempre più.

Lo sterrato si inumidiva e si stavano formando piccole pozzanghere che a breve avrebbero reso impraticabile il passaggio. In alcune zone sarebbero sorti laghi di fango.

La spazzatura nei cestini si impregnava sempre più di acqua, i giornali spiegazzati e gli ultimi bocconi mai finiti dei panini si facevano via via più pesanti e sprofondavano al fondo, mentre la silhouette dei sacchi di plastica resisteva a fatica alla deformazione subita.

I corvi, finalmente indisturbati, si fiondavano sui rimasugli di cibo adocchiato da tempo e meticolosamente gettavano a terra ogni rifiuto non commestibile che ostacolava il furto di cibarie.

Il maglione rosso dimenticato cambiava colore e dava l'addio per sempre al suo proprietario.

Il libro caduto a terra si sarebbe deformato e avrebbe perduto un po' d'inchiostro.

Le panchine verdi si riempivano pian piano di uno strato acquoso che le rendeva lucide, ma che faceva scivolare via parte dello sporco accumulato nei giorni passati.

Nonostante ogni cosa attorno fosse animata, tutto sembrava fermo.

Noi due di fronte. Io con lo sguardo su di te, tu con lo sguardo assorto nei tuoi pensieri.

Tutto era immobile.

I ragazzini che correvano per ripararsi sotto un portone o per raggiungere i loro genitori in auto si fermarono, rimanendo con una gamba a mezz'aria. I tergicristalli impazziti delle automobili che spazzavano via l'acqua sporca sui vetri si ribellarono esausti d'un tratto, immobili. Il cambio di colore da rosso a verde del semaforo non avvenne. Le due automobili che percorrevano a velocità sostenuta e in direzione opposta rallentarono prima dello scontro frontale e gli airbag trattennero il fiato. La mano della donna si fermò a pochi centimetri dalla faccia dell'uomo con gli occhiali, lo schiaffo e la relativa distruzione delle lenti erano posticipate. Due occhi riflettevano tutte le cose che avevano visto e vissuto.

Eppure.

Eppure, le gocce si fecero d'un tratto più pesanti e una, più grande o più veloce delle altre, riuscì finalmente a spezzare l'incantesimo.

Piedi nelle pozzanghere, acqua sui vetri delle auto spazzata via a terra, boom e odore di metallo accartocciato, occhiali rotti. Occhi chiusi e aperti.

Ti vidi sveglia, eppure eri ferma a guardare i miei occhi, almeno per un secondo. I miei occhi.

Eppure, non avevo un ombrello.

Sulla soglia della porta quel giorno, avrei dovuto fidarmi di più del mio intuito. Ascoltare quell'inspiegabile sensazione attorno a me.

Così corresti via.

E io rimasi lì, fracido, immobile.

16   Dimenticami come una lampadina rotta

Oggi non sentivo niente. Nessuna emozione, nessun pensiero buono, triste o cattivo. Non riuscivo a sopportare quelle quattro mura dopo il lavoro, la televisione che blaterava parole senza senso, e l'aria di chiuso tutt'intorno. Quello che ha fatto superare la soglia di sopportazione massima è stata la musica alta del vicino con canzoni di altro secolo e dal ritornello fastidioso: «Please don't go, please don't go, please don't go.»

Così ho deciso di preparare un panino al volo, con in mezzo le prime cose che ho trovato in frigo. "Formaggio? Sì. Lattuga? Sì. Carote? Sì, grattugiamone un po'. Prosciutto crudo? Certamente. Ketchup? Sì dai. Salsa barbecue? Sì, perché no. Funghi? Mhmm, vada anche per questi."

Poi ho aperto il secondo cassetto di fianco al frigo. "Tonno? No dai meglio di no. Non facciamo un misto carne pesce che non sa di nulla. Ah ecco, spezie! Sale, origano, pepe. E per finire un tocco di classe: olio piccante. Perfetto! Un signor panino oppure, a seconda dei punti di vista, un intruglio scomposto di vari ingredienti."

Libro sul comodino, panino, acqua. Ho inserito le tre cose essenziali nello zaino e ho chiuso la porta dietro di me.

Alle sette di sera passate ero sicuro che avrei trovato solo qualche anima solitaria che portava in giro il cane, non curante del piccolo venticello gelido che preannunciava l'abbassarsi delle temperature. Di sicuro non ci saresti stata tu. E forse era anche meglio così. Le mie occhiaie da pc, occhi assenti, capelli spettinati, vestiti abbinati a caso, modalità lupo solitario attiva.

Le luci nelle case erano accese e la strada era sgombra. Come mi aspettavo il parco era silenzioso. Nonostante questo, sentivo ancora dentro me rimbombare la canzone del vicino. Chiusi gli occhi cercando di convincermi che bastava non pensarci per scacciare via i brutti pensieri. Adesso erano solo le foglie a parlare sottovoce, mosse dal vento. Adesso sentivo solo quello che volevo ascoltare. Sapevo che avrei potuto addormentarmi in quel preciso istante e risvegliarmi il mattino dopo. La felpa pesante mi avrebbe tenuto al caldo favorendo l'assopimento. Tuttavia, se fossi sopravvissuto alla notte, il vero problema sarebbe stato andare poi al lavoro il giorno dopo. Questi ragionamenti poco sensati mi avevano convinto che era arrivato il momento di riaprire gli occhi e provare a leggere un po'. Di sicuro la parte che non ero riuscito a finire ieri sera perché ero crollato dalla stanchezza, mi avrebbe fatto risvegliare. Era una scena fondamentale e forse avrei capito di più sul perché delle azioni del protagonista, che per le prime cento pagine avevano avuto davvero poco senso.

La luce si faceva sempre più lieve e i contorni della luna apparivano sempre più definiti. Le luci del parco si accesero alle 19:33, leggermente in ritardo rispetto all'orario consueto. A qualche metro di distanza, il lampione vicino alla fontana stentava a fare il proprio dovere. Rimaneva acceso solo a tratti e, dopo un leggero affievolirsi, la luce arancione si tramutò in uno sfarfallio continuo. Qualche moscerino ne veniva attratto nonostante la discontinuità. Benvenuti nella discoteca degli insetti volanti! Manca solo la musica o, forse, c'è già e sono solo io a non sentirla.

La lampadina. Lo sfarfallio continuo. Strano. Questo parco sembra ricordarmi più episodi della mia vita che qualsiasi altro posto. Forse è per questo che continuo a venire qui.

Le lampadine…

Il corridoio della scuola media era lunghissimo, metri e metri e continuava lunghissimo anche dopo una curva a L. Iniziava all'ingresso principale e sembrava non finire mai. Il momento di maggiore confusione e che disorientava molti ragazzi, era l'intervallo. I ragazzi, al suono della campanella che segnava i dieci minuti di semilibertà, si disperdevano da ogni parte. Come detenuti che uscivano dalle celle, senza perdere tempo, si lasciavano la porta dell'aula alle spalle, sempre dopo aver arraffato dallo zaino o da sotto il banco merendine e spuntini di ogni tipo, per la maggior parte comprati al supermercato. Prodotti imbottiti di conservanti e zuccheri che ricaricavano e alleggerivano la testa da tutte quelle parole, storie, calcoli.

La cosa migliore era mangiare in prossimità della classe. Se ti allontanavi di qualche metro e non prestavi attenzione alla direzione che avevi deciso di percorrere, era probabile che non riuscissi più a capire dove fossi tu, i tuoi compagni e la tua classe. Con i ragazzi intorno che bloccavano la vista le possibilità di ricongiungersi al gregge prima della fine dell'intervallo erano relativamente basse. Ovviamente per i ragazzi più alti tutto era più facile, ma questo non era di certo il mio caso.

Il corridoio non aveva finestre, ma tante porte irrimediabilmente scrostate e rovinate, come i muri grigi costellati da impronte di scarpe di ogni tipo e dimensione, lasciate dai ragazzi che vi si poggiavano prima delle lezioni o durante l'intervallo.

La scuola era a due piani, ma solo il primo veniva utilizzato per le lezioni. Non conosco il motivo; nessuno lo conosceva, ma le versioni non ufficiali che circolavano tra i ragazzi mutavano continuamente arricchendosi di nuovi dettagli. Dalle più strampalate a quelle che ci davano comunque inquietudine.

Graziano sosteneva la teoria dell'incendio. «Il secondo piano è bruciato cinque anni prima, con tutti i ragazzi che stavano facendo lezione. Se ne sono accorti solo quando era troppo tardi, il fumo e le fiamme li hanno inghiottiti vivi. Settantasei bambini e sei insegnanti. Sai quel bambino che non hanno mai più ritrovato? Dicono che il suo corpo carbonizzato sia ancora da qualche parte al secondo piano. La cosa più strana sai qual è? Non sanno come sia scoppiato l'incendio. Dicono che sia stato un insegnante pazzo ad appiccare il fuoco, oppure proprio quel bambino che non trovano più e che avrebbe giocato con i fiammiferi nella biblioteca.»

Lucrezia aveva la sua variante. «Ho sentito dire, anche da alcuni ragazzi più grandi, che in realtà non è stato nessuno a provocare l'incendio. L'impianto elettrico della scuola è marcio ed è stato un malfunzionamento o una scintilla di troppo a causare le fiamme. E la domanda soprattutto è: chi ci dice che non potrebbe ricapitare una cosa simile al primo piano? Avete fatto caso a tutti questi estintori nel corridoio? Secondo me non è normale. Di sicuro hanno paura che possa succedere di nuovo. Ecco anche spiegato il perché di tutte queste prove antincendio!»

Giusi era complottista. «Chiaramente si tratta di un laboratorio segreto del governo. Dai ragazzi, lo sanno tutti! È logico! Quale posto migliore per condurre esperimenti segreti sugli alieni, del piano creduto in disuso di una scuola media? E questo spiega anche le protezioni di metallo e le catene che sbarrano l'accesso. Perché ci sono tutte queste precauzioni se quello di sopra è solo un piano vuoto, eh? Forse è ancora peggio di quanto pensiamo. E se gli esperimenti venissero fatti proprio sui bambini? Questo spiegherebbe anche quell'altra storia, di quel ragazzino, Stefano. Sapete di chi parlo vero? Quello che l'anno scorso era riuscito a salire al secondo piano, ma non è più tornato. Puff! Sparito nel nulla! Come un soffio di vento. Mai esistito. E la gente diceva "Stefano dove? Stefano chi?"»

Emanuele temeva i problemi strutturali del complesso scolastico. «Il secondo piano sta crollando, ormai si vede anche da fuori. La scuola è a pezzi amici miei! Avete presente le crepe sul muro del corridoio e sul soffitto della quasi totalità delle classi? Ecco, al secondo piano è molto molto peggio. Ve lo assicuro, me lo ha detto il figlio dell'insegnante di matematica. La scuola ha nascosto lo stato del secondo piano per evitare di chiudere. Il problema è che non ci sono sufficienti soldi per riparare tutto. Mio padre, che se ne intende, dice che dovrebbero radere a suolo questa scuola schifosa e costruirne una nuova dalle fondamenta. Basta una piccola scossa di terremoto e boom crolla tutto, qualunque cosa. Ci crolla tutto addosso! All'improvviso, boom! Quando succede, perché come sempre il problema è quando e non se, non avremo neanche il tempo di scappare, vedrete. Centinaia di gambe e braccia sotto le macerie. Secondo voi perché ci fanno fare tutte queste prove di evacuazione!? Avete mai sentito di altre scuole dove se ne fanno così tante? Ragazzi, qui il rischio è fin troppo evidente.»

Ognuno aveva una storia diversa, una leggenda da raccontare. Periodicamente se ne aggiungevano di nuove, sempre più strane, illogiche o macabre. Ciascuno sceglieva quella più convincente.

La stessa storia, anche dopo averla sentita dieci volte, non era mai uguale a quella precedente. Ciascuno arricchiva via via la propria storia di nuovi particolari.

Chi la adottava, la riproponeva ad altri in versione personale, animandola di nuovi personaggi, di nuovi eventi.

«Il secondo piano è maledetto! La scuola è stata costruita sul suolo sacro che apparteneva ad una civiltà antica.»

«Il secondo piano non è mai esistito. Vogliono farci credere che esista solo per spaventarci.»

«Il secondo piano è un piano solo per gli insegnanti. Lo usano quando la scuola è chiusa, non sai cosa ci fanno lì dentro!»

«Il secondo piano è la casa del custode. Quello che ha ucciso quel ragazzo scomparso.»

A volte però la verità è più semplice delle leggende, ma anche molto meno interessante. La versione ufficiale era che il numero delle classi negli anni si era ridotto, sia perché le scuole private avevano sempre più appeal per quei genitori che potevano permetterselo, sia perché le classi erano diventate col tempo più numerose. La numerosità media delle classi era aumentata via via da quindici, a diciannove e fino a ventisette ragazzi perché le risorse più importanti, gli insegnanti, scarseggiavano dalle nostre parti. Preferivano andare nelle città più grandi in cui i fondi pubblici erano maggiori, le scuole più pulite, i ragazzi più educati e i bonus più alti. Allo stesso tempo era un modo per contenere i costi, meno aule e spazi da pulire e da manutenere. Almeno questo diceva mio padre.

Gli insegnanti non erano la sola risorsa che scarseggiava. Gli addetti alla manutenzione, alla pulizia e a tutte quelle attività ordinarie al di fuori dell'insegnamento, nella nostra scuola erano ridotti a uno: il signor Macrì. Signor Macri o Macrì, non ho mai capito bene come si pronunciasse. Il signor Macrì era il tuttofare della scuola. Tubi che perdevano, lavandini rotti, bagni intasati, porte bloccate, pavimenti sporchi o bagnati, pannelli che si staccavano dal soffitto, emergenze, incidenti. Le attività in cui lo vedevamo più spesso impegnato erano però la riparazione o sostituzione delle lampadine. Soprattutto le lampadine del corridoio.

Nel corridoio, a differenza di quasi tutte le stanze delle classi, non c'erano finestre. La poca luce naturale filtrava solo dalle due grate del portone dell'ingresso principale. La luce naturale entrava solo se c'era una giornata di sole favolosa e comunque rischiarava solo i primi metri vicino alla porta. Sarebbe stato il buio più assoluto senza le luci sul soffitto. Erano collocate a una distanza di poco superiore al metro una dall'altra. C'era qualche tubo al neon posto in orizzontale con una luce pressoché bianca, ma per lo più erano installate grosse lampadine la cui luce era un misto tra il bianco e il giallo. Forse per l'uso intenso, forse perché l'impianto elettrico era veramente vecchio e malfunzionante, come dicevano alcune leggende che probabilmente avevano un fondo di verità, le lampadine si fulminavano spesso. Alcune esplodevano improvvisamente, come una stella o una meteora che sfreccia in caduta libera verso la Terra. Emettevano una luce forte come se stessero ricevendo una quantità di energia più grande di quella che potevano sopportare e poi boom! Disintegrate. Mille pezzi. Vetro a destra e a sinistra, conficcato sul soffitto, ovunque. Spesso rimaneva solo il filamento che restava di un arancione acceso per qualche secondo, per morire subito dopo.

Fortunatamente le esplosioni avvenivano di rado. Antonio, un bambino di seconda, bassino e con gli occhiali, aveva vissuto in prima persona le conseguenze della meteora. I medici gli avevano detto che era stato fortunato a indossare gli occhiali, una scheggia di vetro avrebbe centrato in pieno la pupilla verde, se solo la lente destra dei suoi occhiali non avesse fatto da scudo, deviando il colpo. Guancia squarciata, punti, ferita di guerra. La tragedia mancata era stata una sfortuna, ma per certi versi Antonio era stato anche fortunato. L'episodio e la storia di cui portava la firma sulla guancia lo aveva reso rapidamente il ragazzino più popolare della scuola. Dall'invisibilità alla fama, almeno temporanea. Spesso basta un pezzo di vetro conficcato su una parte visibile del tuo corpo, o una ferita bene in vista. La cicatrice era diventata il suo segno distintivo, una medaglia al valore per essersi trovato nel posto sbagliato e nel momento sbagliato oppure in quello giusto a seconda dei punti di vista.

La maggior parte delle volte la luce diventava più fioca, poi seguivano due o tre giorni di sfarfallio continuo. Se due o più lampadine discontinue si trovavano vicine si creava un "effetto discoteca", come lo chiamavamo noi. In quel caso durante l'intervallo vicino alle classi con le luci alternate confluivano i ragazzi delle classi adiacenti, come lucciole che si radunano sotto i lampioni. Erano prevalentemente maschi e spesso fingevano di ballare una musica frutto della loro immaginazione e che non avevano mai sentito. La musica doveva essere dance, elettro punk o metal. Lo si deduceva dai movimenti a scatti, dalle mani per aria, dalla mandria che salta da una mattonella all'altra in modo disordinato. Il tutto in rigoroso silenzio. La cosa veramente buffa della discoteca da intervallo era proprio questa: coloro che la praticavano compivano tutto in silenzio, perché così era più divertente e surreale. E oltretutto si rischiava meno di venire richiamati dai professori.

Le urla di disgusto, di stanchezza e di stupore misto a rabbia provenivano invece dal cerchio di ragazzi al perimetro della discoteca silenziosa. I movimenti sgraziati combinati con i panini e le merendine tenute in mano producevano una fontana irregolare di schizzi di cibo che si spargevano ovunque. Per questo motivo, anche se la discoteca era diventata col tempo sempre più silenziosa rispetto alle prime volte, era sempre facile capire se e dove ve ne era stata una. Il pavimento diventava molto più sporco del normale.

Inizialmente cosa portasse a tutto ciò non era chiaro ai professori. I bambini che erano stati richiamati, perché colti sul fatto e resi temporaneamente prigionieri, non avevano rivelato il motivo di tanto movimento. Forse avevano paura di essere considerati troppo stupidi dagli adulti oppure non volevano rivelare la magica combinazione tra sfarfallio delle luci e discoteca silenziosa. La verità, molto semplicemente, era che durante quei cinque minuti disordinati, quelli che partecipavano si lasciavano andare e si divertivano, dando sfogo all'energia che avevano accumulato stando seduti nelle ore precedenti. Era qualcosa che non avrebbero confessato tanto facilmente. Era un segreto su cui gli adulti non avrebbero messo le mani. Un'altra cosa a cui non avrebbero trovato un senso e avrebbero certamente cercato di rovinare.

A volte non c'è qualcuno a svelare i segreti. I segreti si palesano agli occhi di qualcuno che non dovrebbe mai aver saputo. E una volta scoperti, non sono più tali.

A capire le dinamiche dello sfarfallio, del raduno del gregge e del cibo sparso ovunque era stato per primo il signor Macrì. Per quattro giorni di fila aveva dovuto dedicare più tempo e impegno del previsto per pulire due aree del corridoio vicino alle classi. In quel caso particolare infatti le luci guaste, per la gioia di alcuni ragazzi e il disgusto di altri, stavano contro ogni pronostico resistendo più del previsto. Un miracolo che aveva tramutato alcuni bambini in scaltri allibratori che collezionavano scommesse sotto forma di merendine. Gli scommettitori erano numerosi e la maggior parte credeva che la luce sarebbe rimasta in vita un altro giorno e un altro ancora. Di sicuro erano pessimi scommettitori, puntavano su quello che avrebbero desiderato e non su quello che probabilmente sarebbe accaduto.

Il quinto giorno il signor Macrì ne ebbe abbastanza. Si appostò in prossimità di una delle aree incriminate qualche minuto prima che suonasse la campanella dell'intervallo, poi si abbassò per nascondersi tra la folla di bambini fingendosi intento a una riparazione del pavimento. Vista dall'alto sarebbe stata una scena abbastanza buffa e la testa pelata dell'uomo sarebbe stata evidente come una balena in superficie circondata da un mare di crostacei. In quella circostanza però riuscì a passare alquanto inosservato: il suo piano aveva funzionato. Il cavallo di legno era entrato a Troia. Dopo qualche minuto, quando i professori si erano ormai diretti verso la saletta relax a loro riservata, tutto aveva avuto inizio. Flusso, disordine, mani a mezz'aria, silenzio, pezzi di cibo ovunque.

"Piccoli diavoli, geni del male!", il signor Macrì aveva pensato solo questo. Non aveva interrotto ciò che si era messo in moto. Era rimasto a guardare fino alla fine, quasi divertito, mentre le briciole e pezzetti di prosciutto gli finivano in testa dipingendo un quadro al quanto astratto e surreale. Quello stesso pomeriggio le luci erano state sostituite.

Il giorno dopo era stata la prova del nove. Il signor Macrì si era nuovamente appostato nello stesso punto, si era fatto più piccolo e aveva atteso. E non era successo niente. Niente ad eccezione dello scambio alquanto insolito di merendine che passavano di mano in mano. La cosa più importante era ovviamente che il pavimento non era più sporco come i giorni precedenti.

«Piccoli diavoli, geni del male. Avevo ragione!» aveva esclamato alla fine dell'intervallo.

E da quel giorno era iniziata la caccia allo sfarfallio. Il signor Macrì come se fosse un alto generale incaricato di mantenere l'ordine tra le truppe effettuava, appena gli era possibile, un giro di ricognizione al mattino, prima dell'apertura delle porte, e uno durante le pulizie dopo l'intervallo. Nonostante ciò, la discoteca silenziosa avveniva lo stesso. Sicuramente più di rado rispetto a prima, ma le luci si guastavano in qualunque momento incuranti degli occhi vigili del cacciatore.

Non importava se fossero state sostituite un mese prima o un giorno prima. Una nuova discoteca poteva sorgere ovunque in qualsiasi momento.

A volte il signor Macrì, nonostante le ricorrenti condizioni pietose del pavimento, faceva delle eccezioni. Forse perché altri impegni più urgenti richiedevano la sua presenza, oppure perché percepiva nell'aria una sensazione generale di tristezza tra i ragazzi e chiudeva un occhio, almeno per un giorno o due, ignorando di proposito lo sfarfallio delle luci.

Non so dire il perché, ma all'inizio, come molti altri, avevo paura del signor Macrì. Le spalle larghe, il busto sottile, la testa calva, il colore della pelle olivastro e gli occhi scuri gli conferivano un non so che di malvagio. Anche perché di rado rivolgeva la parola agli studenti. Anche in questo caso le leggende erano numerose: vampiro, zombie, assassino, mangiatore di bambini, stregone, ricercato dalla polizia, becchino nel giardino della scuola.

Credevo, in parte, a tutte quelle storie; ero sicuro che ci fosse un fondo di verità in ognuna di esse.

Un giorno, dopo la scuola, mio padre era in ritardo: mi aveva in effetti accennato a un impegno di lavoro che lo avrebbe fatto tardare più del solito. Quattro, tre, due, uno. Nel giro di venti minuti ero rimasto l'unico bambino ad aspettare sui gradini che davano al portone d'ingresso. La giornata aveva promesso sin dalla prima mattinata un tempaccio terribile, ma le nuvole grigie sembravano voler andare oltre le attese. Dalla prima goccia sullo zaino bastarono solo pochi minuti per trasformare il viale d'ingresso in un enorme pozzanghera. Il rumore della pioggia era spezzato solo dal chiasso improvviso delle ante delle finestre ancora aperte che sbattevano violentemente.

Concentrato sui miei pensieri affollati non riuscii a trattenere un grido di terrore nel momento in cui la mano del signor Macrì si posò sulla mia spalla.

«Scusa se ti ho spaventato ragazzo. Ero venuto a chiudere tutto, pensavo non ci fosse più nessuno. Tutto bene? Stai aspettando i tuoi genitori?»

«Ehm, sì, mio padre è in ritardo, ma mi aveva avvertito.»

«Capito. Perché non aspetti dentro? Con questo tempo rischi di bagnarti per bene e di prendere un malanno.»

Nonostante i mille dubbi in testa risposi «Ehm, sì ok. Grazie» ed entrai.

«Non c'è di che.»

«Perché c'è la scala nel corridoio?»

«Beh, devo cambiare le lampadine. Ormai è diventato il mio hobby preferito. Questa sta per fulminarsi. Vedi che è più luminosa rispetto alle altre? Quando iniziano a fare così le sostituisco per sicurezza. Non voglio che esplodano perché sono sicuro che potrebbero fare male a qualcuno. Quella lì in fondo, invece, non illumina quasi più, probabilmente non passerà la notte.»

Il signor Macrì parlava di lampadine come se fossero esseri viventi di cui prendersi cura.

«C'è parecchio lavoro da fare con queste lampadine.»

«Eh sì, è proprio vero. Posso confessarti una cosa? Le lampadine che si spengono all'improvviso sono le peggiori. A volte ho quasi paura a camminare da solo in questo corridoio lungo, figuriamoci se è anche buio. Per fortuna ho sempre una lampadina di scorta nel mio marsupio! Adesso salgo sulla scala e inizio a cambiare questa se non ti dispiace. Con questo tempo credo che ne dovrò cambiare parecchie.»

«Praticamente le lampadine sono come i tuoi migliori amici!»

«Eh eh, esatto ragazzo. Senza luce sarebbe tutto più difficile. Così come sarebbe più difficile la vita senza amici.»

«Capisco, io ho questo, è un portachiavi! Però non mi serve per ricordarmi dove sono le chiavi. Lo porto con me perché con questo piccolo bottone si illumina! Così se rimango senza luce posso usare questo. Me l'ha dato mio papà. Ne ho altri due a casa per sicurezza. A volte non posso tenere la luce accesa nella mia stanza, allora la uso sotto le coperte, così mi sento più al sicuro. Io non ho molti amici, comunque posso darti questo se vuoi, così non avrai paura del buio.»

«Ah, grazie ragazzo, sei molto gentile. Sai anch'io ho la mia lucina personale. Questa torcia sembra piccola, ma può illuminare quasi fino al fondo di questo corridoio. Ecco provala tu stesso.»

«Wow, è come avere una super luce!»

«Mi ha salvato spesso quando le brutte giornate come questa facevano saltare la corrente e questo corridoio diventava totalmente buio. Se ti piace puoi averla. Anzi tienila pure, sai anch'io ne ho una di scorta, sempre meglio essere preparati a tutte le evenienze.»

«È proprio sicuro? Grazie signor Macrì.»

«Ehi ragazzo, chiamami Tom se vuoi, i miei amici mi chiamano così. Eh, se vuoi saperlo anch'io non ho molti amici. Se vuoi un consiglio, non badare mai alla quantità, presta sempre attenzione alla qualità. Tanti "amici" che non sanno nemmeno come ti chiami, non servono a nulla, ti giri, ti rigiri e non ci sono più, puff spariti. Importanti sono quelli che ti cercano senza un motivo, che ci sono quando ne hai bisogno e che stanno con te anche e soprattutto quando piove. Quando c'è il sole è troppo facile ragazzo. Devi aspettare queste giornate di pioggia, allora sì che capirai tante cose. Scommetto che anch'io ti mettevo un po' paura, te l'ho letto negli occhi quando ti ho chiesto di entrare qui. Non è vero? Non importa comunque. Adesso vedo già che ti sei ricreduto. Questa è un'altra cosa che può esserti utile: mai giudicare un libro dalla copertina, o nel caso del vecchio Tom, mai giudicare un uomo dai suoi pochi capelli e dall'espressione imbronciata. Ricordati che le lampadine che durano di più sono quelle che fanno una luce costante. Quelle che brillano troppo o ad intermittenza, esplodono o si guastano.»

Tre suoni di clacson annunciarono l'arrivo di mio padre.

«Sì, è vero, mi facevi un po' paura, un po' tanta in realtà. Adesso però non più. Io sono Remo. Sicuro che posso tenere la torcia?»

«Sì, ragazzo, tienila pure. E non offenderti se non ti chiamo per nome, la mia memoria fa troppo spesso brutti scherzi e so già che lo dimenticherò. I volti, no, non dimentico mai un volto, perciò, se ogni tanto ti va di salutare il vecchio Tom mi fa piacere. E se avrai bisogno di qualcosa chiedimi senza esitare. Adesso vai, non fare aspettare tuo padre.»

«Grazie, ti lascio la mia lucina, usala pure.»

Sì, le persone sono come lampadine.

Poche lampadine ci faranno sempre luce. Continueranno ad illuminarci la strada quando cresceremo, nonostante le distanze, nonostante le disavventure che ci capiteranno e che faremo capitare, nonostante le parole dette e quelle non dette, nonostante le cose che faremo o non faremo, quello che diventeremo e quello che non saremo mai.

A volte per qualcuno diventiamo noi le lampadine.

Alcune lampadine possono essere sostituite con altre. Altre sono e saranno per tutta la nostra vita insostituibili.

Le meteore e le discoteche silenziose sono un momento di passaggio. Sono estremamente luminose, ma si esauriscono in fretta e poi spariscono per sempre.

Le lampadine che ci hanno sempre fatto luce e non si accendono più diventano uno spazio buio in mezzo all'anima.
Altre continuano a emettere luce attraverso i nostri occhi, anche se si sono spente da tempo.

17   Dimenticami come l'ultimo déjà-vu

Strano provare un'altra volta quella sensazione. Anche se era passato tanto tempo dall'ultima volta che era successo.

Era già capitato altre cento, mille volte.

Vedere uno stesso oggetto o una scena ripetersi simile più volte. Sentire una frase ed esclamare lentamente con un'aria confusa a chi ti sta di fronte: «Aspetta, questo l'ho già sentito. E come se sapessi già quello che stavi per dire. Assurdo, queste esatte parole! Dai non guardarmi come se fossi pazzo. Non so bene come spiegarlo. Ti è mai successo?»

Oppure ancora: «No. Non è possibile. È come se tutto questo fosse già successo. L'ho già vissuto, ne sono certo e me ne ricordo pure. Mi sembra di rivivere un sogno.»

La parolina magica del ricordo misto a sogno è déjà-vu. Si tratta della strana percezione di vivere nel presente una situazione già vissuta e di cui abbiamo familiarità o ricordo.

La prima volta che succede ci stupisce e ci intimorisce allo stesso tempo. Può diventare un incubo martellante. Dopo aver vissuto diversi déjà-vu in un breve lasso di tempo ero caduto in uno stato permanente d'inquietudine.

Mille domande, teorie e ipotesi che sfioravano scenari surreali e orribili autodiagnosi mediche. Le teorie si succedevano una dopo l'altra. Qualcuna prevaleva sulle altre a periodi alterni, a volte due o più coesistevano dando vita ad un'orda infernale di pensieri.

Perché continuavo a vivere scene che credevo di aver già visto e vissuto? Un baco. Era un baco temporaneo del mio sistema nervoso e che alterava le mie sensazioni? Sì, questo poteva spiegare tutto. Un attimo di disconnessione non controllabile che mi faceva piombare, a mia insaputa, in uno stato di familiarità apparente. Vivevo una situazione per la prima volta, ma ne avevo già memoria. Oppure una sorta di ricordo si creava in quell'esatto istante. Un glitch, causato da un sovraccarico o un errore della memoria, che la resettava temporaneamente e la alterava. Una latenza del recupero del ricordo che lo falsava completamente. Un ricordo collocato giorni, mesi o anni prima veniva sovrascritto a uno esistente o semplicemente ne veniva creato uno nuovo, esattamente uguale agli ultimi minuti e a quel preciso istante in divenire. Un errore di progettazione intrinseco della memoria. Può succedere a tutti e non c'era nulla di cui preoccuparsi. Accadeva e basta, la distorsione entropica di alcuni lassi temporali.

Da una certa prospettiva il tutto aveva anche un non so che di romantico e affascinante. L'importante era rendersene conto nel tempo più breve possibile e non darlo troppo a vedere all'esterno. Niente facce da rivelazione mistica o miracolo divino. Non hai le visioni, né dei superpoteri. Non devi salvare la razza umana. Non sei il prescelto. Non sei neanche l'oracolo. E questo non è Matrix. Oppure lo è?

A volte le sensazioni erano tutto fuorché tranquille. Le pagine di giornali dimenticati e trovati per caso, i siti web e i forum puntavano tutti in una direzione ben precisa. Pagina dopo pagina, cartacea e digitale, le diagnosi prevalenti erano catastrofiche e dai nomi impronunciabili: ipertensione endocranica, blocco della circolazione del liquido cerebrospinale, ematomi subdurali, idrocefalo normoteso, edema celebrale. Non avevo assolutamente idea dei termini che leggevo, ma ne bastava uno per immaginare il peggio: tumore cerebrale maligno. L'ipocondria mi assorbiva velocemente e proiettava immagini di cervelli non funzionanti. Con aree intere in cortocircuito e masse scure difformi che succhiavano linfa vitale, fili scollegati e hard disk in fiamme.

La paura si autoalimentava attraverso l'isolamento autoimposto e la scongiura dell'incontro con ogni forma vitale e con nozioni mediche; fossero essi medici, infermieri, fisioterapisti, veterinari o studenti di medicina. Perché bastava la vista di un camice bianco per riattivare tutti i pensieri negativi riposti in cantina e iniziare un nuovo ciclo di sana ipocondria.

La paura lentamente si placava dopo giorni di tranquillità e di esposizione all'aria aperta e al sole. E finalmente lasciava spazio a teorie dalle sfumature meno gravi: il sogno. Non erano ricordi reali, ma erano sogni. Lo stato di trance profondo in cui cado talvolta la notte si trasforma in una lavagna su cui vengono disegnati i possibili eventi. A volte la realtà è molto simile a una delle possibilità che ho fantasticato e quel ricordo confuso, a un tratto, riaffiora violento come un'eruzione vulcanica. Tutto ciò genera uno stato di confusione inaspettata e incredulità che mi offusca la mente, come una nuvola grigia e densa, non permettendomi di ragionare razionalmente e distinguere il sogno dalla realtà. L'uno tanto legato all'altro che risulta impossibile decifrarli con chiarezza. E vengo risucchiato dentro il vortice della confusione senza poter fare nulla per impedirlo.

Dalle teorie del sogno, in balia di onde illuminanti, mistiche ed evoluzionistiche, venivo traghettato nella deriva delle ipotesi strabilianti e non confutabili.

E se i déjà-vu non fossero altro che un'abilità poco evoluta per prevedere il futuro? Capacità di quasi veggenza insita nell'uomo o dovuta a un'evoluzione in corso? Forse ci sono delle capacità che non abbiamo ancora imparato a controllare e non riusciamo ad utilizzare appieno. Non avendo nessun controllo si manifestano in modo totalmente casuale o solo in determinate condizioni. Sì, esatto, è un modo in cui possiamo avere qualche secondo di vantaggio sugli altri e su ciò che succederà. In ogni caso questa forma di capacità mentale spiegherebbe anche i presunti poteri rivelatori di alcune persone. Oppure in fondo siamo tutti, chi più chi meno, mentalisti o veggenti? Le nostre percezioni extrasensoriali confuse non sono altro che una forma latente e sottosviluppata dei poteri della nostra specie. Oh, caro Darwin se potessi assistere a tutto questo mio pensare e aiutarmi ad elaborare le mie teorie, forse in fondo proprio tu non mi considereresti così folle!

La spiegazione, in altre occasioni, era più immediata e tangibile: è una questione di concentrazione. Deficit da attenzione. Ho così tanto la testa immersa nei miei pensieri che mi distraggo in modo tale da vivere in modo asincrono quello che mi circonda. A volte vivo la vita con un ritardo di qualche manciata di secondi. Il tempo sufficiente di essere percepito dagli altri sempre con la testa tra le nuvole. Lo sfasamento aggiunto alle falle della mia memoria breve fanno sì che mi sembri di vivere le cose due volte. Anche se in realtà la seconda volta coincide con l'istante in cui a tutti gli effetti divento partecipe degli eventi. Perfettamente plausibile.

I ricordi degli sguardi e delle frasi che amici e parenti avevano ripetuto più e più volte sembravano confutare questa possibilità.

«Eh ma mi stai ascoltando?»

«Remo, io sono qui, scendi dalle nuvole!»

«Come parlare a un muro!»

«Ieri ho rapinato una banca e poi ho ucciso un uomo, ma sono sicuro che a te posso confessarlo dal momento che molto probabilmente non hai ascoltato una parola di quello che ho detto negli ultimi dieci minuti!»

«Spero di non dover ripetere tutto dall'inizio come l'ultima volta.»

«Te l'ho già detto un attimo fa. Parlo da sola praticamente, come sempre. Mi fai ripetere le stesse cose due o tre volte. Sono stufa!»

Qualunque fosse la ragione per cui avvenivano i déjà-vu, stava succedendo di nuovo in quell'esatto momento.

La percezione del tempo intorno a me stava rallentando.

Vittoria e Viola stavano discutendo animatamente senza badare ad altro. I loro movimenti perdevano via via accelerazione. Charlie non si era più curato della mancanza di attenzione dopo aver trovato un rametto per terra. E adesso, ai piedi della panchina, era intento a distruggerlo con i denti mentre cercava di tenerlo fermo con le zampe. Era già a buon punto e i frammenti di dimensioni irregolari erano sparsi a terra ben visibili.

Il ronzio della gente intorno si assopiva pian piano. E la brezza che soffiava tra le foglie era diventata impercettibile.

Sì, sarebbe successo proprio adesso.

Rivolsi lo sguardo alle mie spalle sapendo già che cosa avrei visto: un carro funebre grigio proveniente dalla strada principale. Al semaforo il conducente calvo e con gli occhiali scuri tenuti sulla testa avrebbe abbassato il finestrino. Il suo sguardo sarebbe stato fisso su di me. Al verde avrebbe atteso qualche secondo e girato a destra, seguito subito dopo da tre auto nere.

Poco dopo successe esattamente quello che sapevo già, ricordavo o avevo solo immaginato.

Quando la mia testa fu nuovamente nella posizione iniziale, il rametto era distrutto. E gli occhi inaspettati di Vittoria che mi fissavano mi fecero quasi trasalire. Il tutto durò appena tre secondi, ma il suo sguardo intenso e allo stesso tempo perso nel vuoto, mi scossero dall'interno.

Le mie gambe avevano agito da sole, mi ero alzato e mi ero allontanato a passo svelto andando dritto verso casa.

Dopo aver girato l'angolo avevo pensato "Già e la spesa?", ma non avevo rallentato. La spesa poteva attendere, come tutto il resto.

Un sentimento tetro d'inquietudine stava infettandomi velocemente e nel giro di qualche ora sarebbe circolato in ogni vena del mio corpo.

I tentativi di autocontrollo e di razionalità erano stati vani. Nel giro di qualche ora era piombata la sera e la luce artificiale si era accesa nelle case.

Le mani tremavano senza freno e la memoria mi riportava indietro.

Respira.
Occhi chiusi.
Respira.
Occhi aperti.

E all'improvviso avevo di nuovo tredici anni.

18   Dimenticami come i primi déjà-vu

Respira.
Occhi chiusi.
Respira.
Occhi aperti.
Avevo di nuovo tredici anni.

Le prime volte non gli avevo dato peso. Ma alla quinta volta in tre giorni ero oltremodo confuso. Perché? E perché proprio quelle scene?

In poco più di un mese, avevo vissuto ventisette déjà-vu. Allora li consideravo eventi maligni, demoniaci. Ogni volta era come se le lancette dell'orologio ticchettassero più lentamente, fino a fermarsi quasi del tutto. Alle narici arrivava un odore strano, acre, metallico, di bruciato. Se qualcuno un attimo prima era intento a parlare, sentivo le voci farsi distanti e ovattate. Era come essere dentro una bolla di vetro trasparente in cui qualcosa di invisibile bruciava. Sentivo un tocco leggero in una zona precisa della parte superiore del mio corpo e poi un brivido di paura che mi raggelava il sangue. Rabbrividivo ogni volta. Quando mi giravo in quella direzione sapevo già che cosa avrei visto: un carro funebre. Quasi sempre era di colore nero metallizzato, a volte grigio chiaro o scuro, altre blu. Lo vedevo spesso arrivare con i finestrini opachi ben chiusi. A volte era presente un corteo di persone che lo seguiva. Spesso invece lo seguiva qualche altra auto.

Carri funebri.

Il mio viso subito dopo si faceva emaciato, stranito, consumato, pallido. Continuavo a guardare in quella direzione anche dopo che il carro non era più visibile, un'immobilità inquieta.

Carri funebri.

Avendoli interpretati come qualcosa di malvagio e satanico avevo cercato conforto dall'altro lato del campo: la chiesa, il bene, Dio. Inizialmente avevo pensato che la chiesa fosse un luogo in cui sarei stato al sicuro e che se l'avessi frequentata più spesso le cose sarebbero andate meglio. L'acqua benedetta poteva diventare uno scudo protettivo. Per questo motivo, quando tutti erano intenti a fare altro, cercavo di immergere una bottiglietta vuota nell'acquasantiera all'ingresso per prenderne un po'. Ero un ladro di acqua benedetta, ma in realtà lo consideravo un prestito per uno scopo necessario: proteggermi dal male. Ogni mattina e ogni sera inumidivo le mani nell'acqua santa e facevo il segno della croce. Qualche volta avevo pensato anche di berla, perché forse averla dentro di me mi avrebbe protetto meglio. Poi, per fortuna, avevo deciso che la cosa migliore era quella di limitarsi a fare il segno della croce e pregare. Effettivamente per qualche settimana i rituali religiosi sembravano aver funzionato e non c'erano stati più strani episodi.

Poi una domenica cambiò tutto. Dopo essere uscito dalla chiesa, sentii nuovamente quella strana sensazione. Stava accadendo proprio lì, su un suolo santo. Impaurito e totalmente preso alla sprovvista mi girai verso la fontana all'angolo della chiesa. Sapevo già cosa avrei visto. Un carro funebre, più lungo di quelli che avevo visto fino ad allora e con delle strane cromature argentate sulla fiancata che risaltavano sulla vernice nera.

Da quella domenica niente era più una certezza. Quella domenica era vacillata la mia fede. Il problema non era aver visto un carro funebre vicino alla chiesa, quello era normale ed era già capitato decine di volte. Il problema era stato il brivido che era risalito lunga la schiena negli attimi che avevano preceduto quel momento e…poi quella sensazione di maligno tutto intorno.

Le mura della chiesa e l'acqua benedetta non potevano arrestare quelle visioni. Nella mia mente, gli alti e impenetrabili bastioni della religione erano crollati malamente sotto l'attacco di catapulte che lanciavano palle oscure incendiarie. La catena del ponte levatoio si era allentata e poi aveva ceduto rendendo inutile il fossato pieno di acqua benedetta. Le croci erano a terra spezzate o conficcate sottosopra sul terreno. Forse non avrebbe potuto fare nulla neanche Dio. E forse un Dio non esisteva affatto.

Carri funebri.

A rendere le cose ancora più difficili c'erano anche altri aspetti inusuali. Mia zia da qualche tempo si comportava in modo strano. Inizialmente era solo una sensazione nell'aura che la circondava. Mese dopo mese, però, i cambiamenti diventavano evidenti anche a occhi che di solito non vedono.

Definire affetto quello che negli anni aveva dimostrato verso di me era davvero una parola troppo grande, avventata. Forse la parola giusta era riconoscimento. Riconoscere la mia esistenza e il mio diritto di essere, in qualche modo, anche se non appieno, un membro distante e insignificante della sua famiglia.

Aveva un vuoto che portava dentro di lei e che mai nessuno era riuscito a decifrare fino in fondo. Forse neanche lei sapeva bene il perché oppure aveva fatto finta di dimenticarlo di proposito. Questo vuoto le impediva di provare qualsiasi sentimento positivo, o almeno di provarlo con tutta sé stessa, dalla testa ai piedi. Amplificava invece la malinconia, la tristezza e la rabbia. Era distaccata nell'anima e lo aveva deciso lei. Una cosa ormai appariva certa anche a quell'età: spesso ero proprio io la vittima dei suoi conflitti interiori. L'agnello innocente da sacrificare. Mai si era spinta, però, ai livelli a cui avrei assistito da lì a pochi giorni.

Era l'inizio di aprile. L'inverno quell'anno non voleva sentirne di lasciare spazio alla primavera e continuava senza sosta con pioggia e vento che congelavano anche l'erba in giardino. Ero appena ritornato da scuola e l'ombrello era servito a ben poco. L'acqua aveva penetrato le scarpe bagnando completamente i calzini. Ero entrato a casa tremando a tratti per i brividi di freddo che partivano dalle ossa dei piedi e mi scuotevano tutto. Avevo tolto lo zaino dalle spalle per lasciarlo momentaneamente all'ingresso insieme all'ombrello, inzuppato per bene. L'unico modo di attraversare il corridoio senza bagnarlo sarebbe stato quello di spogliarsi completamente. Con mia zia a casa, o che poteva rientrare da un momento all'altro, era un'opzione da escludere. L'alternativa era quella di andare velocemente dritto in bagno, riporre nella cesta dei panni i vestiti bagnati, prendere un asciugamano per coprirsi e, subito dopo, qualcosa per asciugare a terra.

Percorsi il corridoio e la cucina, ma non riuscii ad aprire la porta del bagno. Mancava solo qualche metro per raggiungere la maniglia con le mani. Mia zia mi si parò davanti all'improvviso, materializzandosi come un fantasma dal soggiorno adiacente. Il suo viso era contratto. L'occhio sinistro era aperto solo a metà e la palpebra tremava vistosamente in scatti incontrollabili. Il tè caldo nella tazza era ancora fumante.

«È così eh? Siamo arrivati a tanto adesso. Perché? Perché mi fai tutto questo?»

«Ciao zia. Non capisco, cosa intendi?»

«Cosa voglio dire? Lo sai benissimo cosa voglio dire! Entri in casa come una furia. Fracido. Con le scarpe piene di fango. E...»

«Fuori piove fortissimo, ho cercato d...»

«Silenzio! Devi stare zitto quando parlo io. Con le scarpe piene di fango. E invece di fare il bravo bambino, cosa fai? Passeggi per tutto il corridoio e per la cucina. E guarda lì! Impronte di fango e acqua dappertutto. Lo sai a chi tocca pulire tutto questo schifo che hai combinato poi?»

«Zia stavo andando in bagno a prendere lo straccio. Pulisco.»

«Silenzio! Parli e parli. Non fai altro che parlare. Sai fare solo questo tu, vero? Chiudi quella bocca una volta tanto.»

La tazzina di tè si era schiantata sul muro rompendosi in decine di pezzi sparsi in ogni direzione. Il liquido era colato lentamente giù come rivoli di sangue nero.

«Tu? Avresti pulito tu. Sì, certo come no. E poi magari avresti anche preparato la cena e lavato la cucina. E io, nel frattempo, avrei fatto un gioco di magia e poi suonato il violino. Guardati. Stai continuando. Continui a gocciolare sul pavimento. Ormai hai fatto una pozzanghera.»

«Ma...»

Con uno scatto felino fu su di me e le mani mi strinsero forte la bocca impedendomi di continuare la frase. Poi continuò: «Chiudere la bocca è tanto difficile per te vero? Non ti preoccupare, lo faccio io per te. Ti piace così?»

Le mani si serravano come tenaglie e iniziavo a sentire un dolore forte. All'interno le guance erano pressate sempre più contro i denti e ogni movimento delle mani aveva l'effetto di una macchina tritacarne.

«Lo sai che i pavimenti di legno si gonfiano quando penetra l'acqua? Lo sai? E dove ti sembra che stiamo poggiando adesso i nostri piedi mentre continui a gocciolare, eh caro Remo? E quando le assi si gonfiano, si deformano e non c'è più modo di sistemarle. Sono da buttare. Che cosa direbbe tuo padre? Ah, giusto non riesci a dire nulla. Vediamo cos'hai da dire allora.»

La presa si allentò leggermente. Non sapendo che cosa fare provai l'unica strategia che mi venne in mente: scusarmi. «Scusami zia, non l'ho fatto apposta. Prometto che asciugo tutto io. Posso andare in bagno?»

Le parole non avevano avuto l'effetto sperato e la mano che si era sollevata sopra la testa non aveva rallentato, lo schiaffo era arrivato in pieno. Aveva sfiorato l'occhio e si era abbattuto sulla guancia, diventata subito calda e pulsante. Il labbro superiore sanguinava leggermente. La macchina tritacarne aveva agito anche all'esterno.

«Questo è solo una parte di quello che ti meriti. Perché mi fai fare queste cose? Io non voglio arrivare a tanto Remo, ma tu mi obblighi. Mi istighi, me li strappi da dentro gli schiaffi.»

Qualche lacrima, nel frattempo, stava scendendo dal suo viso. Forse in fondo era dispiaciuta di quell'atto d'istinto? Oppure era in piena crisi febbrile e delirante?

«Lo vedi? Mi sono fatta male alle dita. Lo sai che non sto bene. Potresti dimostrare almeno solo un po' di comprensione. E invece no, sei sempre…dove credi di andare?»

Neanche il mio tentativo di improvvisa fuga aveva avuto successo. Le mani veloci erano riuscite a bloccarmi da dietro, come una leonessa che afferra un'antilope per divorarla.

«No, no no e no. Questa volta non si scappa. Volevi andare dove? Nella tua stanza a insozzare anche quella o nel soggiorno in cui tua zia voleva solo prendere un tè in santa pace?»

«Zia mi stai facendo male, stai stringendo troppo. Zia…»

Le sue mani mi stringevano le spalle sempre di più come morse in tensione. Non accennava a lasciare la presa. Tutto era surreale, illogico. Perché stava succedendo tutto questo? La faccia, la voce, le espressioni, la violenza, la forza. Non era lei. Era come se un demone si fosse impossessato di lei. Forse quello stesso demone da cui scappavo da tanto tempo era finalmente giunto a me. Avevo cercato intorno a me con gli occhi tremanti una croce, dell'acqua santa, una bibbia, ma non avevo trovato nulla di tutto ciò. Non c'era scampo e mi era fin troppo chiaro che se avessi provato a scappare di nuovo o rispondere con la forza avrei solo peggiorato le cose. Provai allora a fuggire nell'unico modo che mi venne in mente per cercare di placare il respiro affannoso ed evitare che mi esplodesse il cuore. Immaginai di attraversare correndo il ponte levatoio, che si sarebbe risollevato subito dopo il mio passaggio, e di attraversare le grate e la porta d'ingresso, che sarebbero state velocemente chiuse e bloccate dalle guardie possenti e corazzate. Immaginai di entrare nella chiesa fortificata e inespugnabile e di fare il segno della croce. Poi la terra iniziò a tremare e una voce iniziò a sovrastare il suono delle campane. Era tutto inutile. Mi aveva trovato anche qui, nella mia mente, nel mio rifugio segreto. Non potevo fare nulla per sfuggire al demone.

«Ti faccio male eh? Il problema, in verità, è che non te ne ho mai fatto abbastanza! Ma adesso proveremo a porre rimedio. Così forse capirai una volta per tutte! Vieni e non farti trascinare che mi fanno male le mani. Ecco, visto che ti piace tanto la pioggia puoi stare qui fino a quando non smette. Insolente schifoso. E fai silenzio altrimenti non ti faccio più rientrare.»

Rimasi lì in giardino sotto shock. Stranamente ero quasi tranquillizzato per il solo fatto di non essere più dentro casa. L'unico modo per ripararsi almeno in parte era stare radente alla porta. Ma i vestiti erano totalmente zuppi. L'acqua continuava a cadere e avevo sempre più freddo. Ero comunque più spaventato di rientrare che infreddolito e quindi non fiatai, né provai a bussare alla porta.

Passarono almeno tre ore interminabili, ma forse erano state anche di più. Poi la porta si aprì.

«Cosa fai qui Remo? Dai vieni dentro, ti prenderai un accidente! Sei pure tutto bagnato. Perché ti comporti così? Non ti ho sentito neanche rientrare, perché non mi hai avvisato?»

Non ti ho sentito neanche rientrare…le parole erano state pronunciate dalla stessa donna che mi aveva insultato, picchiato e lasciato fuori al gelo. Dopo questa dimostrazione di sindrome bipolare ero ancora più spaventato e confuso. Il viso era disteso, gli occhi non erano più infuocati. Mia zia era finalmente presente davanti a me e quell'altro essere era ritornato nella caverna più buia della sua mente.

Il freddo si placò definitivamente solo dopo qualche ora, dopo una doccia bollente e con indosso un doppio strato di vestiti per cercare di fermare il tremore profondo delle ossa ghiacciate.

La paura di un suo nuovo repentino cambiamento di personalità o di possessione demoniaca, mi fece cadere per tutta la sera e i giorni a venire in un semi-mutismo selettivo.

In presenza di mia zia rispondevo cautamente, lentamente e solamente con monosillabi, sì e no. Evitavo di guardarla negli occhi o comunque di guardarla, come si fa con un animale feroce per non aizzarlo ancora di più e assicurarlo che rimane lui il predatore dominante.

Dell'accaduto non avevo proferito parola, neanche con mio padre. Pensavo probabilmente che nessuno mai mi avrebbe creduto.

Settimana dopo settimana, però, il suo malessere psicologico divenne fisico. Mia zia era sempre più logora, ma continuava a rassicurare amici e parenti dicendo che era solo stanchezza. Che si sarebbe ripresa presto, anzi che stava già molto meglio. In realtà, ogni suo movimento era diventato pesante e le azioni più semplici le risultavano ardue.

Fu dopo quell'episodio che si intensificò il ciclo dei déjà-vu dei carri funebri. Ogni volta era peggio di quella precedente. Spesso la scena era contornata da dettagli spaventosi o privi di senso che erano frutto solo della mia fantasia e delle mie paure.

Mi sembrava di entrare e uscire da un mondo fatto unicamente di incubi. Questo, mi resi conto solo ripensandoci, avveniva soprattutto quando vicino a me c'era mia zia.

Nel carro funebre numero cinque, nonostante fosse in movimento, non vi era nessuno alla guida e me ne accorsi quando si abbassò il finestrino anteriore.

Il numero nove aveva una striscia lungo tutta la fiancata che iniziò a colare copiosamente quando l'auto si fermò al semaforo: era sangue misto a una strana sostanza, forse fango.

Il carro funebre numero dodici aveva la testa di una renna sul paraurti anteriore. Un odore pungente di marcio e carne in putrefazione avvolgeva ogni cosa. Le narici ne erano tanto piene e intossicate, da provare ripetuti e violenti conati di vomito scomposti e inarrestabili. La renna era priva degli occhi e al loro posto c'era del sangue nero incrostato ed enormi vermi che si muovevano in modo ondulatorio e frenetico da parte a parte. Poi i vermi iniziarono a uscire formando presto un fiume vivo diretto verso me.

Il numero quindici andava così veloce che la bara che portava schizzò da una parte all'altra dell'auto urtando la portiera posteriore e sfondandola. La cassa di legno bianco giaceva ora sull'asfalto. Iniziai a sentire un rumore di unghie stridenti che graffiavano il legno dall'interno. Poi cessarono di colpo. D'un tratto la bara si aprì e ne uscirono piccoli ragni neri. Erano migliaia e andavano in tutte le direzioni, ricoprendo ogni persona e oggetto che incontravano. La strada e poi l'isolato era diventato un unico brulicare color nero con tanti piccoli occhi in continuo movimento.

In corrispondenza di ogni singolo episodio avevo incubi per tutta la notte e anche per quelle successive.

I déjà-vu numero dodici e quindici mi avevano terrorizzato a tal punto che quelle notti avevo addirittura cercato di rimanere sveglio. Ero sicuro che, se avessi chiuso gli occhi, la mia testa avrebbe riprodotto quelle immagini ancora e ancora, come un proiettore guasto che riavvolge all'infinito la pellicola, intrappolandomi in una realtà fatta di mostri.

Sotto le lenzuola facevo luce usando la torcia che mi aveva regalato il signor Macrì qualche anno prima. Utilizzare quella torcia che aveva aiutato anche lui nel corridoio buio della scuola mi faceva sentire meglio. Pensavo: "Se un uomo grande e grosso ha paura, allora è normale che l'abbia anche un bambino."

A volte una torcia è l'unica difesa contro l'oscurità che ci assale e il buio degli incubi.

19   Dimenticami come il primo funerale

I déjà-vu non accennavano a diminuire e allo stesso tempo il mio stato d'inquietudine cresceva e le condizioni di mia zia peggioravano.

Un sabato pomeriggio di fine maggio, dopo aver bussato piano alla porta della mia stanza, mia zia aprì leggermente la porta e mi chiese con una faccia sorridente: «Ciao Remo, ti andrebbe di venire con me? C'è una bella giornata fuori e pensavo di fare due passi. Uscire un po' farebbe bene anche a te.»

Non mi ricordavo l'ultima volta in cui aveva fatto una proposta simile e, anche se piacevolmente sorpreso, le brutte sensazioni dei momenti recenti passati insieme venivano a galla e mi rendevano schivo e riluttante. Risposi con sincerità cercando di nasconderle i miei pensieri: «Non lo so zia. Non ne ho tanta voglia in verità.»

«Non ti prometto niente, ma forse potremmo prendere anche un gelato. Non vorrai far passeggiare tua zia tutta sola!»

Non mi sentii di ignorare quello sforzo, quella mano tesa che sapeva di tregua, quindi nonostante tutto, anche se un po' di controvoglia, dissi: «Va bene, mi metto le scarpe e arrivo.»

Il sole effettivamente era particolarmente luminoso. Mia zia era di buon umore all'apparenza, anche se qualcosa sembrava tormentarla. La faccia era sempre più scavata e le borse sotto gli occhi sempre più bluastre. Quando le chiedevo come si sentiva e perché fosse così stanca, rispondeva che era una fase passeggera e sarebbe stata presto meglio. I cerchi scuri intorno agli occhi erano dovuti agli incubi che faceva e ai troppi ricordi e pensieri che le impedivano di dormire tranquilla.

Mio padre e la mia matrigna non mi avevano voluto spiegare perché mia zia fosse venuta a stare con noi e in che cosa consistesse il suo malessere. Tuttavia, potevo immaginare quale fosse il motivo. Avevo sentito di sfuggita qualche parola del medico che veniva periodicamente a visitarla. Una malattia difficile da pronunciare se la stava divorando dall'interno, trasformando il sangue buono in sangue cattivo. C'era però anche qualcos'altro che comprometteva il suo modo di pensare e di fare, accentuando il suo lato cattivo o delirante.

Quella settimana di maggio la sua fragilità sembrava, invece, averla trasformata in una persona dal carattere mite e quasi gentile, perfino con me. Proprio come stava accadendo durante quella passeggiata. Camminavamo in direzione della piazza vicino casa senza dire una parola. Mia zia guardava davanti a sé e a tratti alzava gli occhi verso il cielo. Io invece guardavo gli altri bambini giocare con la palla e ridere felici e questo mi faceva sentire felice e triste allo stesso tempo. Dopo dieci minuti, il nostro passo si fece sempre più lento e, infine, come se avessimo finito di scalare la vetta di una montagna infinita, mia zia si fermò di colpo esclamando: «Siamo arrivati finalmente! Allora direi che siamo pronti per un bel gelato. Questa gelateria lavora veramente bene e non usa affatto conservanti. Dopotutto, camminiamo sotto il sole da più di dieci minuti. Direi che ce lo siamo meritato, no?»

Poi, sorpreso e con una sfumatura di incertezza, risposi: «Direi proprio di sì.»

«Salve. Allora per me un cono fragola e...fragola e con la panna sopra. Tu Remo cosa prendi?»

«Cono fragola e panna anch'io! Grazie.»

«Due coni fragola e panna in arrivo!»

«Grazie, tenga pure il resto.»

Tenga pure il resto...chi era questa donna oggi? Prendiamo un gelato e tenga pure il resto. Forse era veramente di buon umore oppure un alieno durante la notte l'aveva prelevata dal suo letto e portata sulla navicella per effettuare dei test sugli esseri umani, poi l'aveva sostituita con un clone. Un clone uguale all'originale, ma caratterialmente migliore a quanto pareva.

«Remo, che dici, ci sediamo su quella panchina? Sono un po' stanca di camminare e sono certa di macchiarmi il vestito con il gelato se non mi siedo.»

«Certo zia. Anche io preferisco mangiarlo seduto.»

Mordevo piccoli pezzi di gelato sentendo i denti che si ghiacciavano leggermente e pensavo che quella era la prima volta che provavo il gelato fragola e panna: era proprio buono! Quelle poche volte che avevamo preso un gelato la mia richiesta era sempre stata la stessa: cioccolato. Però quel rosa intenso con i pezzettini rossi mi aveva fatto cambiare idea. Avevo proprio fatto bene a scegliere una cosa diversa.

I miei pensieri banali e il mio cenno di sorriso furono interrotti da una pacca leggera sulla spalla. Due occhi nocciola mi guardavano seriosamente.

«Sai Remo, non è facile per me. La mia vita non è stata mai semplice. Con mia sorella, tua madre, non c'è mai stato un buon rapporto. Non c'è un motivo esatto, ce ne sono tanti, piccoli e grandi. Ci sono delle cose che non sono riuscita mai a perdonarle. Adesso che ci penso mi sembrano tutte stupidaggini e non mi ricordo più bene il perché delle cose che ci siamo dette e di quello che abbiamo fatto. A volte tieni il broncio per così tanto tempo che diventa un'abitudine, finisce col far parte di te. Se ti fermi un attimo a riflettere e ti guardi indietro non ti ricordi più il motivo. Forse un motivo c'era, ma è passato così tanto tempo che l'hai dimenticato. E se è così, quel motivo, se mai è esistito davvero, forse non era così importante. Però hai così tanta rabbia e negatività dentro che non puoi fare altro che continuare a fare quello che hai sempre fatto. E continui a tenere un broncio perpetuo.»

Chissà che cos'era successo tra le due sorelle da renderle così distanti. Mia madre aveva veramente fatto qualcosa di così imperdonabile? Oppure era stato un banale litigio, magari un insulto di troppo che, seppur rivolto in un momento di rabbia e in preda alla foga, aveva spezzato l'equilibrio dei sentimenti? Forse aveva spezzato qualcosa anche dentro mia zia, compromettendo pian piano l'amore fraterno e tramutandolo in odio e rabbia? Avevo tante domande, ma non riuscii a farne nemmeno una.

«Questo vortice oscuro e assetato finisce poi per coinvolgere in questi sentimenti anche persone che non dovrebbero farne assolutamente parte e a cui vuoi bene. Forse non riesci a capire adesso quello che sto cercando di dirti. E forse sto dicendo queste cose perché in questi ultimi giorni, costretta più del solito a letto, ho avuto modo di riflettere. Ho pensato a tante e tante cose, soprattutto al passato e a te. So che non ti ho protetto, come avrei dovuto, dall'esterno e purtroppo anche da me stessa. E per questo, Remo, ti chiedo scusa. Lo so, non valgono molto queste parole per te a questo punto. Però per me sono importanti. Oggi tutto sommato mi sento meglio e c'è anche questo sole splendido e quindi vale la pena di provare a uscire dal vortice.»

Per qualche secondo volse lo sguardo oltre il mio viso, in un punto lontano. Poi riprese a parlare, ma era come se fosse distante, in un altro posto.

«E un'altra cosa. Quando penserai a tua zia ricordati questo: la vita è troppo breve per vivere in un vortice perpetuo di cattivi pensieri, cattivo umore e risentimenti. Non tenere a mente troppo a lungo i torti che ti saranno fatti. La vita è fatta anche di questo. Senza torti le vittorie avrebbero un sapore più amaro. Le cose brutte succedono e basta, a volte non dipendono da noi e per quanto ci impegniamo non possiamo fare nulla per cambiarle o evitarle. Però possiamo averne consapevolezza e accettarle per poi lasciarle finalmente andare. Il segreto è dimenticare le cose brutte per fare spazio a quelle belle. Io l'ho capito solo adesso dopo tutta una vita. Sì, dimenticare e lasciare spazio alle cose belle. Fallo anche con me Remo caro. Non devi farlo subito, capisco che non sarebbe possibile. Hai tanto tempo per perdonarmi. Con il tempo, dimentica le volte che non ti sono stata accanto o non sono stata gentile e fai sempre più spazio a questo giorno. La passeggiata, il sole, il gelato e il buon umore. So che non è facile Remo, ma so che puoi farcela. E ti auguro con il cuore di vivere mille vittorie per i torti che la vita ti ha già fatto subire e per quelli che ha in serbo per te. Non te l'ho mai detto e probabilmente mai dimostrato, ma ti ho sempre voluto bene a modo mio. E sono certa che tua madre ti avrebbe amato, ti desiderava tanto. Ti voglio bene Remo.»

Gli occhi nocciola che mi guardavano erano lucidi e tristi. Non li avevo mai visti così in tutti questi anni. Avevano una sfumatura diversa dal solito, sembrava di colpo che una patina opaca, fosse diventata finalmente più trasparente. Come la ruggine che viene eliminata da un oggetto rivelando la superficie d'argento luminoso.

Non avevo metabolizzato ancora tutto. Era troppo per me, troppo tutto insieme. Provai a dire qualcosa, cercai di trovare le parole giuste da dire, se mai ne esistevano, ma non ce ne fu bisogno.

«Non c'è bisogno che tu dica nulla Remo. L'importante è che mi hai ascoltato e di questo ti sono grata. Adesso possiamo andare. Il sole ci ha donato luce e calore, ma sta diventando più flebile ed io inizio a sentire freddo.»

La mano di mia zia era ancora sulla mia spalla. Prima di alzarmi sentii di nuovo quella strana sensazione dietro di me. Il brivido, i suoni che si fanno più distanti.

Non c'era stato nessun tocco lieve questa volta.

Invece mi sembrava di sentire come delle punture di spilli. Otto colpetti continui e veloci che risalivano la schiena. Era come se un grande ragno con intenzioni maligne si stesse arrampicando usando le zampe come arpioni. Arrivò sino alla spalla destra in cui c'era la mano di mia zia e lo vidi. Gli occhi piccoli mi guardarono per qualche secondo, poi cambiarono direzione e le zampe percorsero la mano come se fosse un ponte per raggiungere mia zia. Il ragno sparì dietro la sua schiena.

Il mio sguardo rimase fisso su di lei. Aprii la bocca, ma non emisi alcun suono. Vidi i suoi occhi infossarsi velocemente. Era come se qualcosa la stesse risucchiando dall'interno. Il viso era ormai rinsecchito.

Alle sue spalle c'era un carro funebre e il gelataio era diventato un becchino intento a scavare un'enorme buca rettangolare nella terra. A ogni palata di terra mi guardava e diceva lentamente con voce spettrale: «Fragola e panna, fragola e panna.»

Mi voltai guardando nuovamente mia zia e al posto dei suoi occhi vidi vermi scuri dimenarsi senza sosta in tutte le direzioni. Quelli che si muovevano con scatti eccessivamente violenti cadevano e una volta toccata terra iniziavano a liquefarsi formando una pozza simile a catrame che ribolliva. Intanto altri vermi si affacciavano dalle orbite, sostituendo il posto dei primi. Dalle orbite colava del liquido nerastro. Non era propriamente sangue, forse era sangue misto ad inchiostro o catrame.

Non potevo fare altro che assistere alla scena. Non potevo voltare lo sguardo o chiudere gli occhi. Non potevo alzarmi e scappare via. Ero come paralizzato.

Avrei voluto urlare, ma il becchino si era messo a spalare nella nostra direzione, sollevando vermi e terriccio umido ovunque. Avevo paura che se avessi aperto la bocca i vermi avrebbero fatto breccia dentro me e mi avrebbero divorato dall'interno. Cercai allora istintivamente di spostare la mano a proteggere le narici.

D'un tratto sentii una voce rauca e ovattata chiamare, dapprima impercettibile, poi sempre più forte e poi quasi urlando.

La bocca di mia zia cercava di muoversi. Ogni volta che cercava di parlare, la terra che sollevava il becchino le entrava in gola, facendo morire sul nascere ogni suono. Lei continuava ad insistere ed insistere. E nel frattempo muoveva le mani in modo frenetico cercando di scavare via ciò che le ostruiva la gola.

«Remo.»

«Remo.»

«Remo. Remo. Remo.»

Le sue mani adesso erano sulle mie spalle e mi strattonavano con forza. Sentivo rumori di ossa rotte e assistevo sgomento alle sue dita che si flettevano verso l'esterno e l'interno in modo disumano producendo una serie di tic toc. Alcune dita rimanevano attaccate alla mano anche se grazie a un sottile lembo di pelle marcio, altre si erano già perdute nella terra.

«Remo. Remo.»

Chiusi gli occhi pieni di paura. Li strinsi con forza sforzandomi di scacciare via almeno per un momento la visione orribile di morte.

La sentivo ancora.

«Remo. Remo tutto bene? Perché non rispondi, mi stai facendo preoccupare.»

La voce che chiamava adesso sembrava normale. Riaprii gli occhi e vidi di nuovo mia zia e il gelataio alle spalle, erano vivi, persone normali.

«Ti senti bene?»

Provai a parlare, ma non riuscii ad emettere alcun suono. Poi quasi balbettando dissi: «Sì, zia, scusa. Ero, ecco, non so spiegarlo.»

«Forse hai mangiato il gelato troppo velocemente. Ti si sarà sicuramente congelato il cervello. Anche a me succede ogni tanto. Bevi un po' d'acqua e torniamo a casa.»

Credevo che mi sarei sentito meglio una volta a casa, ma mi sbagliavo. La casa era stata avvolta dall'ombra di un demone maligno e dalla sensazione che il déjà-vu numero diciassette si sarebbe verificato proprio lì.

Non era mai successo di avere due episodi di quel genere nello stesso giorno. Mi sembrava di vivere un incubo a occhi aperti.

Quella notte provai a rimanere sveglio. Avevo troppa paura. Temevo che se mi fossi addormentato, anche solo per un secondo, qualcosa di brutto sarebbe successo.

Il ragno, i vermi, il becchino, la terra, mia zia.

Sentivo ancora l'odore putrido di quella terra e avevo voglia di vomitare quel poco di sformato di patate che avevo mangiato di controvoglia.

Provai a rimanere in piedi più possibile, ma dopo qualche ora avevo male ai piedi. Oscillavo a destra e sinistra in modo irregolare come il ramo più esposto di un albero durante un temporale. Decisi di mettermi a letto, ma senza coperte. Il torpore mi avrebbe tradito di sicuro. Provai a pensare a cose buffe, ma la spossatezza rendeva tutto vano. Gli schiaffetti sulla faccia erano un rimedio temporaneo efficace, ma dovevo stare attento a non fare troppo rumore per non svegliare qualcuno. Mi morsi la lingua, le labbra, le guance. Cercai di forzare le palpebre a rimanere aperte aiutandomi con le dita.

Fu tutto inutile. Dopo ore di resistenza, senza rendermene conto crollai.

Il buio assoluto e rassicurante durò appena qualche minuto. Poi i pensieri della notte presero il sopravvento e iniziarono a proiettare immagini inquietanti: un vortice oscuro che si tingeva a poco a poco di sangue e inchiostro, il ragno, i vermi, il gelataio becchino, la terra, il vulcano di catrame, mia zia, panna e fragola.

Poi sentii gridare una voce infernale all'improvviso come uno sparo nella notte: «Va bene, è ora di andare! Sono prontaaaaaaa.»

Spalancai gli occhi così velocemente che mi fecero male, come finestre sbattute contro il muro da un vento violento.

Stavo immaginando tutto oppure l'urlo era reale?

Una serie di tonfi sordi.

Una porta che si apre.

Una serie di tonfi sordi che si avvicina.

L'urlo secco di una donna.

La porta che trema.

Non ebbi il coraggio di alzarmi dal letto. I rami che si flettevano leggermente fuori dalla finestra mi facevano di colpo paura. Così come le ombre create dalla luna che si insinuavano dalla finestra.

Diedi un ultimo sguardo alla serratura della porta pensando che mai prima di allora avevo desiderato così tanto una chiave. Mi affrettai a recuperare le coperte e le avvolsi tutte intorno, sigillando ogni possibile spiraglio verso l'esterno. E poi, tappandomi le orecchie, chiusi gli occhi, sforzandomi di non pensare a niente e di non sentire niente. Sentivo invece i calci e i pugni che si scagliavano contro la porta della mia stanza e la facevano vibrare. Si trasformarono poco dopo in unghie che graffiavano per poter entrare.

Poco dopo un urlo di una donna riecheggiò di nuovo nella casa.

La mia matrigna.

La voce di mio padre.

Rimasi immobile tutta la notte.

Quella era stata l'ultima notte di mia zia. E aveva segnato l'ultimo déjà-vu dei carri funebri spaventosi e l'inizio degli incubi infernali.

Due giorni dopo avrei partecipato per la prima volta a un funerale. Avrei voluto essere con tutto me stesso altrove e mi ero opposto in ogni modo possibile. La risposta di mio padre era stata sempre la stessa: «È fuori discussione, era tua zia. Se non vieni te ne pentirai, lo capisci? È l'ultimo saluto, un modo formale per dirle addio. Devi farlo, ormai non sei più un bambino. Non puoi più ignorare certe cose o rifiutarti di fare quello che è giusto.»

Le risposte della mia matrigna, invece, erano sempre diverse. A volte mi guardava fisso come un serpente pronto a scagliarsi contro di me, altre sollevava la mano e la abbassava con forza verso la mia schiena o il sedere.

«Tu verrai. E il discorso è chiuso. Non importa il perché tu non voglia venire. Anche solo pensarlo è semplicemente irrispettoso. Dopo tutto quello che ha fatto tua zia per te, non ti vergogni?»

Al funerale non c'erano molte persone. Alcune delle vecchiette presenti in chiesa si trovavano lì solo perché era l'ora delle preghiere e non conoscevano affatto la defunta.

Dalla bocca del prete uscivano parole e parole che non riuscivano a penetrare le mie orecchie. Sentivo silenzio tutto intorno e tenevo lo sguardo fisso sulla bara color mogano.

Prima della sepoltura la bara fu aperta e intravidi la figura senza vita. Era bianca come non lo era mai stata: sembrava di ghiaccio. Il trucco si era sciolto leggermente intorno al collo. Sufficientemente per far emergere l'enorme macchia che si era provocata buttandosi giù dalle scale, in uno stato tra il mistico e il delirante. Chissà a cosa aveva pensato, chissà perché aveva dilaniato le unghie contro la porta e poi si era buttata giù. Forse era stato un modo per liberarsi una volta per tutte dalle sofferenze e dai demoni che l'avevano tormentata negli ultimi mesi. Forse aveva visto una figura angelica porgergli la mano e l'aveva afferrata per andare verso quel paradiso a cui, nonostante una vita laica, aveva detto di credere. Forse le tenebre l'avevano richiamata a sé una volta per tutte.

Mentre richiudevano la bara ripensavo all'ultimo pomeriggio insieme. Le parole inaspettate che mi aveva detto. "Dimentica e perdona...non vivere nel vortice della rabbia...ti auguro mille vittorie per ogni torto...tua madre ti avrebbe amato...ti voglio bene."

Ripensando a quella passeggiata insieme e a quella notte strana, avrei sentito spesso un groppo alla gola. Un senso di colpa pesante perché, per una ragione inspiegabile, sapevo in un certo senso che le sarebbe successo qualcosa di brutto e non avevo provato a fare nulla per evitarlo.

Tredici anni sono sempre tredici anni, ma il senso di colpa si costruisce via via crescendo. L'unica cosa che mi faceva sentire meglio era pensare che forse era stato meglio così, aveva scelto lei come andarsene e forse aveva evitato di incontrare i demoni che temeva di più.

Non appena la bara fu chiusa provai qualcosa dentro di me che mi sorprese. Sentivo di essere diventato di colpo più solo. Avevo detto addio a una delle poche persone che nel bene e nel male c'era sempre stata nella mia vita e, in un modo o nell'altro, aveva cercato di prendersi cura di me. Una delle poche persone che poteva raccontarmi del passato, di mia madre.

Nonostante tutte le cose brutte che associavo a mia zia, lacrime di profonda tristezza rigarono il mio viso.

"Dimentica le cose brutte per fare spazio a quelle belle."

Ti voglio bene anch'io zia.

20   Dimenticami come l'inizio di un incubo

Chissà se anche questa volta, il déjà-vu al parco era il principio di qualcosa di terribile. Il solo pensiero mi scuoteva dentro e mi faceva tremare.

Porta chiusa a chiave, tende serrate. Dovevo assolutamente evitare di pensare a quello che avevo visto. In caso contrario le connessioni con il passato sarebbero sicuramente riaffiorate subito e mi avrebbero stritolato come un pitone e poi inghiottito. Mi gettai sul letto e chiusi gli occhi lasciando che la musica vibrante dalle cuffie mi traghettasse.

Riaprii gli occhi con la sensazione di essere stato in un coma profondo per un tempo interminabile. Guardai l'orologio che segnava le tre e mi resi conto che erano passate quasi cinque ore. Come avevo fatto a dormire così a lungo? La cosa strana era che non mi sentivo affatto riposato. E soprattutto ero immerso in goccioline di sudore che continuavano a calare copiose dalla fronte e alimentavano le chiazze umide sul cuscino bianco.

Perché ero così bagnato? Faceva troppo caldo, mi sentivo bollire. Non potevo più stare a letto.

Dopo aver sciacquato il viso energicamente con acqua fredda sembrava già andasse molto meglio. Ad eccezione dell'enorme voragine interna, un brontolio cresceva d'intensità nello stomaco. In effetti non avevo mangiato nulla a parte una colazione leggera e sentivo il bisogno di mettere qualcosa sotto i denti. Il frigo mi avrebbe rivelato la soluzione. E invece non era stato per nulla come sperato, ogni ripiano era vuoto. Nulla. Sembrava essere un frigo nuovo o appena pulito, la plastica bianca luccicava riflettendo la lucina interna.

Cercai delle risposte nei ripiani inferiori regni del pane, toast, cracker e grissini. Erano vuoti anche quelli. Strano.

Cassetti? Vuoti.

Ripiani superiori del cibo scatolame? Nulla. Neanche una singola lattina di ceci o di tonno in scatola.

Ero confuso. Sapevo di dover fare la spesa con urgenza, ma non mi ricordavo di essere così a corto di cibo.

C'era ancora un posto dove non avevo controllato. Nel ripiano del congelatore? Solo cubetti di ghiaccio. Non era possibile. Ero sicuro di avere un pezzo di pizza avanzata, della frutta, formaggio e prosciutto.

Cercai incredulo nuovamente delle risposte nel frigo. Lo aprii di nuovo e nel ripiano alto c'era qualcosa. Una vaschetta di gelato ghiacciata e fumante. Chiusi il frigo.

Dopo aver strofinato gli occhi per scacciare un'eventuale allucinazione aprii per la terza volta il frigo. Vaschette di gelato. Era pieno di vaschette di gelato. Una sopra l'altra. Non poteva essere reale. E poi il gusto…

Nel congelatore? Gelato.

Nei ripiani e nei cassetti? Gelato.

Mi sembrava di sognare o forse era un incubo. Forse non stavo bene. Forse avevo la febbre alta che mi faceva delirare e vedere quelle cose.

Adesso però non era solo limitato a un solo senso. Iniziavo a sentire uno strano odore. Un'ondata maleodorante, un puzzo di marcio e decomposizione dietro di me. Sentii un brivido spaventoso correre lungo tutta la schiena. D'un tratto avevo paura. Le ciglia sbattevano in modo incontrollato, le mani tremavano vistosamente e il respiro stava aumentando rapidamente, così come i battiti cardiaci. Tum tum tum. Una locomotiva che sbuffa impazzita e prosegue all'impazzata su rotaie malmesse. Provai a controllare il respiro e mi voltai molto lentamente, ma non vidi niente. Quella sensazione di sollievo però non durò che un istante. Dopo un sospiro e un battito di ciglia, l'odore si era fatto più pungente.

E adesso era proprio lì, davanti a me.

«Fragola e panna. Fragola e panna» diceva lentamente il gelataio. O meglio, quello che rimaneva del gelataio. Il gelataio zombie. La camicia a righe rosse e bianche era divelta e coperta di sangue, in parte cristallizzato in parte appena colato. La carne in alcune aree delle spalle e del torace era macilenta. Nella pancia un foro da cui gocciolava una sostanza giallastra semiliquida. La parte destra del viso era quasi assente: sembrava essere il risultato di un'esplosione. I denti, l'orbita, le ossa erano esposte. L'occhio sinistro era solo una cavità e al suo interno enormi vermi a strisce bianche e gialle si dimenavano in modo frenetico.

Mi guardava muovendo a sinistra e destra la testa e continuava: «Fragola e panna Remo. Il tuo gusto preferito. L'ho preparato personalmente con roba fresca. Le fragoline di bosco, le ho colte poco fa e ci ho aggiunto qualche goccia del mio sangue caldo così è più dolce. La panna? La panna l'ho montata tutta a mano. È fresca e ben ferma, vedi? Non cade giù, non si muove affatto. È cremosa e croccante a tratti allo stesso tempo. Che rimanga tra noi, il segreto della croccantezza è aggiungere poco prima di servirlo giusto una punta di insetti storditi e quasi in fin di vita. Fragola e panna. Come quel giorno Remo. Ti ricordi?»

Ero immobile.

Il gelataio iniziò a muoversi a fatica trascinando i piedi.

«Dai Remo. Se non prendi questo cono sarò comunque costretto a dartelo. Non vedi che ho ancora tanti gelati da fare? Ci sono ancora tanti bambini da servire e tante case da visitare. Vuoi farmi perdere tempo per caso?»

Il gelataio distese il braccio e degli insetti scuri caddero sul pavimento, ma poi risalirono veloci arrampicandosi sulle sue gambe.

Il gelato era davanti a me. Come animato da una forza invisibile e senza riuscire a fare nulla per impedirlo, presi il gelato con entrambe le mani.

«Ecco, bravo Remo. Ah, dimenticavo, la ciliegina sulla torta!»

Il gelataio si portò una mano nella cavità vuota dell'occhio sinistro e infilò dentro tre dita. «La parte più gustosa. Questo è solo per gli amici fedeli. Vermi autoprodotti! Vedi come sono grandi e polposi?» e mentre lo disse premette forte l'addome di uno degli insetti, fin quando esplose e la polpa schizzò incontrollata verso ogni direzione.

«Vuoi sapere il segreto per farli diventare così? Non ti preoccupare, te lo dirò perché tu sei un amico. Il segreto è che si nutrono di quello che rimane del mio occhio! Ecco qui, una bella manciata, proprio in punta. Servito!»

I miei occhi erano fissi sui vermi che si rivoltavano su sé stessi senza pace. Percepivo il gelataio che mi guardava con attenzione e con un mezzo accenno di sorriso. Sembrava che stesse aspettando qualcosa.

Il gelato iniziò a sciogliersi, colando dapprima sulla cialda, poi sulle mani.

«Occhio, si sta sciogliendo. Devi mangiarlo. Fa presto. Non vorrai macchiare il pavimento! È quello che avevi chiesto Remo, il tuo preferito. Fragola e panna. Stai attento, se non lo mangi tu, sai che qualcuno potrebbe rimanerci molto male? E non vuoi fare arrabbiare tu sai chi...»

Finalmente ero riuscito ad acquisire il controllo del mio corpo. Aprii le dita verso l'esterno e lasciai cadere il gelato, poi mi voltai e iniziai a correre. Chiusi il più velocemente possibile la porta della cucina davanti alla figura in decomposizione. Cercai di bloccarla facendo forza con entrambi i palmi delle mani e piantando i piedi. Mi aspettavo di essere scaraventato contro il muro, invece con mia sorpresa non sentii alcun tentativo di apertura. Non successe nulla per dieci minuti. Lasciai andare piano la presa aspettandomi qualcosa, ma non successe nulla.

Ero adesso più sudato di prima e mi sentivo stremato. Senza forze, sia mentalmente che fisicamente. Mi rannicchiai con la schiena contro la porta e controllai scrupolosamente ogni angolo della cucina, senza sapere bene cosa stessi cercando. Le palpebre erano pesanti come macigni e, nonostante i tentativi di rimanere sveglio, poco dopo ero sprofondato nel sonno.

Mi svegliai la mattina dopo più tardi del solito. Mi sentivo stanco, come se non avessi riposato per nulla. La posizione scomoda non aveva di certo aiutato, avevo un dolore alla schiena che si era accentuato dopo essermi alzato su due piedi. Mi sentivo accaldato e sulla fronte avevo goccioline di sudore. La maglietta che indossavo era umida e attaccata alla pelle. La cucina alla luce del sole sembrava una cucina come le altre, niente gelati, niente vermi, niente gelatai. Avevo immaginato tutto, solo un brutto sogno. Forse avevo la febbre.

La prima cosa da fare era la doccia. Fu di breve durata, con la temperatura inizialmente tiepida e tendente al gelido nei trenta secondi finali per svegliarmi definitamente e placare la sensazione di bollore.

Dopo essermi rinfrescato, si susseguirono una serie di forti crampi allo stomaco che avevano fatto emergere quale fosse diventato il nuovo bisogno primario da soddisfare. Ora che ci pensavo bene, la sera prima non avevo affatto cenato. Il frigo era semivuoto, ma c'erano ancora due yogurt alla fragola. Rimasi a guardarli qualche secondo indeciso, poi optai per fette biscottate e marmellata d'albicocche. Per un po' forse avrei evitato i cibi al gusto di fragola o di colore rosa.

Mentre spalmavo la seconda fetta biscottata qualcosa mi turbò profondamente. Rimasi con il coltello a mezz'aria, con la marmellata che scivolava piano sulla tovaglietta di plastica. Il pavimento. Non poteva essere vero. Sul pavimento c'era una chiazza rosa, sembrava gelato sciolto.

Al centro del liquido c'era qualcosa di colore verdastro immobile: insetti. Sembrava un incubo che prendeva vita e si palesava davanti ai miei occhi. Ebbi una sensazione di vomito e dovetti sforzarmi di trattenere quella misera fetta biscottata che avevo inghiottito poco prima. Non poteva essere vero. C'era sicuramente una spiegazione logica, ma certo, era yogurt alla fragola! Era una macchia di yogurt e l'avevo causata io.

Facevo comunque fatica a rimanere calmo con le immagini di morte che si alternavano nella testa. Era come assistere a un film horror fatto su misura. Remo e il gelataio stramaledetto.

Come impietrito, il mio sguardo rimase fisso sul pavimento, fino a quando sentii uno strano brivido lungo la schiena. Quel tipo di sensazione che non preannunciava niente di buono e che avevo imparato a conoscere e odiare. Qualcosa nella macchia rosa iniziò a muoversi. Sembrava un piccolo insetto scuro, sicuramente un ragno. Le gambe erano lunghe e sottili. Poco dopo comparvero altri due ragni. Poi tre, cinque, dieci, venti. Da dove venivano? Sembravano uscire dalla macchia rosa di gelato, come se questa fosse il portale di collegamento a un'altra dimensione. Cento. La macchia rosa si stava espandendo e adesso che i ragni erano migliaia iniziavano a muoversi veloci come un unico corpo scuro. Arrivarono al muro vicino alla porta della camera da letto e cominciarono a scalarlo. La macchia rosa era diventata così ampia da arrivare quasi alle gambe del tavolo. I ragni adesso erano sul soffitto e si stavano dirigendo verso di me. Verso di me…

Il tavolo stava per essere inghiottito e dal pavimento un esercito di ragni era pronto alla conquista. Mi alzai di scatto scaraventando alle mie spalle la sedia. Il tavolo venne risucchiato dalle sabbie mobili nere. Dopo balzi veloci e disordinati riuscii ad arrivare in camera da letto. Chiudendo la porta diedi un ultimo sguardo alla cucina e vidi che il fiume nero del soffitto era di nuovo a terra e diretto verso me. Continuavo a sentire il rumore brulicante del milione di zampe e mi sentivo sempre meno al sicuro. Poi vidi sbucare alcuni ragni dalla fessura sotto la porta. Presto diventarono una linea continua. Corsi in bagno e chiusi la porta. Bagnai degli asciugamani per renderli più pesanti e li disposi a bloccare la fessura. Subito dopo mi sedetti a terra con la schiena poggiata al mobile del lavandino e i piedi premuti con forza sugli asciugamani. Era molto peggio di un incubo.

Mi faceva male la schiena e la vena giugulare pulsava freneticamente. Mi ero addormentato di nuovo. Guardai ogni angolo e parte del mio corpo, ma non notai alcun insetto.

Per quanto avevo dormito? Due ore? Forse tre? Aprii la porta del bagno temendo di essere investito da orde di ragni assassini. Non c'era nulla. Ancora una volta tutto sembrava tornato alla normalità e dalla finestra filtrava la luce artificiale dei lampioni della strada. Avevo passato un giorno a terra in bagno e non ricordavo nulla. Non mi sembrava neanche di aver dormito, ero esausto, drenato della linfa vitale.

Mi voltai verso il letto e mi sentii subito sbiancare. Sul letto c'era una bara. Iniziai a sentire dei rintocchi, prima leggeri, poi sempre più forti e riavvicinati. Era come se qualcuno stesse bussando, ma il rumore non proveniva dalla porta o dalla finestra. Qualcuno bussava dall'interno della bara. Era come un martello pneumatico, un tum tum tum continuo e sempre più forte, sempre più insistente. Mi tappai le orecchie con le mani. A quel punto il rumore cessò e la bara si aprì lentamente emettendo un suono stridulo che mi fece venire la pelle d'oca. Poi svenni, come un corpo morto che cade, sbattendo violentemente sul fianco destro.

Ebbi appena il tempo di vedere il volto. Nella bara c'era mia zia. Aveva un segno spesso violaceo sul collo, la sua testa era piegata da un lato, come se non riuscisse a tenerla dritta. Mi guardava dritto negli occhi, con un'espressione diabolica. Le sue pupille erano enormi cerchi bianchi.

Mi svegliai per la terza volta avendo ricordi confusi e con i crampi allo stomaco. Era mattina o pomeriggio? La testa mi pulsava terribilmente. C'era un odore di marcio proveniente dalla cucina. Sentivo ancora un leggero suono, tum tum tum, ma non c'era l'ombra di nessuna bara per fortuna. Tutto taceva, tutto era al suo posto.

Il silenzio durò solo qualche minuto. Vidi la stanza illuminarsi improvvisamente. Un forte tuono diede il via alla pioggia. Mi sembrava di sentire nuovamente quel suono rimbombare forte, tum tum tum. Il bussare proveniva dalla porta principale.

Dopo aver strisciato di soppiatto verso l'ingresso, mi appiattii contro la porta e rimasi qualche secondo in ascolto. Infine, guardai dallo spioncino, ma non era mia zia.

Non ero mai stato così contento di vedere un vicino di casa. Aprii leggermente la porta e con un tono più gioviale del solito dissi: «Signora Di Bella, come sta?»

«Bene Remo e tu?»

«Potrebbe andare meglio, credo di avere qualche linea di febbre.»

«Ah, mi dispiace. Ero passata perché ieri sera mi è sembrato di sentire dei rumori strani, come di oggetti pesanti che venivano spostati o cadevano. E poi dei suoni stranissimi: sembrava di sentire qualcuno che urlava e piangeva o degli animali lamentarsi. All'inizio pensavo fossi tu a urlare e fare tutti quei rumori e mi sono molto preoccupata, poi mi sono convinta che probabilmente era uno di quei film d'azione che passano in televisione. Sicuro sia solo febbre?»

Ormai rassicurato spalancai la porta. «Me ne scuso, probabilmente avevo la televisione a un volume troppo alto e non me ne sono reso conto.»

«Comunque, sono venuta principalmente per darti questi. Sono dei muffin ai tre frutti. Lamponi, mirtilli e fragole! La fragola è il tuo frutto preferito vero, Remo? Abbiamo un amico in comune che mi ha detto che ti piace tanto il gelato alla fragola. O meglio fragola e panna.»

Dopo queste ultime parole ritrassi subito le mani che erano già distese verso il vassoio dei muffin. Gli occhi rimasero puntati sulle mani della signora Di Bella. Nel giro di qualche secondo diventarono di un colore verde scuro e iniziarono a deformarsi, diventando più spesse. Le dita erano sproporzionatamente lunghe e le unghie erano diventate artigli scuri appuntiti.

Iniziai ad indietreggiare e ritornai a guardarle il viso. Gli occhi erano di un giallo ambra intenso e le pupille non erano più rotonde, ma era presente una sottile linea nera verticale. I denti erano aguzzi e affilati e del sangue vivo misto a saliva discendeva copioso dalle gengive.

Continuava a parlare, con un timbro di voce sempre più profondo e distorto a tratti, e si avvicinava lentamente verso di me. Le dimensioni del suo corpo crescevano a ogni passo.

«Cosa c'è che non va Remo? Non c'è la panna, ma c'è pur sempre la fragola. L'importante è questo, vero? Sii gentile, prendili, altrimenti sarò costretta a dire al gelataio che non li hai apprezzati. E lui potrebbe rimanerci molto molto male. Inoltre, sai qual è la cosa veramente speciale? Mi ha aiutato tua zia a farli e poiché entrambe teniamo alla tua dieta e vogliamo che diventi forte e muscoloso, li abbiamo fatti con poco zucchero e con tanto calcio, ossa che più fresche non si può, triturate oggi stesso!»

Provai a urlare con tutte le forze che mi restavano, ma la voce morì in gola. Chiusi gli occhi un momento, pensando che non potevo indietreggiare ancora. L'unica cosa da fare era gettarsi addosso al vecchio mostro e ricacciarlo da dove era venuto. Riaprii gli occhi pronto a uno scatto improvviso, ma davanti a me la signora Di Bella aveva ripreso le sembianze umane di innocua vecchietta.

«Lamponi, mirtilli e fragole! Remo? Dai, su, non fare il timido, prendili pure, non preoccuparti per la linea ci ho messo poco zucchero. Spero ti piacciano, adesso devo andare, ho il sugo sul fuoco per questa sera.»

La realtà aveva ormai poco senso.

Le fragole erano associate a un incubo infinito, una maledizione che mi perseguitava. Provai con difficoltà ad accennare un sorriso, ringraziai e afferrai il contenitore di muffin con una certa reticenza.

I dolcetti rimasero sul tavolo della cucina intoccati.

Ogni volta che guardavo del cibo vedevo dei vermi che si muovevano e questo mi nauseava. L'unica eccezione era il cioccolato. Per fortuna ne avevo sempre una buona scorta a casa anche se a volte ne abusavo. Certo non per un uso così assiduo. Cioccolato a colazione, cioccolato a pranzo, spuntini di cioccolato e cioccolato a cena. La varietà disponibili mi permettevano anche di alternare i sapori tra i pasti: cioccolato bianco, fondente, al latte, alle nocciole, al pistacchio, con pezzi di mandorla. Naturalmente quello con i pezzettini di fragola era finito direttamente nel bidone della spazzatura.

La febbre alta continuava a tenermi schiavo del malessere e del delirio. Mi diedi malato al lavoro tutta la settimana. Gli incubi, le ombre e le visioni orribili continuarono a intervalli più o meno vicini. Si accentuavano la sera quando la temperatura aumentava e la testa sembrava bollire. I protagonisti erano sempre gli stessi, eppure la trama aveva sempre qualcosa di inaspettato mentre il pizzico di macabro raggiungeva sempre nuovi record.

La mia alimentazione mi aveva trasformato in un tossico, un eroinomane dello zucchero. Finita la cioccolata, avevo scoperto di avere alcuni barattoli di crema alla nocciola e li stavo facendo fuori a un ritmo disgustoso. E, in ogni caso, non c'era altro cibo in casa, a parte qualche pacco di grissini e farina, ma l'idea di impastare qualcosa era proprio lontana da me.

Dopo quattro giorni un po' di febbre rimaneva, ma solo con una presenza flebile. Il passato era tornato come un pugno in pieno viso. Rivivere quelle sensazioni mi aveva catapultato in uno stato di ansia e paura. Non volevo uscire fuori di casa per timore di avere nuovamente un ciclo di déjà-vu con bare, morti e mostri. Le serrande delle finestre di casa erano abbassate quasi a non far filtrare alcuna luce dall'esterno. Mi ero convinto che, se avessi guardato anche solo fuori dalla finestra, avrei visto qualcosa di brutto.

Le mie paure le avrei dovute affrontare in ogni caso tra due giorni. Lunedì sarei dovuto comunque uscire per tornare al lavoro. L'incontro in sede del cliente non poteva essere rimandato e, se avessi fallito, il mio capo avrebbe chiesto la mia testa su un piatto d'argento.

Dovevo a tutti i costi cercare di riprendere in mano la situazione e riportarla sotto controllo. Dovevo ragionare razionalmente, trovare una qualche spiegazione logica. Era stata tutta una spirale delirante provocata o accentuata dalla febbre, che mi aveva fatto tornare bambino per qualche giorno. Forse questa volta non ci sarebbero stati altri déjà-vu, perché anche il primo non lo era affatto. Era stato tutto frutto della febbre. Sì, era certamente così, ovvio. E ripetendo il ragionamento nella mia testa tutto sembrava perfettamente logico. Così a poco a poco, mi autoconvinsi che sarebbe andato tutto bene e che non esisteva alcun motivo razionale per preoccuparsi.

I pensieri malvagi erano tuttavia vivi, accesi e in agguato di nuovo nutrimento, pronti a generare altre suggestioni, paure e morte.

21   Dimenticami come uno spazio bianco

Le allucinazioni a casa si erano placate e la febbre era passata. Lunedì ero tornato al lavoro e il solito ciclo settimanale era ricominciato. Casa, lavoro, casa.

Una strana inquietudine era rimasta dentro di me. Quando camminavo per strada cercavo di non guardarmi troppo in giro, quasi a evitare di soffermarmi sui dettagli. Implicitamente, per paura di innescare un altro déjà-vu, tenevo lo sguardo molto più basso del solito. Osservavo le mie scarpe nere con qualche graffio in evidenza e a tratti leggermente scolorite che si alternavano sull'asfalto.

Passarono i giorni ed evitai di andare al parco. Improvvisamente il verde aveva un aspetto diverso. Sembrava spento, triste, di una sfumatura sgradevole. Le foglie rossastre mi apparivano insanguinate. Quelle gialle avevano odore di morte.

Dopo due settimane, le uniche apparizioni, per fortuna, erano state quella della mia vicina sulla soglia della porta che mi chiedeva del sale, dello zucchero, o delle uova che magari aveva finito nel bel mezzo di una preparazione culinaria. Ma era solo un prestito: ritornava quasi sempre sotto forma di cibi deliziosi, per lo più torte e biscotti che avevo ripreso a mangiare regolarmente e senza traccia alcuna di fragole.

Avevo evitato di proposito di incontrare Vittoria, ma d'un tratto, sentivo un vuoto. Chiudevo gli occhi e mi sembrava di vedere i suoi occhi che mi guardavano di sfuggita.

Una strana mancanza, quella dell'amore mai detto, anche solo sussurrato. L'amore mai vissuto e mai ricevuto. Sentivo però uno spazio bianco che si affievoliva e diveniva sempre più trasparente.

Gli spazi bianchi ce li creiamo per poterli dipingere di qualsiasi colore. Sono una tela ancora da inventare. Un sogno da non rivelare a nessuno o provare a vivere.

Il mio spazio bianco aveva al centro gli occhi di Vittoria e una panchina verde sullo sfondo.

Era l'unico spazio bianco che per il momento era quasi intatto. Non c'era stato alcun progresso per aver modo di riempirlo, ma comunque neanche per spezzarlo.

Di spazi bianchi ce n'erano stati tanti all'inizio. Soprattutto quando vivi appieno quella fase della vita in cui tutto è o appare possibile. Puoi fare quello che vuoi, diventare chi sei veramente, realizzarti appieno. Ogni tuo desiderio frugale, romantico, avventuroso, spaventoso, folle, illogico è ancora realizzabile. E questa consapevolezza ti rende forte e ti autoalimenta.

Così inizi a collezionare spazi bianchi e la cosa più importante è la certezza di riuscire un giorno a dipingerli, magari un giorno non troppo lontano.

E il bianco è energia pura che entra in circolo e ti spinge a pensare ad altri spazi, sempre più sconfinati, con una patina lucida che riflette ogni cosa. Spazi sempre più lontani, che ti fanno rimanere concentrato su te stesso, che ti fanno chiudere con il passato, danno un senso al presente e ti proiettano verso il futuro.

Sei una macchina umana alimentata da spazi bianchi.

La stanza delle opportunità lavorative e di cosa diventare da grande era per me enorme. In continuo mutamento. Con quadri sempre più grandi, di forma diversa e sempre più bianchi e luccicanti. Questa stanza era quella da cui spesso nascevano nuove porte che davano accesso a nuove vite, nuovi luoghi da attraversare per conoscere culture e persone nuove.

Durante i primi anni crescevano di numero in modo quasi incontrollato, senza freno. Non c'era modo di ricordarsi tutti gli spazi bianchi, perché ne venivano aggiunti di nuovi ogni giorno. Nelle giornate di riflessione addirittura cinque o sei, uno dietro l'altro.

«Tu cosa vuoi fare da grande Remo?»

«Voglio fare tre cose.»

«Tutte insieme? Eh, con tre lavori diversi sarà un bel po' impegnativo! Sentiamo un po', raccontaci.»

«Sì, tutti e tre insieme. Come numero uno voglio fare il poliziotto per proteggere le persone. Al secondo posto voglio diventare uno scrittore, perché mi piace quando mi raccontano le storie e quando sono grande voglio inventare sempre storie nuove per i bambini, così riescono ad addormentarsi e fare bei sogni. Come numero tre voglio aiutare i bambini che sono senza mamma e senza papà a sentirsi meno soli.»

Diventato ragazzo, la disposizione della stanza era molto differente rispetto all'inizio. I primi quadri aggiunti quando la stanza era stata creata erano stati spostati in fondo, alcuni erano persino coperti da una tela semitrasparente, quasi a non volerli più guardare.

«Perché hai scelto l'istituto tecnico?»

«Mi è sempre piaciuta l'informatica. Un giorno vorrei scrivere programmi per risolvere problemi e aiutare le persone nel loro lavoro. Il lato oscuro della medaglia è che ho sempre voluto essere un hacker.»

«Ah, quindi vorresti sapere come entrare in aree riservate dei siti, rubare credenziali degli utenti, entrare nei computer della gente e rubare i loro file?»

«No, non un hacker di quel tipo! Non un hacker cattivo. Sì, va bene, saper fare anche quelle cose che dici, ma per altri scopi. Trovare errori nei siti, ma non per sfruttarli, per segnalarli e correggerli. Entrare nei computer, ma della brutta gente, dei criminali, per provare a fermarli. E poi la guerra fisica diverrà sempre più digitale. Gli hacker saranno la nuova *intelligence* del ventunesimo secolo, le forze speciali per radere al suolo un paese o per salvarlo. Il tutto stando comodamente seduti a casa. Un click che vale come un esercito.»

Alla soglia della maturità le tele venivano spesso scambiate di posto. Non c'era ordine, ma solo confusione. Un grande punto interrogativo sulla porta. C'era un numero di spazi bianchi incalcolabile, ma a decine si trovavano accatastati sul fondo. Le cornici più belle erano di quelli iniziali ed erano state staccate; ora utilizzate per alcuni spazi bianchi più recenti o semplicemente all'apparenza più plausibili o di comodo. Le domande e le risposte, come le discussioni al riguardo, si facevano sempre più complicate.

«Non capisco Remo.»

«Che cosa c'è da capire?»

«Mi hai appena detto ingegneria gestionale, ma il mese scorso volevi diventare avvocato o magistrato, il mese prima eri per l'accademia militare, quattro mesi fa il giornalista e sei mesi fa la crisi delirante per fare l'insegnante di storia.»

«Beh, le persone cambiano, no?»

«In sei mesi credo tu abbia cambiato un po' troppe volte idea. Secondo me sei in confusione totale. Scommetto che non hai la minima idea di cosa vuoi fare.»

«Beh, forse è così, Toni. Non lo so affatto. Forse è per questo che ne sto parlando con te. Tu hai già deciso e non sembri avere alcun dubbio. Sicuramente la tua famiglia ti ha consigliato bene, ti ha ascoltato e ha spazzato via i dubbi dalla tua testa. Io invece ho mille dubbi. Vorrei fare qualcosa che mi piace e che abbia anche un'utilità, un senso, un impatto sugli altri.»

«E che ti faccia fare anche un mucchio di soldi? Amico, è probabile che finiremo soltanto con una di queste cose. Un lavoro che ti piace, malpagato e che non cambia la vita a nessuno e quindi non fa la differenza. Oppure qualcosa che odi, di dubbia utilità, ma che è pagato leggermente sopra la media.»

«Perché mi dici queste cose? Prima non la pensavi così.»

«L'ho letto negli occhi di mio padre quando gliene parlavo. Gli ho detto, papà voglio fare ingegneria, voglio lavorare per una grande impresa e fare la differenza, voglio guadagnare tanto, viaggiare e infine creare qualcosa di mio. Lui mi ha risposto: è un bel progetto e sono degli obiettivi ammirevoli, bravo figliolo, credo che tu ce la possa fare.»

«È positivo, no? Ti stava incoraggiando, sa che tu puoi farcela!»

«Remo, non capisci. Già quel "credo che tu", lasciava sottintendere tutto, ma i suoi occhi...sono stati i suoi occhi a tradirlo, sembrava che quei discorsi gli stessero ricordando qualcosa che aveva passato anche lui, a suo tempo, prima di diventare uno schiavo della fabbrica. Remo io ho già deciso è vero, ma forse ti invidio perché avere tanti dubbi potrebbe voler dire anche avere tanti sogni. E visto com'è finita a mio padre e come potrebbe finire a noi, avere un piano B o C o D, anche se confusi o strambi, potrebbe fare veramente la differenza.»

Con il tempo gli spazi bianchi diventavano sempre più articolati. Non erano più relativi a un mestiere o un lavoro. Veniva anche rappresentata la successione temporale della carriera, le diverse fasi di un lavoro, le promozioni, le responsabilità, i riconoscimenti. Per questo a volte lo spazio bianco si estendeva in larghezza e in altezza.

Più spesso, invece, erano una serie di tele collegate. La discontinuità era un salto di carriera, un cambio di lavoro, di ruolo, o di azienda. La complessità non teneva conto delle sfide ardue, dell'ingiustizia, degli ostacoli, delle menzogne, del reale grigiore del mondo e, soprattutto, della variabile più sottovalutata, imprevedibile e intricata di sempre: le persone. Tutte sfumature delle relazioni umane che si erano già in parte manifestate anche nel mondo universitario e che avevano eroso il falso alone di ambiente meritocratico e senza macchia che mi ero immaginato inizialmente.

E, quindi, dopo aver appreso alcune dinamiche di base, le tele avrebbero cambiato forma e angolazione, divenendo di gran lunga più articolate di quanto avrei pensato all'inizio.

«Ah, vedo che ha fatto l'istituto tecnico con specializzazione informatica e poi ingegneria gestionale. Si è laureato quest'anno con centocinque. Mi dica, perché le piace questa azienda?»

«La consulenza, almeno per come la vedo io, offre numerose opportunità per entrare in contatto con realtà differenti. Di partecipare appieno alle diverse fasi di un progetto e accrescere rapidamente le capacità lavorative, di business e di team. La vostra azienda è presente in diversi settori di rilievo della consulenza.»

«E perché crede che noi dovremmo prendere lei? D'altronde, e non la prenda sul personale se le dico questa cosa, ci sono tanti laureati con voti ben più alti del suo e un curriculum più rilevante e con esperienze all'estero già durante il percorso universitario.»

Esperienze all'estero durante l'università? Avrei tanto voluto rispondere con quello che stavo pensando. Amico mio conosco bene quelli del mio corso che sono andati a fare un semestre all'estero. L'esperienza all'estero è stata soprattutto la spiaggia, la musica e le feste, di altro c'era ben poco. Quando sono tornati, dopo sei mesi, erano neri per il tanto sole preso, avevano fatto gli esami ottenendo il massimo dei voti ed erano super rilassati e pronti per recuperare gli esami che non avevano passato il semestre precedente.

Perché dovreste prendere me? Io non sono nessuno, ne troverete sicuramente altri cento nel raggio di un chilometro che sono molto meglio di me. A fare questo lavoro dal nome importante senza senso. "Junior business analyst" di che cosa? Sembra uno scherzo. Che professione è? Perché?

La domanda che devo pormi è, invece, perché sono ancora qui? Avrei fatto molto meglio ad intraprendere studi finanziari e invece sono qui. Faccia a faccia con questo tipo che si crede "chi sa chi" solo perché dirige un gruppetto di sei persone e ne sta cercando una settima. Fottiti signor consulente tu e il tuo lavoro da "junior in stage".

Invece risposi: «Beh, sono positivo, determinato e ambizioso. Mi piacciono le sfide e lavorare in gruppo. Poter partecipare a progetti e ambiti differenti la trovo una sfida appagante e una modalità per crescere e imparare velocemente.»

«Lavorare in gruppo? Ne riparleremo tra sei mesi, vediamo se ti piace ancora! Scherzo. Non so cosa hai visto all'università, ma sappi che ti aspetta un ambiente molto molto dinamico e senza dubbio sfide diverse. Comunque ti ringrazio per adesso, ti faremo sapere.»

La stanza del lavoro dopo tre anni e mezzo appariva caotica e irriconoscibile. Un labirinto senza via d'uscita. Una serie infinita di tele collegate tra loro in malo modo. Alcune si estendevano in verticale per centinaia di metri, quasi fino al soffitto.

L'accumulo sul retro era ormai sull'ordine delle centinaia. I primi spazi che erano stati stipati sarebbero stati difficili da raggiungere anche con i migliori sforzi.

Che cosa volevo diventare da grande quando avevo tre anni? Sei? Dieci? Non sarebbe stato così facile né da ricordare né da ottenere. Quegli spazi bianchi erano così distanti da quelli visti più frequentemente e di recente che sembravano appartenere a un'altra stanza. Non si vedevano quasi più da quaggiù. Questo perché la forma della stanza stava cambiando sempre più rapidamente. Si restringeva sempre più e si allungava a entrambe le estremità.

Adesso era possibile vedere la parte più in vista dei quadri del presente e, se si faceva un salto abbastanza in alto, anche di quelli futuri. Quelli del passato, invece, erano ormai quasi perduti, forse sarebbe servito un cannocchiale, ma forse neanche con quello si sarebbe potuto vedere qualcosa. Forse ce n'era qualcuno qua e là che ancora brillava leggermente e cercava di rimanere attaccato in qualche modo a quelli più in vista, magari nascondendovisi dietro. Rimanevano celati e assopiti a prima vista, ma erano ancora vivi.

I ricordi scorrevano uno dopo l'altro.
«Ciao Remo, accomodati pure.»
«Grazie Alessio.»

«Beh, ti ho fatto chiamare perché volevo parlarti. Sai tra due settimane scade il contratto di apprendistato. Sei andato bene in questi tre anni e mezzo e ti vogliamo confermare. Sembra ieri, eh, da quel primo colloquio? Comunque ci sarà un altro anno di apprendistato con un piccolo aumento di stipendio come previsto dai contratti nazionali in base al periodo di tempo effettuato. Ti manderò il contratto da firmare via e-mail...»

Avrei voluto dire: "E la promozione? I nuovi progetti? Le nuove sfide? Dove sono andate le promesse degli ultimi tre anni? Perdute, sparite, risucchiate nel nulla." Ma rimasi in silenzio, la delusione era tale da stroncare ogni parola sul nascere. Mi limitai ad annuire.

Ancora uno.

«Mi dispiace, Remo. Ci ho provato, ma non va bene così. Non possiamo continuare a fingere di stare bene insieme e ignorare tutto il resto. I litigi continui, le incomprensioni, la distanza. È inutile continuare a nasconderci.»

«Sara, ma dopo tutto quello che abbiamo condiviso, non posso immaginare che finisca così.»

«Il passato è passato Remo. Adesso è differente. È meglio per entrambi, meglio chiudere qui.»

Chiudere. Il passato è passato. L'amore non dura che uno schiocco di dita. L'amore è già passato.

Le delusioni, a volte, accadono per cose apparentemente in secondo piano, banali, che forse ti aspettavi in fondo, ma a cui non volevi credere. A volte ci rimani peggio di quello che ti aspettavi. E in quel momento di estremo dolore solo interno e che dall'esterno non dai a vedere, si crea un buco nero distruttivo che inghiotte, spezza e mette in disordine la tua vita e i tuoi spazi bianchi. Anche se non lo sai, ti cambia dentro, uno scontro frontale a pieno viso con l'autobus della vita. Prossima fermata: "Vita reale e delusioni, deve scendere prego, questo è il capolinea." Tutto questo, però, serve anche a crescere e ricostruire spazi bianchi più robusti.

A volte le cose sono molto più difficili di come ce le immaginiamo. Alcune forse non prenderanno mai vita.

Gli spazi bianchi rimangono in piedi per anni, saldi nella camera dove li hai incorniciati. Gli anni diventano cinque, dieci, quindici, venti. Per alcuni è forse già troppo tardi.

Il bianco perde la sua tonalità e si ingrigisce. E tu dimentichi pian piano quel quadro bianco che volevi colorare a tutti i costi. Il quadro si sente tradito e si sgretola, perde pezzi che cadono in un pavimento pieno di polvere.

La collezione muta, abbandonata, cambia colore. Dapprima è solo un grigio tenue che con un bel secchio di vernice e una motivazione e un entusiasmo ritrovati, potrebbe tornare del colore di prima. Ma presto diventa nero. Un nero così totale che assorbe anche gli spiragli di luce delle finestre.

Fino a quando la collezione diventa un ammasso nero di sogni irrealizzati, di tristezza e paura. Di passato e di morte.

La stanza viene chiusa a tre mandate. Con il tempo ci si dimentica persino che esista e volontariamente si getta via la chiave.

A volte, dopo anni, ci si ritrova per sbaglio a vagare in corridoi dimenticati. Sono senza lampadine oppure queste non funzionano più e non filtra alcuna luce dall'esterno.

Sembra quasi di trovarsi di notte nel lungo corridoio scuro della scuola media, qui però non c'è il signor Macrì che può riparare le luci. Non ci sono i tuoi genitori e gli amici. Ci sei solo tu e devi essere tu a trovare di nuovo la strada. La torcia che adesso hai in mano non ti serve, perché emette una luce troppo fioca facilmente assorbita dall'abisso.

Le porte sono in fondo a un pavimento scassato e irregolare. Sono logore, piene di crepe. Alcune non hanno né serratura né maniglia. Sono piene di chiodi lunghi e arrugginiti, martellati a suo tempo in entrambe le direzioni per evitare che qualcosa o qualcuno potesse mai entrare o uscire.

A volte si riesce a varcare la porta di una stanza abbandonata e ci si accorge che potrebbe essere un viaggio senza ritorno. La tristezza di sogni e desideri mai realizzati, accumulata anno dopo anno, potrebbe implodere dentro di te.

Varcata la soglia potresti annegare. Un mare nero di spazi vuoti. Un mare in grado di travolgere tutto quello che incontra.

Il nero riuscirebbe a riempire i corridoi splendenti che percorri di solito ed entrare dalle fessure. Risucchierebbe ogni spazio bianco. L'onda nera continuerebbe a crescere e a costituire una minaccia anche per quelle stanze blindate delle cose a noi più care.

Quando succede, nel giro di ore, forse giorni, siamo catapultati in uno stato di delusione perenne.

Siamo un fallimento totale. La nostra vita è un fallimento e davanti a noi c'è tutto quello che avevamo immaginato e non siamo riusciti a realizzare. Abbiamo lasciato incompiute anche le piccole cose, che percepiamo adesso come le mancanze più gravi. Quelle che non potevamo permetterci di non fare e abbiamo lasciato scappare, inermi, impotenti, imbalsamati, come stupiti.

Dimentichiamo il futuro e diamo sempre maggiore peso alle cattive scelte del passato.

Il presente ci appare distante e ci sentiamo immobili. Non abbiamo potere sul nostro presente, perché quello che è stato e che avevamo sepolto o che era sopito, adesso è più vivo che mai. E chiede spiegazioni che non sappiamo dare. E chiede tempo che non possiamo o non siamo pronti a dedicare. E chiede sangue che arriva agli occhi e blocca la visione di ogni cosa.

Vediamo solo un'onda nera che sale, lentamente, fino a sommergere tutto. E un attimo prima di tentare la reazione, prima di correre per nascondere le ultime porte intoccate, ci rendiamo conto che non ne siamo capaci. Siamo bloccati. Incatenati da una melma nera che ci sommerge del tutto. Ed è tutto perduto.

Sei sprofondato in un unico, vasto spazio nero.

Qui non arriva nemmeno un barlume di luce. C'è solo la solitudine e il rimpianto.

A volte vorresti avere un secchio per provare a raccogliere questa melma d'inchiostro nero e provare a gettarla più lontano da te. Un secchio, per quanto grande, sarebbe assolutamente inutile qui dove ti trovi. Non servirebbe a nulla neanche uno scavatore meccanico, ammesso che riuscissi a portarlo dentro.

Il nero ti annulla l'anima e non ti fa sentire più nulla.

Diventi indifferente.

Un corpo vuoto che si muove meccanicamente.

Una foca circondata di petrolio che si lascia morire. Che sceglie di non sentire e ascoltare, perché tutto fa troppo dannatamente male.

E discendi in basso, lievitando a mezz'aria, sfiorando le carcasse di quello che eri e che non sei mai stato.

Lieviti, fino a quando qualcosa poi ti cambia.

Vedi un bambino sorridere.

Un uomo al bordo della strada con le mani che gli coprono la faccia e le lacrime che gli rigano le guance.

Un estraneo alla fermata che compie un gesto gentile verso qualcun altro.

L'anziana sull'autobus con la faccia spenta e la testa in un mondo parallelo.

Una donna che si ferma per accarezzare un cane randagio con un piede storpio.

Qualcuno ti manda a fanculo per l'ennesima volta.

Qualcuno ti chiede come va e si preoccupa per te ed ha una faccia amica. Veramente.

Ti accorgi di vivere in un mondo che sta annegando o che è già annegato come te. Se guardi meglio però, sono numerosi quelli che cercano di risalire con costanza e determinazione. Ci sono alcuni che non hanno mai perso la speranza o hanno riconquistato i loro spazi bianchi e brillano di luce propria. È una luce fisica e sensoriale che ti infonde fiducia e ti fa ritrovare nuova linfa vitale. Allora, è in quel momento che una fioca luce notturna riappare dentro di te.

Qualcosa si muove e ti senti più forte.

E capisci che non uscirai mai da quel luogo se non lo vorrai veramente e che dipende solo e unicamente da te. Pensandoci forse sai anche come fare.

Guardarsi indietro non è solo dannazione e domande infernali.

Tornare indietro è anche la soluzione.

Le risposte che cercavi per non commettere gli stessi errori, per imparare, per diventare veramente chi sei. La scelta di accettare il passato e i rimpianti e andare avanti con maggiore consapevolezza.

E la risposta l'hai trovata.
È lì, davanti a te.
Un secchio è inutile.
Ci vuole una barca, anzi no, una nave.
Ci vuole una nave di metallo bianco per navigare in questo mare nero e andare via.

I pezzi li trovi nella tua testa. E ad uno ad uno li assembli con cura e attenzione. Non è un processo veloce né facile, ma quella luce più visibile della luna che si riflette nel mare scuro ti incoraggia ad andare avanti.

Dopo tanto tempo nell'oscurità degli abissi, la luce che filtra ti fa capire che, forse, non sei più così in fondo, ma un po' più vicino alla superficie.

E così le carcasse di te stesso, adesso che le riconosci appieno e non le giudichi con disprezzo, ti vengono in aiuto. Non sono più solo due, ma mille mani che creano, assemblano, aiutano come mai prima d'ora. Perché tu non sei uno e solo, ma sei la risultante di tutte le tue vite passate, presenti e parallele, future. Sei le tue vittorie e le tue sconfitte. Sei mille mani, sei uomo, donna, bambino, adulto, sei gioia, dolore, amore, speranza, sogni, incubi, rabbia, lacrime, odio, paura, perdono e mille occhi di colori diversi.

E quando la nave è pronta, non brilla soltanto la luna, ma anche tutte le stelle, che ti guidano e ti conducono al tuo nuovo io. Perché in fondo è questo che stai facendo, ti sei inventato un nuovo te assemblando vecchi pezzi. E anche tu brilli, sei una lampadina che funziona senza corrente, autoalimentata dagli spazi bianchi e da tutto quello che sei e che porti dentro.

E una di quelle stelle la porti con te e diventa un nuovo spazio bianco, in una stanza piccola appena creata.

Dopo che hai attraversato uno spazio bianco dopo l'altro e dopo essere stato mangiato da uno spazio nero, non puoi fare a meno di vederli anche negli occhi degli altri. Non solo delle persone che ti stanno vicino, ma anche di completi sconosciuti.

Quell'uomo che dorme per strada con il cartone sporco in cui ha scritto *per favore aiutatemi ho fame*. Vedi una grande ombra scura che lo circonda. Di trovarsi in quella situazione non l'avrebbe mai immaginato. Tanto tempo fa, non si ricordava più quando e dove, ma aveva una famiglia e un lavoro. Dopo l'incidente ogni cosa si era sgretolata, tutto finito, andato per sempre. E lui non era riuscito a combattere, aveva provato e riprovato, ma lo spazio nero era risultato sempre più forte di lui. Lo aveva costretto a sopravvivere, incatenandolo in un riparo provvisorio di cartone e trascinandolo nelle fauci di un grande squalo nero invincibile. Uno squalo che lo aveva spinto, senza mai rallentare, ai confini della vita che conosceva.

E quell'hostess su quel volo affollato? Si stampa un sorriso in faccia e sposta un carrello da un estremo all'altro dell'areo. Offre di tutto: spuntini, bevande, cibo precotto da riscaldare, profumi, regali, gratta e vinci. Non era quello che aveva immaginato. Voleva diventare pilota. Ora era almeno su un aereo e alla giusta quota, in fondo era meglio di niente. Forse non era troppo tardi, forse poteva ancora farcela. Adesso però non poteva distrarsi. «Patatine, panini, coca cola, aranciate? Desidera qualcosa signore?» Un sorriso e una spinta al carrello.

Lo stesso vale per quel cameriere che ti serve il caffè ogni mattina. Ti vede con la camicia e la giacca, insieme ai colleghi e immagina di poterla indossare anche lui un giorno. Ci vorrà il corso serale e tanto studio.

Non sa che appena usciti dal bar le facce cambiano quasi sempre espressione e tutti ogni lunedì si domandano se era veramente questo quello che avrebbero voluto fare nella propria vita. Si aspettavano qualcosa di più? Oppure qualcosa di completamente diverso? Forse doveva ancora arrivare quel giorno. La pausa è conclusa e si ricomincia. Gli orologi al polso sono solo un ticchettio che scandisce le parole "progetto, clienti, colleghi, consegne, ritardo, problemi, soldi". E quelle facce si scambieranno uno sguardo stanco e i violini inizieranno a suonare la solita melodia stonata e frenetica del lunedì.

«Merda, sento già il mio capo a controllarmi e il suo fiato sul collo.»

«A chi lo dici, noi siamo in ritardo di una settimana. Siamo fottuti. Ci aspettano sette giorni di lavoro continuo. La consegna è il prossimo lunedì.»

«Ah bene, anche stavolta il fine settimana salta per entrambi. Ultimamente va a finire troppo spesso così. Forse dovremmo fare qualcosa di diverso.»

«Sì, la soluzione è licenziarci.»

Come quella donna anziana al supermercato che lentamente fa la spesa. Indugia su cosa mettere nel carrello. Prende una confezione di cioccolatini e una di biscotti, anche se non sono nella lista. Forse, questa volta, non andranno buttati dopo la data di scadenza. Contemporaneamente il carrello si svuota di alcune cose, perché ne può fare anche a meno. E torna a casa, sperando che i suoi figli e i nipoti colmino almeno per un giorno la sua solitudine. Aveva immaginato questi anni in modo così diverso. Per fortuna, fino ad ora, è stata in grado di prendersi cura di sé stessa e non è finita in una casa di riposo. Questo pensiero la terrorizza più della solitudine nera e perenne.

Ognuno di noi ha stanze di spazi neri che crescono nel tempo e, se si apre la porta sbagliata, finiscono col mangiare quelli bianchi collezionati nel tempo.

Sono certo che c'è anche una stanza piccola e stretta che spesso diamo per scontato oppure ignoriamo di proposito per troppo tempo. C'è sempre qualche altra stanza che è più importante.

Quando la varchiamo vediamo una tela semplice su una cornice di legno. La tela appare di un bianco puro, quasi irreale.

La tela è bianca, ma se la fissi attentamente appaiono, se pur fioche, due parole: *essere felici*.

La felicità…

Una parola a cui non pensavo da troppo tempo.

Vittoria era il mio spazio bianco.
Dovevo rivederla.
Dovevo tentare.

22 Dimenticami come le cose perdute

Il pomeriggio dopo il lavoro andavo al parco. A volte passavo prima da casa a prendere un libro e un panino da mangiare. Leggevo per qualche ora per tenere la testa sgombra, ma la maggior parte del tempo mi guardavo intorno cercando di scorgere tra i passanti quegli occhi perduti.

Osservavo gli altri passeggiare tenendosi per mano, corrersi dietro urlando per qualche ragione banale o uno stupido scherzo, o guardarsi l'un l'altro in silenzio, a volte felici, a volte tristi.

Osservavo anche le persone come me, da sole. Alcune lo erano solo fino a quando non incontravano qualcun altro, magari per caso. Altre si nutrivano del verde circostante liberando in uno spazio aperto le loro preoccupazioni e timori.

Sabato e domenica quella panchina verde diventava la mia sedia e il mio tavolo. A volte, nei giorni in cui i pensieri mi avevano particolarmente stremato e il tempo era passato senza alcuna percezione, la panchina era stata anche il mio letto scomodo. Lo zaino per metà vuoto, in un modo o nell'altro, trovava la sua strada per diventare una sorta di cuscino. La temperatura all'inizio mi cullava, poi verso le tre o quattro del mattino mi pugnalava alle spalle con punte di ghiaccio che penetravano nelle ossa. A volte si conficcavano così in profondità che mi svegliavo di soprassalto con un sussulto, poi spaesato e assonnato tornavo a casa trascinandomi nella notte. Come un bambino che, dopo essersi svegliato a causa di un brutto sogno, prende il cuscino per un angolo e si trascina nella camera dei genitori, sperando di poter tornare a dormire in mezzo a loro.

La mattina, quando mi risvegliavo scomodo, infreddolito e con l'odore di legno umido e vernice pensavo a quelli come Freddie. Al pensiero diventavo triste e quello stato d'animo mi seguiva durante tutto il giorno.

Giorno dopo giorno l'attesa sembrava inutile.

Cercavo di ricordare le facce che avevo visto parlare con Vittoria e, se ne vedevo qualcuna che avesse una somiglianza plausibile, lottavo contro le mie paure e mi facevo avanti.

Eccolo, quel ragazzo forse aveva parlato con lei qualche volta. «Ciao, scusami se ti disturbo, mi ricordi qualcuno di familiare. Posso chiederti se conosci una ragazza di nome Vittoria che viene qui al parco?»

«Beh, non so chi ti ricordo, amico, ma in ogni caso non sono quello che cerchi, non conosco nessuna che si chiama così. Adesso devo andare, ciao, stammi bene.»

«Ciao, grazie.»

Eccola, la ragazza col maglione giallo forse era una sua amica.

«Ciao, so che ti sembrerà una cosa strana. Sto cercando una ragazza che si chiama Vittoria e viene spesso qui, al parco. Assomigli a una sua amica, non è che la conosci?»

«Conosco una Vittoria, ma non è quella che stai cercando tu. Non le piacciono i parchi e abita molto lontano da qui.»

Le risposte nella maggior parte dei casi erano un secco e distante «No.» Avevo collezionato anche qualche «Ma chi ti conosce? Che vuoi?» e un sacco di «Scusa non ho tempo adesso.»

Un paio di ragazze, poi, avevano sicuramente pensato che fosse una scusa per attaccare bottone.

Fortunatamente, anche da chi pareva più scontroso, non c'era stato alcun insulto, perlomeno non verbale.

Molte volte venivo ricambiato con indifferenza pura. Ragazzi e ragazze, da soli o in gruppo, non rallentavano nemmeno di poco se stavano camminando. Mi guardavano di sfuggita e mi ignoravano. Forse pensavano che avessi qualcosa da vendere o, peggio, un favore o soldi da chiedere.

Nessuno mi aveva mai chiesto il perché di quella domanda. Forse non importava niente a nessuno della mia faccia stranita e delle borse sotto gli occhi. Magari pensandoci bene non l'avrei fatto neanche io al posto loro. Forse a volte è meglio tenersi alla larga da un tipo così...strano o peggio pazzo.

Chissà quanti avranno dubitato dell'esistenza della persona cercata e mi avranno etichettato parzialmente o totalmente come "un tizio con qualche rotella fuori posto".

Di solito le persone si impicciano il meno possibile dei problemi altrui, soprattutto quando non ti conoscono affatto, ma in alcuni casi ci sono delle eccezioni ai "di solito".

«Ciao.»

«Ciao.»

«Sono Cloe. In realtà il mio nome è Claudia, ma tutti mi chiamano Cloe. E non chiedermi perché, è una storia troppo lunga, stramba e a tratti senza alcun senso.»

Cloe non era una persona qualunque. Il suo sorriso era radiante. Gli occhi verde smeraldo si sposavano alla perfezione con i capelli scuri a caschetto e le lentiggini sulle guance.

«Ciao, io sono Remo, tutti mi chiamano Remo.»

«Ahahah, Remo, chiaro. Max dai non essere troppo impertinente. Questo è Max, tranquillo è tutto fumo e niente arrosto. È una sorta di cane lupo, ha dei dentoni enormi, ma non farebbe male a una mosca. Anzi, il più delle volte è un fifone, ha paura dei cani alti la metà di lui, a volte anche dei gatti. Vuole essere sempre al centro dell'attenzione, è più forte di lui.»

Le mani non stavano mai ferme quando parlava, ma c'era qualcosa di aggraziato in quei movimenti. Sembrava che stessero guidando un'orchestra di violini silenziosi e invisibili o mimassero una danza. Mi parlava come se fossimo amici da sempre, come se mi conoscesse da sempre. E anche le mie risposte erano fluide e naturali, come se non fossero rivolte a una persona mai vista prima.

«Eh, su questo non c'è dubbio. Direi che sa anche come ottenerla l'attenzione.»

«Sì, sembra che tu gli vada a genio. Comunque, scusa se sono piombata qui dal nulla. Oggi il mio amico laggiù mi ha detto che stai cercando qualcuno, una ragazza forse. E sabato scorso una mia amica mi ha detto che era stata fermata da un ragazzo che cercava una certa Vittoria. Stai cercando di trovare qualcuno o mi sbaglio?»

«Sì, esatto. Sto cercando di trovare una ragazza che veniva qui al parco, si chiama Vittoria. Per caso la conosci e sai dove posso trovarla?»

«Purtroppo non conosco nessuna Vittoria, mi spiace.»

«Non fa niente, grazie lo stesso. Sei stata comunque gentile a provare.»

«Non è mia intenzione intromettermi e puoi anche non rispondere se vuoi, ma posso chiederti perché la stai cercando?»

«Non la conosco in realtà, ma la vedevo sempre qui al parco. Ci ritrovavamo spesso seduti uno di fronte all'altra su queste panchine. Giorno dopo giorno ero sicuro che l'avrei trovata qui, tranne qualche eccezione. E poi non sono riuscito a venire per qualche settimana. E, da allora, non l'ho più vista.»

«Ah, chiaro.»

«Credi che sia pazzo vero? A cercare di trovare qualcuno a cui non ho neanche mai detto "un ciao". Oppure pensi ancora peggio.»

«Ti sbagli Remo. Non ti conosco, ma ho capito che quella ragazza ti piace e hai paura di aver perso l'occasione e temi di non rivederla mai più o comunque prima che sia troppo tardi.»

«Beh, è peggio di così in realtà. Ho una brutta sensazione, non saprei bene come spiegartelo.»

«Cioè? Credi che possa esserle successo qualcosa di brutto?»

«Diciamo di sì.»

«Ti spiace se mi siedo qui? In ogni caso Max non sembra volere andare via a breve.»

«Certo, fai pure. Quando devi andare smetto di accarezzarlo.»

«Figurati. Quanto tempo è passato dall'ultima volta che hai visto questa ragazza?»

«Con questa settimana è quasi un mese.»

«E a parte chiedere di lei a sconosciuti, hai cercato di trovarla in qualche altro modo?»

«Mhmm fammi pensare bene. Sì, chiedere a sconosciuti e farmi prendere per pazzo è la prima e unica cosa a cui ho pensato. Non abbiamo amici in comune, non saprei a chi altro chiedere. Ho parlato con una sua amica una volta, ma non ho più rivisto neanche lei. Venivano insieme al parco.»

«Hai provato a cercarla su Facebook o Instagram?»

«No.»

«Beh quello è il primo posto in cui avrei guardato io!»

«Ecco, in verità uso di rado Facebook e per niente Instagram. In verità, non sono un tipo social, sai?»

«Tralasciando i commenti sulla frase "non sono un tipo social", la risposta al tuo problema invece è proprio qui!»

«Il telefono? Facebook?»

«Esatto! Sai quante persone si ritrovano grazie a questi siti o app dopo anni e anni? Mia cugina ha ritrovato così la sua migliore amica dei tempi delle elementari. Certo in questi casi trovarle è un conto, che si ricordino di te è tutta un'altra storia. Sai a volte vengono ritrovate persone scomparse a furia di condivisioni. Questo per me è un esempio importante della parte positiva di Internet e dei social. In ogni caso, come hai detto che si chiama la ragazza che cerchi?»

«Vittoria.»

«Allora, Vittoria. Bene. Ci saranno centinaia di Vittoria che vivono nei dintorni. Comunque tieni il telefono, scorri verso il basso e vedi se riesci a riconoscerla dalla foto, magari riusciamo a trovarla prima del previsto. Sai, io in realtà uso spesso Facebook per un altro motivo che forse ti sembrerà stupido. Ecco, sono una frana con i nomi. Mi ricordo le facce, ma se non vedo le persone più di un paio di volte in un intervallo di tempo ravvicinato faccio fatica ad associare i nomi. Per questo spesso cerco di avere un contatto virtuale, così io non faccio brutta figura e gli altri non ci rimangono male. Comunque, scusami, ti sto riempiendo di parole e questo non ha niente a che fare con te e con la tua ricerca.»

«Mhmm, no figurati. Mi stai dando una mano, dovrei essere io a chiederti scusa per il tempo che ti sto facendo perdere. Purtroppo, però non è nessuna di queste.»

«Mi dicevi di qualcuno o un amico che potrebbe conoscerla?»

«Sì, prova con Viola. È una sua amica. Anche in questo caso conosco solo il nome. Ci ho parlato qualche volta. Speravo infatti di ritrovare almeno lei.»

«Ah, guarda di Viola ce ne sono solo cinque che vivono qui. È una di queste?»

«Purtroppo no.»

«Certo che ti sei innamorato di una ragazza inarrivabile. Poco social, proprio come te insomma!»

«Eh, forse abbiamo qualcosa in comune. Sono fortunato vero?»

«Così su due piedi direi molto! Non hai pensato che magari sia partita per un viaggio oppure che è impegnata con il lavoro o altre cose così? Magari è solo questione di giorni prima di rivederla.»

«Beh, sì ci ho pensato, ma vedi, il fatto è che l'ultima volta che l'ho vista ho avuto un brutto presentimento. Quello di cui ti accennavo prima. Una sensazione strana, brutta.»

«Capito, mi dispiace. Sto pensando a un altro modo per aiutarti, ma la mia testolina non ha altre idee geniali. Oppure sì! Potresti affittare un cartellone pubblicitario, ad esempio quello grande prima di arrivare al parco in cui su uno sfondo bianco fai scrivere *Ti chiami Vittoria? Chiama questo numero.* Ho visto un film una volta in cui facevano una cosa del genere. Anche se credo costi parecchio.»

«E se poi non attraversa quella via per andare al parco? Oppure se lo vede, ma comunque non chiama? Tu chiameresti se ci fosse scritto *Ti chiami Cloe? Chiama.*»

«Io sì di sicuro. Sarei troppo curiosa. E se fosse da parte di un ammiratore segreto? Sì, chiamerei subito. E poi, siamo sinceri, quante Cloe ci saranno qui in giro? Sarebbe quasi certamente per me!»

«Ahahah. Va bene, adesso so come ritrovarti eventualmente. Posso farti una domanda?»

«Certamente. E me lo chiedi pure? Io non ho fatto altro che farti domande da quando mi sono presentata.»

«Perché lo fai? Perché stai cercando di aiutarmi?»

«Perché sono fatta così. Quando ho saputo di te e ti ho visto con quell'aria afflitta dovevo assolutamente sapere di più e capire se potessi essere d'aiuto. E poi anche Max era deciso a venire in questa direzione! Aveva avvistato un possibile fornitore gratuito di coccole.»

«Grazie comunque. Sei molto gentile.»

«Non c'è di che. Penso che a questo punto posso lasciare Max qui con te. Ormai non vorrà più andare via.»

«È veramente un cane lupo? Quella razza, come si chiama, lupo cecoslovacco?»

«In realtà non lo so di preciso. Max è un trovatello. L'ho preso al canile quando era ancora un cucciolo. I ragazzi che lavoravano lì mi avevano detto che probabilmente è un incrocio tra un husky e qualcos'altro di enorme.»

«Cloe! Sei geniale! Il canile.»

«Ehm, grazie?»

«Il canile!»

«Sì, il canile! Ho capito il canile, che cosa intendi di preciso?»

«Viola mi aveva detto di essere una volontaria o che lavorava al canile. Chissà se anche Vittoria è stata o è una volontaria… Potrei chiedere al canile se qualcuno conosce Viola! Quanti canili ci sono nei dintorni?»

«Grande, adesso stiamo restringendo il campo di ricerca. Comunque, fortunatamente per noi, quelli principali in zona sono solo due!»

«Beh, quando dici fortunatamente per noi, significa forse che saresti disposta ad aiutarmi ancora?»

«Certo Remo. Solo se lo vuoi ovviamente. Mi rendo conto di essere totalmente invadente, ma ormai sono troppo curiosa.

Voglio che tu riesca a ritrovare questa Vittoria. Così puoi dirle che ti piace tanto! Sembra di essere in un film.»

«Mhmm, sì magari una cosa per volta. Per adesso pensiamo solo a trovarla.»

«Ok, ok mister timidezza. Devi pensarci seriamente secondo me. Se la rintracciamo non puoi non dirle nulla e rischiare di perderla di nuovo di vista. E, se nel frattempo che tu ci pensi, qualcuno ti precede e le chiede di uscire? Oppure se conosce qualcun altro di interessante e affascinante?»

«Facile parlare così. Non sai quante volte ci ho provato. Non è una cosa semplice per me, soprattutto con lei.»

«Di cosa hai paura?»

«Mhmm, per esempio, di presentarmi e iniziare a blaterare senza senso e non riuscire a fermarmi. Oppure peggio che le parole mi muoiano dentro. Di non riuscire ad emettere alcun suono, mentre la mia bocca si muove.»

«Dai, queste sono stupidaggini.»

«Il mio aspetto potrebbe non piacergli affatto.»

«Potresti piacergli tanto invece!»

«Potrei non piacergli io, per come sono fatto o per quello che sento o penso.»

«In fondo, Remo, meglio correre il rischio di non piacere. Se non ci provi comunque è come aver perso lo stesso, non essere piaciuto a prescindere. Anzi, e te lo posso assicurare, è molto, molto peggio. Finiresti per chiederti che cosa sarebbe successo se. Quel piccolissimo "se" che ti spalanca alle possibilità che non hai neanche provato finirebbe poi col tormentarti. Finiresti per odiare quella ragazza e soprattutto te stesso. Vagheresti in una stanza buia dei tuoi pensieri anche negli anni a venire pensando, se solo…»

«Sì, hai ragione Cloe. Lo so bene anch'io che è così.»

«E poi sai, adesso che ci penso bene, un ragazzo non ha mai fatto per me qualcosa di simile a quello che stai facendo tu. Per quello che ne so, non è successo neanche alle mie amiche. In fondo questa ragazza non la conosci per niente. Però qualcosa di lei ti piace a tal punto da spingerti a fare domande a perfetti sconosciuti. Adesso praticamente metà del parco penserà che tu sia matto oppure un maniaco.»

«Ecco, adesso rischio pure l'arresto o il pestaggio.»

Cloe era andata su un'altra dimensione. Stava guardando un punto non definito tra gli alberi.

Non sembrava aver sentito l'ultima frase che avevo detto.

Le mani per la prima volta dall'inizio della conversazione erano quiete.

«Se fossi io quella ragazza, sicuramente, dopo aver superato la strana fase in cui potrei considerarti a tutti gli effetti uno stalker, avrei voglia di sentire cos'hai da dire e cosa pensi. Ti chiederei perché mi hai cercata, visto che in fondo non ci siamo mai parlati o presentati. Di certo sei un tipo non convenzionale Remo.»

«Anche tu non sei convenzionale. Sei l'unica che non mi ha guardato in modo strano e si è interessata a me veramente.»

«È proprio per questo che voglio aiutarti!»

23   Dimenticami come un cane abbandonato

Il primo canile era quello più vicino al parco.

Cloe era stata di parola e aveva insistito per accompagnarmi. I suoi amici mi avevano squadrato per bene da lontano mentre lei spiegava dove saremmo andati e perché. Poi il suo sorriso aveva rassicurato tutti. Io avevo solo fatto un gesto di saluto con la mano, qualcuno di loro aveva ricambiato.

Camminavamo a passo svelto. Cloe controllava la strada dal telefono e mi aveva già spiegato che, in caso di esito negativo, per raggiungere l'altro canile avremmo dovuto prendere l'autobus. Non parlava molto, forse era nuovamente in un'altra delle tante dimensioni dei suoi pensieri.

Io tenevo il guinzaglio rosso di Max, che, di quando in quando, rallentava per annusare qualcosa o raccogliere qualche rametto che portava a spasso felice e lasciava andare solo per prenderne uno più grande o più lungo. A vederci da fuori forse sembravamo una coppia qualsiasi che passeggiava con il cane.

Il canile era un casermone di cemento bianco dai muri malandati. Da fuori si sentivano almeno dieci cani distinti abbaiare a tratti.

All'ingresso era presente una piccola scrivania con un computer fisso, visibilmente datato, e alcuni fogli. Alla postazione non c'era nessuno.

Dall'ingresso si snodava un lungo corridoio ai cui lati erano presenti degli spazi larghi circa un metro e lunghi due, separati da una rete metallica. In ogni gabbia c'erano almeno due cani.

Nelle più affollate, con cani di taglia più piccola, ve ne erano quattro o cinque. Alcuni di quelli vicino all'ingresso avvicinarono il muso alle sbarre facendo scodinzolare la coda. Era come se dicessero *portami via da qui, portami con te*. Altri non si erano mossi affatto, immobili nei loro cuscini usurati, ma ci seguivano con la coda degli occhi. Forse avevano visto troppe volte persone arrivare, sorridere teneramente, magari accennare ad una carezza, poi passare oltre lasciando la loro condizione sempre uguale.

Max abbaiava in modo discontinuo e dai suoi movimenti sembrava nervoso. Forse non riusciva a spiegarsi tanta tristezza negli occhi dei suoi simili in quel luogo. Oppure non gli piaceva quello che gli stavano comunicando gli altri cani.

Finalmente qualcuno si accorse della nostra presenza. Fu Cloe a ridestarmi dai miei pensieri, dandomi un colpetto sul braccio: «Remo, arriva qualcuno.»

«Salve ragazzi. Come posso aiutarvi? Volete vedere i trovatelli?»

«Ciao. In realtà siamo qui per un altro motivo. Stiamo cercando una ragazza di nome Viola che forse lavora qui o aiuta come volontaria. Ti dice niente?»

«Viola? No, non credo. Non siamo molti qui e conosco bene tutti. C'è una ragazza che si chiama Valentina che ogni tanto viene qui. Capelli rossi, alta.»

«No, direi che non è lei. Grazie lo stesso.»

«Figuratevi. Mi dispiace non poter fare di più. Arrivederci ragazzi.»

«Grazie, arrivederci.»

Max ritornò a essere più sereno fuori dal canile.

Una possibilità era stata svanita in fretta e le probabilità di ritrovare Viola si riducevano al cinquanta percento.

Il bus era pieno come sempre a quell'ora. Eravamo in fondo, in piedi. Alcune persone vicino a noi spostavano ripetutamente gli occhi su Max e su Cloe che lo teneva ben fermo tra le sue gambe. Le loro facce grugnite facevano trasparire che non tolleravano affatto la presenza dell'animale, forse alcuni avevano paura che con uno scatto nervoso potesse attaccarli senza alcun motivo.

Una signora anziana alla fermata successiva si alzò dal suo posto sbuffando e si fermò sei file più avanti, chiedendo in silenzio, con gli occhi fissi e intensi, il posto a sedere a un ragazzo che glielo cedette senza esitare.

La visione di volti così differenti tra loro in uno spazio ristretto mi aveva sempre affascinato.

La massa appariva poco omogenea. Si distinguevano colori, trascorsi, sogni, stati d'animo, pensieri e preoccupazioni completamente differenti. Eppure, era un quadro che si prestava bene a rappresentare la vita e le sue fasi.

Quelli che oggi erano in piedi, saldi nella certezza delle loro gambe, dopo si sarebbero retti a fatica aiutandosi con le mani. Un domani, poi, con la schiena leggermente piegata, sarebbero stati seduti nel posto ceduto a tempo zero da uno sconosciuto. Infine, non avrebbero potuto più prendere l'autobus, troppo stanchi e troppo acciaccati per stare in mezzo a quella mischia a cui sentivano di non appartenere già più.

Troppo spesso guardiamo l'autobus solo come un mezzo noioso e lento. Qualcosa che siamo costretti a prendere per spostarci, perché non possiamo permetterci un'automobile o siamo stanchi di guidare. Invece è proprio in spazi come questi, apparentemente insignificanti e un po' sporchi, che, fermandomi un istante a pensare, posso sentire dentro di me un flusso fatto di mille domande sul futuro e sui rimpianti del passato. Uno sguardo alle generazioni che mi hanno preceduto e a quelle che sono venute dopo di me.

Una generazione di mezzo con troppe domande senza risposta, sogni lontani e una sensazione di amaro e dolciastro in bocca. Una generazione con la guerra dentro, in un tempo che corre più veloce di un fulmine. Con tanto ancora da fare e da dare.

Chissà se, immersa nei suoi pensieri, anche Cloe, pur con qualche anno meno di me, stava pensando alla sua guerra personale o ai suoi sogni. Gli occhi smeraldo si perdevano nel nero folto della pelliccia di Max. Il suo sorriso celava una tristezza infinita. I capelli le coprivano leggermente il viso impenetrabile. Sfumature di sé che forse non aveva mai raccontato a nessuno, striature corallo incastonate in uno smeraldo verde luminoso.

Il corallo mi diede un leggero tocco sulla spalla per avvisarmi che la prossima fermata sarebbe stata la nostra. Guardandola meglio, dopo quel contatto insignificante, ebbi la sensazione che celava dentro una bellezza non comune, invisibile agli occhi.

Le cose viste dal riflesso di quegli occhi smeraldo apparivano con una patina nuova e assumevano nuovo significato. Anch'io, tuffandomi dentro, vedevo un Remo diverso, come migliore. Forse era solo una sensazione derivante dal ricevere un sorriso senza motivo, ed essere aiutati senza alcuna ragione o alcuno scopo. Cloe era capace di una magia che avevo vissuto e visto raramente. Una magia di cui il mondo faceva troppo spesso a meno.

Il secondo canile era in uno spazio più ampio e aperto del primo. L'abbaiare era continuo e con tonalità tutte differenti tra loro. In mezzo si distingueva perfettamente una sorta di ululato, simile a quello di un lupo.

Questa volta fu Cloe a parlare inizialmente alla ragazza all'ingresso, senza alcuna ragione. Non c'era un perché, era così e basta, come il perché fosse lì.

«Ciao, sono Cloe e lui è Remo.»

«Ciao, sono Marta. E come si chiama il nostro simpatico amico a quattro zampe?»

«Lui è Max, ma ti consiglio di non dargli troppa confidenza. Il suo sport preferito è farsi coccolare da sconosciuti per ore. Credimi è terribile, Remo te lo può confermare!»

«Ahahah. Cosa posso fare per voi ragazzi?»

«Stiamo cercando una ragazza, un'amica che non vediamo da un po'. Sappiamo che lavora o dà una mano in un canile, ma non sappiamo quale con esattezza. Non è che per caso la conosci o ne hai sentito parlare? Si chiama Viola.»

«Ha i capelli e gli occhi scuri e un cane che si chiama Charlie» aggiunsi.

«Sì, Viola. È abbastanza conosciuta da queste parti! Viene spesso con Charlie. Perché la cercate?»

«Sì, ecco, l'abbiamo persa di vista ultimamente e dove ci incontravamo prima non la vediamo più da settimane. Siamo un po' preoccupati e non sappiamo come contattarla purtroppo.»

«Capisco. Nelle ultime settimane non l'ho vista da queste parti, però direi che non c'è nulla di strano in questo. Ultimamente veniva più di rado perché aveva altri impegni. In ogni caso sono certa che va tutto bene.»

«Possiamo avere un suo contatto, un numero di telefono?»

«Beh, temo di non essere autorizzata a darvelo. Però posso provare a chiamarla adesso, dire che siete qui e magari darvi il numero se lei è d'accordo.»

«Ci faresti un enorme favore, grazie.»

«Va bene, allora provo subito.»

Cloe mi guardava con un sorriso stampato sulla faccia, come a dire: "Hai visto come siamo stati bravi, l'abbiamo trovata!" Anch'io stavo per ricambiare il sorriso evitando di arrossire, ma da buon investigatore, con la coda dell'occhio, avevo visto accigliersi il viso di Marta con il telefono all'orecchio.

«Mhmm ragazzi ho provato a chiamare il numero di Viola, ma risulta inesistente. Magari ha cambiato numero e non abbiamo ancora quello aggiornato. Se mi date cinque minuti chiedo sul retro anche agli altri ragazzi.»

«Sì, certo. Remo, inizio a credere che tu sia proprio sfortunato.»

«Eh, chiamala pure col suo nome, sfiga.»

«Mi dispiace ragazzi, anche gli altri hanno questo numero di telefono. Volete lasciare una nota, un messaggio? Dovrebbe venire almeno un paio di volte nelle prossime settimane se ricordo bene.»

«Se possibile lascio un messaggio e il mio numero, così eventualmente può chiamarmi.»

«Certamente, tieni, carta e penna.»

Presi il post-it arancione e scrissi di getto.

Viola, non ho più visto te o Vittoria al parco e ho una brutta sensazione che non riesco a spiegarmi. Chiamami quando ricevi questo biglietto per favore, voglio solo sapere se state bene. Questo è il mio numero di telefono.

Dopo aver ringraziato ancora Marta, eravamo usciti dall'edificio. Le nostre espressioni erano soddisfatte, ma amareggiate allo stesso tempo. L'imprevisto del numero inesistente ci aveva fatto fare dieci passi indietro.

«È diventato più complicato del previsto.»

«Lo so, Cloe, però almeno abbiamo trovato il canile giusto.»

«Non ci voleva proprio questa storia del numero.»

«In fondo poteva andare anche peggio di così. Pensa se avessi avuto il numero e non avessi saputo del canile. In quel caso non ci sarebbe stato nessuno a cui dare un biglietto.»

«Anche questo è vero. Comunque io devo ritornare a casa adesso. Devo vedere i miei amici, quelli che prima erano al parco. Per caso ti va di venire? Ti prometto che lascio Max con i miei, così non ti stresserà con richieste di carezze e grattini di continuo.»

«Grazie Cloe, non mi sento molto in vena in verità. E non vorrei approfittare ancora di te per oggi.»

«Va bene, capisco che ti va di stare un po' da solo. Scambiamoci i numeri se vuoi, così non dovrai chiedere di me a perfetti sconosciuti per ritrovarmi, affiggere cartelloni pubblicitari con il mio nome per tutta la città o suonare a ogni campanello!»

«Sì, sono d'accordo, già questa esperienza può essere sufficiente. Sei stata fantastica oggi. Non sai quanto ti sono grato per avermi accompagnato.»

«L'ho fatto volentieri. È stato come vivere una piccola avventura. Ci vediamo presto Remo. Non metterti nei guai mi raccomando.»

Vidi Cloe salire sull'autobus ed essere subito assorbita tra le altre persone prima che le portiere si richiudessero.

Le luci dei lampioni si erano appena accese. La strada era semideserta. Io avevo voglia di camminare almeno un altro po'. Casa era troppo lontana rispetto a dove mi trovavo, ma avrei raggiunto almeno la fermata successiva o quella ancora più lontana. Forse mi avrebbe aiutato a schiarire un po' la mente.

Durante la settimana, dopo il lavoro, ero andato quasi tutti i giorni al canile. Le prime due volte ero rimasto fuori seduto sui gradini di quella che doveva essere una vecchia fabbrica in disuso, di cui ormai rimaneva un palazzone vuoto con le finestre barrate da assi di legno marcio. In ogni caso non sarei riuscito a fare molto altro a casa o in qualche altro posto. Pensavo a Viola e al numero non più esistente. Anche se mi sforzavo di concentrami su altro, la deriva mi portava sempre nella stessa zona. A volte immaginavo scenari terribili, poi serravo le palpebre facendo respiri profondi e cercavo di chiuderli a chiave in un cassetto della mia testa, quello che è meglio non aprire.

Ogni tanto mi ritornava in mente Cloe. Quando guardavo le stelle pensavo alle sue lentiggini chiare.

Un pomeriggio Marta mi aveva visto mentre entrava al canile. Mezz'ora dopo era uscita per fumare una sigaretta e mi aveva fatto un cenno con la mano. Poi era venuta verso di me, per chiedermi cosa stessi facendo da quelle parti, anche se lo sapeva benissimo.

«Non ti avevo riconosciuto all'inizio. Poi quando sono uscita e ti ho visto ancora qui sono riuscita a metterti a fuoco meglio. Remo vero? Cosa fai da queste parti, abiti qui vicino?»

«In realtà no, non avevo voglia di stare a casa e sono venuto qui. Forse speravo di vedere Viola passare di qui prima o poi. Non l'hai sentita o vista vero?»

«No, purtroppo no. Non è ancora passata. Senti, ma invece di stare qui fuori perché non vieni dentro. Ti offro un succo di pompelmo se ti va e ti porto a vedere qualche cagnolone. Magari ti viene la voglia di prenderne uno.»

«Per il succo può andare, per il cane la vedo molto difficile. Però sarei curioso di sapere che aspetto ha il cane che sento ululare. Anche la prima volta l'ho sentito chiaramente.»

«L'abbiamo chiamato Boris. Il ragazzo che si è preso cura di lui è affascinato dalla terribile storia di Chernobyl e sceglie sempre nomi che hanno a che fare con la tragedia. Valery, Anatoly, Vasily, Nikolai, Vladimir, alcuni non so nemmeno come pronunciarli. Sembra di essere in un canile russo. Pensa che abbiamo avuto anche un cane chiamato Chernobyl. Comunque, Boris è un cane lupo cecoslovacco. Molto più simile a un lupo in realtà. Hanno un carattere molto particolare e a volte può essere difficile stabilire un legame con loro.»

Le gabbie erano disposte all'estremità dell'enorme piazzale rettangolare. La copertura in lamiera era l'unica protezione da pioggia e vento. In ognuna c'era quasi sempre più di un cane di dimensioni simili.

Il cane lupo era da solo. Era seduto e gli occhi erano chiusi mentre ululava. Quando ci sentì arrivare, aprì gli occhi e rimase in silenzio.

Marta parlava e parlava, di cani, razze, nomi russi e curiosità, ma non la stavo veramente ascoltando.

Percepivo una brutta sensazione.

D'un tratto mi sentivo anch'io solo, rinchiuso, abbandonato.

Ero un cane lupo, troppo distante per appartenere fino in fondo all'uno o all'altro mondo. Addomesticato per essere fedele, ma che si sente libero per propria natura. Che sogna un branco lontano da uomini e reti metalliche. Lontano da città e cemento artificiale. Ululavo quando ero solo e stavo in un silenzio di ribellione quando qualcuno veniva ad osservarmi, credendo forse di avere di fronte un animale come gli altri.

Ero in una cella di un metro per due.

Non avevo vestiti addosso e sentivo freddo.

Il pavimento di cemento era gelido e aveva segni di graffi ovunque. A terra c'era una ciotola semivuota con dell'acqua di un colore giallastro, che sembrava a dir poco lurida, con insetti e rimasugli di cibo che galleggiavano.

Marta era nella gabbia adiacente alla mia destra, seduta a quattro zampe. Era nuda, i capelli completamente spettinati, irriconoscibile. Mi guardava e abbaiava di continuo.

«Woof woof woof.»

Non riuscivo a capire cosa dicesse, ma dalla sua faccia non sembrava niente di particolarmente importante.

Tutte le altre gabbie erano piene di persone nude. Alcune erano rannicchiate in un angolo e si tenevano le ginocchia con le braccia. Piangevano, le lacrime erano sparse per terra. Altre si grattavano di continuo nelle spalle o nella pancia, avevano la pelle arrossata e sanguinante. Qualcuno sbatteva la faccia sulla rete metallica e poi cercava di scuoterla con le mani, utilizzando ogni briciola di energia in corpo.

Marta continuava senza sosta.

«Woof woof woof woof.»

«…ed è per questo che alla fine è finito in questo posto. Sai non è colpa sua. Questa razza sta andando molto di moda, ma non è un cane per tutti. Anzi, di fatto, è un cane per pochi. Richiede molta pazienza e impegno. Molti proprietari, quando si rendono veramente conto delle implicazioni e del tempo richiesto per l'addestramento, finiscono per stancarsi e li abbandonano oppure li portano in strutture come questa. Mhmm stai bene? Sei pallido, come se avessi appena visto un fantasma.»

«Sì sì, scusami sto bene. La storia che mi hai raccontato mi ha fatto pensare ad altre cose.»

«Mhmm, va bene. Comunque, è molto bello, vero, Boris?»

«Sì, mi fa pena vederlo rinchiuso così.»

«I cani quando vengono abbandonati soffrono come le persone. Anzi secondo me anche di più, perché non riescono fino in fondo a capire il perché di quello che è successo. Boris non si lascia ancora avvicinare da nessuno. Con gli altri cani non ha problemi, gli umani invece gli stanno poco simpatici. Tutto a causa dei suoi vecchi proprietari. A volte penso che cosa proveremmo noi a stare così, chiusi e fermi per giorni e giorni in quelle gabbie.»

«Già, me lo chiedo anch'io.»

24   Dimenticami come un accendino finito

Le notti inquiete di quei giorni spesso mi sorprendevano pensieroso a guardare fuori dalla finestra. Fissare il telefono in attesa di una risposta si era rivelato inutile anche questa volta e quindi rivolgevo lo sguardo alla vita fuori.

La strada era inanimata e fredda. Un quadro statico spezzato solo dalle figure solitarie e pensierose che uscivano a prendere una boccata d'aria e si ritrovavano a inalare i fumi tossici e calmanti di una sigaretta.

Ci sono alcune persone che tirano avanti a caramelle e sigarette. Hanno bisogno sempre di qualcosa tra i denti o in bocca per non far prendere il sopravvento al mostro dentro di loro.

L'uomo con la giacca che passeggiava lentamente in strada aveva aspirato velocemente la sua medicina. Dopo l'ultima boccata aveva guardato qualche secondo la sigaretta, forse pensando che era proprio un peccato che la sua durata fosse così breve. Poi, con uno schiocco di dita, l'aveva catapultata in strada ancora accesa. Per fortuna però, c'era ancora mezzo pacchetto a cui attingere. Aveva estratto un'altra sigaretta, ma l'accendino si stava rifiutando di collaborare. L'uomo, ormai spazientito, rivolgeva bestemmie e maledizioni a Dio, al mondo intero e a tutti gli esseri viventi. Per sua fortuna dalla strada deserta apparve poco distante un uomo che portava a spasso un cane. In bocca si trovava la risposta ai suoi problemi: una sigaretta accesa. L'uomo con la giacca, non appena lo vide, non perse tempo e si diresse a passo svelto verso il suo salvatore. I due si scambiarono qualche parola, poi l'accendino funzionante passò di mano e la sigaretta finalmente si accese.

L'uomo con il cane proseguì per la sua strada, ma non centrò la tasca del cappotto grigio e l'accendino precipitò a terra. Sarebbe rimasto lì, abbandonato, fin quando qualcuno non lo avrebbe raccolto o buttato.

L'uomo con la giacca non si era accorto della scena, era solo contento di aver trovato un amico nel momento del bisogno, a quell'ora e in una strada deserta. Aveva continuato per la sua strada e rallentato solo un momento vicino a un cassonetto per gettare il maledetto accendino finito.

Anch'io spesso ero stato un accendino…

Gli amori non sono tutti uguali.

Alcuni sono timidi e silenziosi, altri scricchiolano come un vecchio pavimento di legno sconnesso. Ci sono quelli assordanti come una granata. Solo pochi suonano come una sinfonia.

Alcuni amori sono destinati a essere brevi, sono labili e si dissolvono al tocco. Oppure sono precari, piccoli e grandi castelli di sabbia che si sgretolano dopo un soffio di onda. Altri durano tutta una vita. Quelli fulminei nascono e muoiono nello stesso istante: è sufficiente uno sguardo per innamorarsi inconsapevolmente e dimenticarsene poi con un battito di ciglia. Ci sono quelli che hanno la durata di una sigaretta o finiscono con una sigaretta, dopo una scopata.

Spesso per me, le storie d'amore avevano avuto la durata di un accendino, quasi sempre appartenente a un fumatore incallito. Quando non serve più al suo scopo, oppure lo dimentichi da qualche parte e non riesci più a trovarlo, ne prendi un altro, magari più colorato, funzionale o semplicemente diverso da quello che avevi precedentemente. In fondo quell'accendino usato ti aveva già stufato da un pezzo e attendevi solo che si esaurisse.

Sono stato il filtro tossico della sigaretta accesa, fumata per intero o solo a metà, e poi buttata via in un tombino per strada.

Sono stato il fumatore incallito senza una marca preferita.

Sono stato l'accendino dimenticato di qualcun altro o buttato via troppo presto.

Sono accostamenti in realtà solo letterali perché non ho mai fumato. Il fumo di qualsiasi sostanza mi dava fastidio. In bocca lasciava una sensazione poco piacevole, ma soprattutto le narici si ribellavano istantaneamente a quell'odore tossico e innaturale.

Nonostante la ribellione da fumo, c'era stato un tempo in cui, per circa quattro mesi, avevo aspirato fumo passivo dalla bocca di Sara. Era la seconda ragazza di nome Sara con cui avevo una storia. Le sue labbra rosse e carnose mi risucchiavano in un vortice violento e la sua lingua mi trascinava giù in una voragine senza fine. I suoi baci erano un mare in tempesta che facevano passare in secondo piano il retrogusto amaro di nicotina pesante.

Sara mi aveva trasformato in un tossico da fumo passivo. I capelli lunghi castani erano spesso portati sciolti e quando venivano animati dal vento rilasciavano un profumo di pesca e sembravano avere vita propria. Gli occhi per metà ambra e per metà verde erano lo specchio della sua natura ambivalente, calma e tempestosa: amore e odio, passione e noia si alternavano rapidamente senza una logica ben precisa. Spesso il passaggio da uno stato all'altro, o forse, da una personalità all'altra, si concretizzava con l'atto di accendere una sigaretta.

Sara era una cacciatrice e il mondo la sua preda. Quando voleva qualcosa faceva di tutto per ottenerla. Quando desiderava qualcuno l'afferrava con artigli felini. Tra di noi il leone era senza dubbio lei. Io ero una gazzella ancora cosciente che si faceva divorare lentamente. Vedevo la ferita diventare sempre più ampia e il sangue scorrere lentamente, ma non opponevo alcuna resistenza. Con gli stessi artigli era pronta poi a graffiare, riaprire ferite, lacerare corpo, anima e tagliare in modo netto i rapporti, proprio come aveva fatto con me. Non c'era alcun motivo logico, nessuna spiegazione complessa. Sara aveva ormai perso interesse per me e probabilmente aveva già in mente il prossimo accendino per infuocare le sue sigarette.

Dopo di lei ogni altro bacio sarebbe passato in secondo piano. Non avrei più avuto baci così tempestosi. Quelle labbra che mi avevano stregato per quattro mesi avevano lasciato, oltre al sapore di tossico, anche il rimpianto di non aver assaporato appieno ogni istante: vivere l'oggi come se non esistesse alcun domani. Forse avrei dovuto staccarmi meno spesso da quelle labbra, forse avrei dovuto morderle leggermente per ricordarmele meglio.

La prima ragazza di nome Sara era stata la mia prima storia d'amore. L'avevo amata e poi odiata. Era stata la persona che avevo abbracciato di più, con cui avevo condiviso risate e lacrime, sogni e incubi.

Per la prima volta avevo vinto le mie paure. Avevo deciso di sciogliere la superficie ghiacciata del mio cuore per mostrare il suo interno a me stesso e a qualcun altro.

Non importa quanto il mare possa sembrare dolce e quieto, una tempesta di acqua e sabbia improvvisa può trasformarlo in un deserto di fango, in cui si può solo affogare.

I baci divennero di un sapore amaro e sconosciuto. Le carezze scomparvero e gli abbracci apparivano sempre più simili a rigide tenaglie pronte a soffocare. Quella intesa naturale e speciale era appassita. Per tre mesi sospetti, confusione, rabbia, tristezza, gelosia, incomprensione e risentimento si arrampicarono sulla collina scoscesa con mani doloranti e piene di calli. Un giorno, finalmente, la punta della collina apparì senza nebbia e scoprii che la dolce e amata Sara mi tradiva con un altro.

Il tradimento è lo stupro dei sentimenti.

E così, la ragazza con cui avevo fatto per la prima volta l'amore, mi aveva frantumato il cuore in mille piccoli pezzi: distrutto. L'avevo odiata tanto e avevo odiato più di tutto me stesso per essere caduto nella trappola senza accorgermene nemmeno. L'avevo odiata ancora e poi l'avevo seppellita insieme alla rabbia. L'avevo fatta diventare piccola, insignificante e indifferente.

Dopo qualche tempo, aveva cercato di ristabilire i contatti più e più volte, forse per il senso di colpa, per un ritorno di fiamma, oppure per altri motivi, ma non avevo mai risposto.

La superficie era di nuovo ricoperta da uno strato di ghiaccio spesso e resa invisibile agli occhi.

Quel nome sarebbe venuto a cercarmi almeno un'altra volta. Come una maledizione che resiste agli anni e agli eventi. Come un fantasma a cui hai fatto un torto o una buona azione e viene a cercarti, per ringraziarti o darti il ben servito.

Ci sarebbe stata, infatti, un'altra Sara.

La conobbi per caso attraverso amici comuni, ma in un momento della nostra vita in cui entrambi non eravamo pronti a rischiare di farci male o peggio di innamorarci. Seppellivamo i nostri sentimenti in fondo a buche che ci sembravano profonde e in realtà erano mal ricoperte. Bastava infatti guardarci negli occhi per qualche istante più del solito per farci tremare e sperare allo stesso tempo. Ogni volta però, tornavamo a nasconderci, sperando forse in un raggio di sole che non ci avrebbe mai illuminato insieme.

Diventammo buoni amici per qualche anno, poi ci allontanammo, trascinati dalla corrente per non incontrarci più. Avrei pensato a lei ancora e ancora, come a quell'oasi nel deserto che in realtà è irraggiungibile oppure è solo un miraggio, ma il cui pensiero è dolce anche se con sfumature di rimpianti.

Ognuno di noi ha tre Sara.

Quella che ti trascinerà nella tempesta, per poi travolgerti.

Quella con cui farai l'amore per la prima volta.

Quella da cui ti nasconderai.

Forse c'è anche quella che non incontrerai mai.

25   Dimenticami come la pioggia d'estate

I giorni erano passati estremamente lenti. L'unica distrazione era il lavoro che risucchiava tutte le mie energie mentali e mi impediva fortunatamente di pensare ad altro.

Il tardo pomeriggio e la sera mi perdevo a fissare il telefono. Forse, qualche volta, preso dall'eccessive aspettative avevo anche ripetuto a bassa voce «Squilla, squilla, squilla» muovendo le mani come uno stregone, ma non aveva funzionato. Mi aveva solo fatto sentire un po' stupido e un po' matto. Allo stesso tempo anche divertito; queste situazioni viste da un'altra prospettiva erano semplicemente buffe.

Ero andato un paio di volte al canile, ma non c'era stato alcun aggiornamento. Non avevo incontrato Marta e in parte ne ero sollevato, considerando le strane immagini a cui avevo pensato l'ultima volta che avevo parlato con lei. Forse vedendola l'avrei immaginata nuovamente a quattro zampe, nuda e in gabbia. Uno psicologo avrebbe probabilmente pensato che questa visione derivasse da una mia strana perversione. E chissà, che cosa avrebbe detto di tutti gli altri pensieri che si agitavano sfuggenti senza meta.

Qualche volta ero andato anche al parco, ma dopo cena per fare due passi e farmi rinfrescare dalla leggera brezza serale. Le giornate avevano ormai una tonalità estiva e il piccolo appartamento poteva diventare una fornace. Le finestre ben spalancate non miglioravano la temperatura e accendere il ventilatore da quattro soldi finiva per peggiorare la situazione; di fatto non faceva altro che spostare aria calda da una parte all'altra.

Oggi era stato un giorno più fiacco del solito. Si prospettava una serata a base di pizza e film. Ero ancora molto indeciso sul genere e stavo soppesando qualche titolo che avevo adocchiato da qualche tempo. Di solito odiavo guardare i trailer, perché troppo spesso mostravano scene così significative che devastavano la curiosità di vederlo integrale. Nel caso di un film comico, poi, le scene più divertenti si trovavano già nel trailer e ne rovinavano l'effetto sorpresa durante la visione. Per questo motivo, la maggior parte delle volte, mi affidavo solamente all'istinto, valutando il titolo e la copertina del film, o, nel dubbio ai primi fotogrammi del trailer. Il mio istinto però faceva acqua da tutte le parti e almeno una volta su tre mi ritrovavo a guardare film di cui avrei potuto benissimo fare a meno. Però mi andava bene così, preferivo correre il rischio e a volte mi ritrovavo a guardare film che, a una prima valutazione più approfondita avrei bocciato subito, e invece si rivelavano interessanti.

Poi il telefonino squillò. Un numero sconosciuto. Pensai subito "Viola! Finalmente dopo dieci giorni!" e risposi: «Sì, pronto Viola?»

«Signor Remo? Pronto? Parlo con il signor Remo?»

Non era la voce che mi aspettavo. Prima di tutto era maschile. Poi era squillante all'inverosimile e alquanto fastidiosa. Forse in fondo, non era così fastidiosa tutto sommato, però la falsa speranza che aveva innescato la rendeva odiosa.

«Sì, sono io, mi dica.»

«La chiamo perché volevo parlarle di un'offerta telefonica molto conveniente, destinata solo a pochi clienti. Lei è stato tra i pochi selezionati, è molto fortunato...»

Molto fortunato un corno, avrei voluto dire, ma non dissi nulla. La voce continuava a parlare e parlare, di prezzi, di regali, di cose incluse e di altre possibili solo con un piccolo sovrapprezzo. Soprattutto, che ore erano? Le sette passate da un pezzo...perché chiamare a quest'ora? Magari era solo un povero cristo le cui commissioni erano legate al numero di contratti che riusciva a chiudere o al numero di chiamate che riusciva a fare.

Sicuramente era molto difficile anche per lui indossare la voce del venditore simpatico ed energico. Non avrei sottoscritto nessuna offerta, sarebbe stato inutile fargli perdere altro tempo. Anche se, allo stesso tempo, non volevo essere scortese.

«…ed è solo una prova gratuita. Il contratto inizia dopo il quindicesimo giorno, se eventualmente non è soddisfatto può disdire tranquillamente tutto. E inoltre è compresa...»

«Mhmm, scusi se la interrompo, però non voglio farle perdere altro tempo.»

«Mi lasci dire, l'offerta è veramente conveniente e riservata solo a poc...»

«Sì, guardi ho capito di cosa si tratta e la ringrazio, ma non sono interessato. Le auguro una buona serata.»

All'altro capo del telefono non si sentiva più nulla, il tipo simpatico aveva già riattaccato senza neanche un "buonasera". Di certo non aveva gradito l'essere interrotto.

Dopo qualche minuto, il telefono squillò nuovamente. Un altro numero sconosciuto. Questa sera i call center mi avevano proprio preso di mira, chissà cosa volevano vendermi questa volta. Immaginavo già la promozione per l'apertura di un nuovo conto corrente, la sottoscrizione di una carta di credito oppure, il classico da qualche mese a questa parte, l'iscrizione alla piattaforma di trading online. Lo feci squillare un paio di volte, poi risposi con entusiasmo e aspettative decisamente inferiori rispetto alla prima volta.

«Pronto?»

«Remo?»

«Sì, guardi ho già ricevuto una chiamata prima. Se vuole propormi un'offerta, un affare, una piattaforma di investimento o qualcos'altro non sono interessato al momento e non voglio farle perdere tempo.»

«Remo?»

«Sì, esatto, è il mio nome.»

«Sono Viola.»

«Viola? Viola! Ciao, scusami pensavo fossi qualcun altro.»

«Sì, avevo capito. Sono andata al canile questo pomeriggio e ho ricevuto il tuo biglietto.»

«Come stai? Non ho più visto te o Vittoria.»

«Mhmm, diciamo che va un po' così in questi giorni. A proposito, devo parlarti, ma meglio di persona. Ti dispiace vederci al parco domani? Io non riesco prima del tardo pomeriggio, sicuramente dopo le sette.»

«Sì, certo, prima non potrei neanche io con il lavoro. Va tutto bene, Viola?»

«Non proprio, ti spiego domani. Adesso devo andare, scusami. Ciao.»

«Ciao.»

Rimasi a guardare il telefono qualche minuto non sapendo bene cosa pensare, dopo tutta quell'attesa mi aspettavo di certo una chiamata diversa. Sicuramente contornata da frasi del tipo "Come sei riuscito a sapere del canile?" oppure "Perché mi hai cercata? Ci conosciamo a malapena!" o un secco "Lasciaci in pace". Invece nulla di tutto ciò.

La voce di Viola sembrava stanca, provata. Forse era per quel motivo che non avevo riconosciuto subito la sua voce quando aveva risposto. C'era sicuramente qualcosa che non andava bene. Perché voleva parlarmi di persona? E di cosa? Doveva essere qualcosa su Vittoria. Forse quel déjà-vu e tutti gli incubi non erano stati, come temevo, solo orrori casuali e suggestioni della mia mente.

Il flusso di domande era intervallato da un ticchettio proveniente dalla finestra. Prima leggero, poi sempre più insistente. Aveva iniziato a piovere.

Mentre guardavo le pozzanghere formarsi sulla strada e nei cortili delle case, immaginavo che fossero così profonde da potermici tuffare e nuotare. Forse, se fossi riuscito a trattenere abbastanza il fiato e andare nella direzione giusta, avrei attraversato grotte segrete e sarei sbucato da un'altra parte, in un'altra città o addirittura in un'altra dimensione. In fondo, la pioggia non è che un'altra forma di mare. Le onde arrivano, ma ti investono in verticale come cadute dal cielo. E se non hai un ombrello rischi di diventare mare tu stesso. Secondo questa nuova prospettiva il cielo in realtà altro non è che un abisso. Un mondo sottosopra che ci stupisce e ci inganna allo stesso tempo.

La raffica di onde dal cielo avrebbe continuato a colpire le case fino al mattino, accompagnata dalla luce accesa dei lampi e dal latrato imponente e ripetuto dei tuoni che sovrastavano ogni suono, come l'abbaiare perpetuo di un branco di cani furiosi. Di colpo era piombata una notte d'inverno. Faceva freddo e anche il vento riaffermava la sua supremazia.

Il calo della temperatura sarebbe stato accolto come un miracolo divino e avrebbe garantito il sonno, ma non quella sera. Non riuscivo affatto a prendere sonno. Il cervello non ne voleva sapere di andare in standby. La pioggia era diventata un rumore insopportabile: era come se riuscissi a percepire ogni esplosione delle gocce sulle tegole, sui vetri, sulle foglie, sull'asfalto. Sentivo tutto, nonostante i tentativi di tappare le orecchie o attorcigliare stretto stretto il cuscino per coprire tutta la testa, come un boa bianco intento a stritolarmi.

Poi non udii più nulla, silenzio per qualche secondo. Dopo, il rumore riprese e fu peggio di prima. Era come se le gocce dopo aver sfondato il soffitto mi cadessero addosso. Una dopo l'altra, kamikaze gelidi sulla fronte a bombardarmi senza sosta. Una tortura. Ero così stanco, anche se sembrava tutto così reale, forse la mia immaginazione mi stava giocando un brutto scherzo. L'umido sulla fronte? Forse era solo sudore! Magari avevo nuovamente la febbre. Sperai solo che non si realizzasse una nuova sequenza di scene e personaggi deliranti, proiezione delle mie paure più profonde.

Il mattino dopo aprii gli occhi pesanti come macigni. Rimasi poi incredulo qualche minuto a guardare il soffitto. C'era veramente uno squarcio e tante crepe intorno con delle macchie opache. Apparentemente era tutto frutto di una perdita di un tubo dal piano di sopra, una giuntura aveva ceduto, disintegrata.

Era folle, esilarante e poetico allo stesso tempo sapere che non riuscivo più bene a distinguere tra realtà e immaginazione. Chissà se esisteva davvero una ragazza di nome Vittoria o era stata frutto di immaginazione.

Di certo ero sulla buona strada per fondare un mio Fight Club personale. Anche se così avevo già infranto la prima regola.

Non parlate mai del Fight Club.

Sarebbe stata una lunga giornata.

26 Dimenticami come una brutta notizia

I problemi a lavoro si erano accumulati l'uno dopo l'altro e mi avevano tenuto schiavo più tempo del previsto. Quando mancavano quindici minuti alle sette avevo deciso di spezzare le catene e rimandare tutto al giorno dopo, non volevo far attendere Viola.

Ero andato direttamente al parco. Il cielo era pieno di venature grigio scuro e sembrava pronto a scaricare la sua ira su noi, poveri mortali, ma secondo gli scienziati del meteo non avrebbe piovuto e dal giorno dopo sarebbe tornato di nuovo il caldo infernale.

Viola era già lì. Poggiata con la schiena ad un albero accanto alle panchine proprio dove avevamo parlato l'ultima volta. Lo sguardo chino verso terra. Era da sola, non c'era l'ombra di Charlie.

Fece un sussulto quando mi vide di fronte a lei; non si era accorta del mio arrivo.

«Ciao Viola.»

«Ciao Remo, scusami, non ti ho sentito arrivare. Sono un po' stanca ultimamente.»

«Ho percepito ieri che qualcosa non andava dal tuo tono di voce. Come stai?»

«Io sto bene. Vieni sediamoci, forse è meglio.»

«È successo qualcosa a Vittoria vero?»

«Sì, Remo.»

Le lacrime iniziarono a rigare il suo viso in modo copioso. Non riuscì a dire nulla per minuti che sembrarono interminabili. Le mie mani si erano poggiate delicatamente sulle sue spalle, cercando di confortarla per qualcosa che ancora non sapevano. Viola mi strinse forte a sé e pianse.

Questa era la seconda volta che parlavamo, ma percepivo tutte le sue sensazioni ed era come se scorressero vive in me: paura, rabbia, delusione, odio, tristezza, disperazione.

Le accarezzai piano i capelli senza dire nulla.

Lasciò andare tutte le lacrime che forse aveva trattenuto fino ad allora, poi le sue parole singhiozzate spezzarono il silenzio, come un fulmine che spezza in due una quercia secolare.

«Sta per morire.»

Sta per morire. Era come se mi fosse esplosa una granata nelle mani. Dopo non sentii più nulla. Il fulmine mi aveva trapassato da parte a parte, lasciando solo un mucchietto di niente. I frammenti taglienti di quelle parole mi avevano stordito ed erano penetrati all'interno. Sentii il respiro farsi sempre più pesante, fino quasi a soffocare.

«Perché?»

Viola parlava a tratti. Era in stato confusionale. Non aveva ancora assimilato che cosa stesse succedendo all'amica di sempre, a quella che per lei era come una sorella. Lo trovava ingiusto e senza senso. Soprattutto non poteva accettare il fatto di essere impotente. Anche se avesse voluto non avrebbe potuto cambiare gli eventi che si stavano delineando.

Rimettendo insieme i pezzi del puzzle che mai avrei voluto comporre, capii che Vittoria aveva una malattia autoimmune, un'epatite. Il suo sistema immunitario per cause che i medici non erano riusciti a spiegarsi, forse a causa di un'infezione oppure per fattori genetici, funzionava in maniera anomala. Delle cellule immunitarie impazzite, invece di difendere l'organismo, attaccavano per errore il fegato. Questo aveva provocato un'infiammazione progressiva al punto da creare danni permanenti e poi comprometterne quasi interamente la funzionalità.

Nelle ultime settimane le sue condizioni erano peggiorate rapidamente. Si era innescato un aggressivo effetto a catena che stava portando al collasso anche altri organi. Adesso anche i reni erano allo stremo.

I medici avevano detto che Vittoria era ormai entrata in una pericolosa spirale e che da un momento all'altro poteva avvenire la morte per collasso degli organi interni. Stavano provando di tutto, terapie non convenzionali e farmaci più forti e in dosi sempre più massicce, ma Vittoria non accennava a migliorare.

«Odio questa situazione Remo. Odio il fatto che non siamo riusciti ad accorgercene prima. Forse poteva fare la differenza. I segnali erano visibili, ma li abbiamo completamente sottovalutati. Ultimamente Vittoria era quasi sempre stanca. Non le andava di uscire, a volte le dava fastidio perfino la luce del sole. Al lavoro faceva fatica a concentrarsi e spesso doveva uscire prima perché aveva delle forti ondate di nausea. Mangiava meno del solito, diceva che non aveva fame. Eravamo convinti che fossero gli effetti prolungati della brutta influenza che aveva avuto qualche settimana prima. Il medico di famiglia dopo averla visitata le aveva dato dei farmaci più efficaci di quelli che stava prendendo, dicendole di non fare sforzi e che sarebbe migliorata in un paio di giorni. I giorni invece sono diventati settimane, poi è cominciato il calvario dell'ospedale. Le facevano test su test, prelievi e analisi di continuo, ma non ci davano alcuna risposta.»

«Mi dispiace tanto Viola. In ogni caso non devi fartene una colpa, non potevi saperlo. Ci sono cose che, purtroppo, sono più grandi di noi.»

«È stato terribile Remo. Ho visto Vittoria appassirmi davanti. Se la vedessi adesso, non la riconosceresti. Non è rimasto quasi più nulla di lei. Sembra un fantasma, solo il riflesso sfocato e distante di sé stessa.»

«I medici non possono fare niente di più? Non c'è una cura? Non ci sono ospedali all'avanguardia o attrezzati per questo genere di malattie?»

«L'unica soluzione a questo punto è un trapianto, urgente. La lista di attesa per il fegato però potrebbe richiedere troppo tempo. Anche per i casi gravi si parla di mesi. I medici ci hanno detto di prepararci al peggio. Sai, mi ripeto che le cose andranno bene, ma so che le mie speranze non faranno alcuna differenza alla fine. Non ce la faccio più a vederla così. So che il fatto di starle vicino è importante, ma mi causa un dolore e una tristezza così grande che scavano sempre più a fondo nell'anima e finiranno per svuotarla completamente.»

«Sono sicuro che il tempo che trascorri con lei invece significa molto e fa una grande differenza. Anche se per te allo stesso tempo è un grande sacrificio.»

«Non riesco neanche più a piangere, non ho più lacrime. Vittoria è più di una sorella per me. Siamo cresciute insieme, abbiamo condiviso ogni cosa, bella e brutta. Credevo che fossimo inseparabili. Sai, la settimana scorsa ho anche fatto gli esami per capire se potessi donarle il fegato. I miei genitori quando lo hanno scoperto hanno alzato un polverone, una tempesta di sabbia. Mi hanno detto che non potevo pensare di fare una cosa simile, che sì, era sicuramente un gesto nobile, ma che era pur sempre un intervento. E ogni intervento ha le sue conseguenze e inoltre è rischioso, gli imprevisti accadono. Mi hanno ripetuto che non vogliono che mi accada qualcosa di brutto, che ci sono già passati una volta con mio fratello piccolo e che non potrebbero sopportare anche solo il pensiero di perdermi. Erano sollevati quando il test ha decretato che non siamo compatibili. Io invece non sapevo come sentirmi.»

«E i suoi familiari? Non c'è nessuno di compatibile?»

«I suoi familiari?»

«Sì, i suoi genitori ad esempio intendo.»

«I genitori di Vittoria sono morti entrambi quando aveva tre anni. Forse un incidente d'auto. Non ne sono sicura perché lei non ne parla mai. I suoi genitori adottivi sono troppo in là con gli anni, anche se volessero e fossero idonei i medici non li sottoporrebbero mai a un intervento, sarebbe troppo rischioso.»

«E non ha un fratello? Mi sembrava di aver sentito qualcosa a riguardo una volta.»

«Sì, ha un fratello, è il figlio dei suoi genitori adottivi, ma neanche lui è compatibile.»

L'ora di cena era passata da un pezzo. Nessuno dei due aveva appetito. E così il tempo continuò a scorrere, noi seduti vicini e in silenzio sulla panchina. Un silenzio che diceva molto più di quanto avrebbero potuto dire delle parole distanti e che avremmo dimenticato poco dopo. Il silenzio delle speranze, dei sogni e delle stelle che vedevamo dipingere l'universo.

L'oscurità regnava sovrana e man mano le luci si spegnevano nelle case circostanti. Quando ne rimasero accese solo poche capimmo che era arrivato il momento di andare. Viola sembrava molto provata e rischiava di sentirsi male con quell'aria umida.

«Adesso devo salutarti Remo. Mi dispiace di non averti conosciuto prima.»

«Anche a me. Per quello che può contare detto da me, credo tu sia un'amica fantastica per Vittoria. Anche meglio di una sorella.»

«Grazie. Sai una cosa?»

«Cosa?»

«Credo che le saresti piaciuto. Io avrei messo una buona parola per te.»

«Posso vederla secondo te?»

L'oscurità aveva mangiato ogni cosa.

Le stelle erano un puzzle meraviglioso nel cielo scuro.

Il foro nel soffitto mi guardava tristemente. Era stato trascurato, ma non era offeso, capiva bene quale fosse il motivo. Per questo non gocciolava neanche un pochino, ma non ce ne sarebbe stato bisogno. Il viso era bagnato lo stesso.

Anche l'oscurità osservandomi aveva pietà di me questa notte. E il vento ascoltava in silenzio il mio dolore, non urlava iracondo sbattendo porte e facendo vibrare i vetri delle finestre. E il cielo mostrava comprensione paterna dando vita a una pioggia impercettibile ed elegante, che avvolgeva le case e diventava visibile passando vicino alla luce fioca dei lampioni. E adesso l'oscurità senza esitare mi tendeva una mano materna. E invece di strattonarmi come al solito, mi abbracciò dolcemente come mai prima d'ora, affinché mi addormentassi tra le sue braccia.

Affinché cullandomi potessi trovare temporanea pace.

Affinché riuscissi a pormi le giuste domande.

Affinché riuscissi a trovare delle risposte.

Affinché lasciassi andare alla deriva i miei pensieri.

Affinché finalmente dimenticassi tutto.

Tenendomi al sicuro dalla luce del giorno e dalla verità.

27   Dimenticami come le pareti bianche

Le pareti bianche. Le associazioni create nel tempo mi trasmettevano in sequenza immagini di sale d'aspetto di studi dentistici, studi medici, ospedali.

Da bambino ero terrorizzato dalle pareti bianche. Mi capitava di vedere volti, animali, demoni. Non erano veramente lì, ma quando guardavo attentamente riuscivo a distinguere forme ben definite. Si palesavano a volte buffe, a volte orribili. Dalle sfumature dello stucco e dalle imperfezioni apparivano come per magia o stregoneria. Mi capitava soprattutto in quei posti, forse perché spesso l'unica cosa che avevo davanti era una parete bianca. Solo dopo anni capii che la magia dei miei occhi aveva un nome, pareidolia, la tendenza a riconoscere forme note in immagini vaghe, poco definite.

Perché vedevo tutte quelle brutte immagini? Figure oscure, corpi straziati, volti demoniaci, creature terrificanti. Non le avevo mai viste nella realtà e forse erano il frutto delle mie paure che prendevano vita.

Una parete bianca diventava una tela bianca e rovinata in cui proiettare le immagini della mia mente.

A volte, in una parete bianca si nasconde l'ombra della morte.

A volte puoi percepirne anche l'odore.

Le pareti della sala d'aspetto dell'ospedale erano di un bianco sporco, tendenti al grigio in alcuni tratti. Le sedie erano bianche e rigide, alquanto scomode. C'erano solo alcuni posti vuoti, abbandonati dagli occupanti solo per il tempo di una boccata d'aria o di nicotina. Alcune file erano occupate da una sfilza di parenti impazienti.

Una ragazza sui vent'anni circa fissava di continuo l'orologio della parete pizzicandosi il polso, ormai di un rosso acceso, con le unghie. Quella accanto a lei sembrava intenta a osservare gli scarabocchi fatti a penna e le scritte sui muri, soprattutto nomi e date. Sicuramente, in origine, la parete doveva rimanere di quel bianco spento e anonimo, ma alcuni ribelli l'avevano trasformata nel tempo in un enorme pagina condivisa di speranza, dediche e riflessioni. Chissà, se l'avevano fatto per trasmettere una forma di conforto a quelli che sarebbero venuti dopo di loro oppure solo per ingannare il tempo di attesa infinito.

Forza Nicola siamo tutti con te! Ti Amiamo! 10-10-17.

Sei fuori e ce l'hai fatta…noi non avevamo dubbi. Sei il numero uno. Ti vogliamo bene. 23-04-2019

Forza Michela andiamo a casa. 18-02-2021

Per quanto tempo è per sempre? A volte solo un secondo.

Every living creature dies alone.

It was more fun in hell.

Riportami dove mi hai visto felice.

L'orario di visita era appena iniziato e piccoli greggi di persone rumorose aveva attraversato la porta principale di accesso alle stanze. Io li seguivo a passo lento.

La porta della stanza dove si trovava Vittoria era semiaperta. Non c'era nessuno.

Entrai, lasciando sulla soglia della porta la mia indecisione, ma non la mia paura.

Un lettino era sfatto, ma sul comodino c'erano una borsa e alcuni oggetti. In quello accanto, fili e tubi avevano preso il sopravvento. Cavi che scendevano sul pavimento e risalivano verso macchinari vari. Tubi dalle sacche trasparenti delle flebo si perdevano tra le lenzuola. Tubi collegati alla maschera di ossigeno.

Il viso di Vittoria si vedeva a stento. I suoi occhi erano chiusi, stava dormendo. Probabilmente, anche se avessi provato a chiamarla o a dire qualcosa, non mi avrebbe sentito. In ogni caso, di sicuro, non sarei riuscito ad emettere alcun suono. Forse le sarebbe sembrato assurdo trovarmi là, sempre ammesso che avesse capito che ero il ragazzo matto della panchina di fronte.

Giaceva lì immobile, come un corpo morto. Il viso era scavato ed estremamente pallido. Sembrava così irreale, così distante. Le sfiorai con un dito la mano e una tristezza infinita mi attraversò da parte a parte.

Le gambe iniziarono a tremare e a cedere al peso di quella sensazione. Mi lasciai scivolare nella sedia vicino al lettino, in silenzio. Mi sentivo proprio come aveva detto di sentirsi Viola, impotente, inutile.

In un angolo della stanza erano presenti mazzi di fiori e alcuni peluche. I fiori erano molto colorati e di diverso tipo, ma in quelle quantità e così disposti, sembravano dedicati a una persona già morta. L'odore poi era pungente, penetrava le narici e le ingolfava. Dopo soli dieci minuti ero quasi nauseato. Avrei voluto aprire leggermente la finestra per far arieggiare un po' la stanza, ma era bloccata.

Forse di proposito stavo rivolgendo lo sguardo a ogni dettaglio banale per evitare di poggiare gli occhi su di lei. Era difficile vederla così. Poi, senza pensarci, spezzai il silenzio, addentrandomi in un discorso a senso unico.

Il silenzio può essere una benedizione in alcuni momenti e un grande fardello in altri.

Una cascata turbolenta di parole prese vita, tutte quelle che fino adesso non avevo avuto il coraggio di lasciare andare.

«Ciao Vittoria. Mi fa male vederti così. Avevo ormai fatto l'abitudine a vederti circondata di verde, con i capelli lisci accarezzati dal vento. La luce del sole, a differenza di quella artificiale, ti illumina il viso in modo totalmente diverso. Gli occhi nocciola dopo qualche minuto di esposizione sembrano essere incastonati nell'ambra. Il leggero trucco violaceo nelle palpebre assume un altro significato. E così diventi un essere ancor più raro. Di quelli che trasmettono bellezza e allo stesso tempo incutono timore. E quella paura, in questi mesi, mi ha divorato l'anima. Riesco a parlarti solo adesso, in questa stanza senza alberi.»

Gli occhi erano ancora chiusi e non si percepiva alcun movimento. Dopo un breve silenzio, continuai.

«Di te non sapevo niente. Non ti avevo mai vista prima, o forse non avevo guardato con attenzione perché troppo distratto. Questa mia testa sempre impegnata in altri posti reali e irreali. Vittoria. È stata Viola a dirmi il tuo nome. Lei aveva capito che provo qualcosa per te, ma le ho fatto promettere di non dirti niente. Chissà se ha mantenuto la promessa. L'ho vista ieri e abbiamo parlato di te anche questa volta. Ha pianto. Ha pianto di continuo, fino a non avere più lacrime. Ti vuole così bene. Sono certo che è una vera amica, di quelle che capitano poche volte di incontrare. Mi ha raccontato pezzi del tuo passato e del presente.

Adesso che ci penso bene, sono venuto a sapere più cose della tua vita nelle ultime ore che in tutti i giorni passati ad aspettare.

Vorrei che ti risvegliassi da questo brutto incubo.

In un mondo parallelo ti saresti già svegliata. Avremmo lanciato questi fiori fuori dalla finestra e avresti indossato un vestito color ambra. Saremmo andati in una spiaggia deserta a farci accarezzare dal vento e dalle onde del mare. Saremmo rimasti in silenzio tenendoci per mano. Ogni parola sarebbe stata superflua, proprio come le volte in cui i nostri occhi seduti di fronte si sono incrociati per qualche momento.

Vorrei che ti svegliassi per parlarmi dei pezzi della tua vita che non conosco e di quelli che ancora devi scrivere.

Vorrei raccontarti di me.

Sai, i muri della sala d'attesa sono pieni di scritte di ogni genere. Una in particolare continua a pulsare nei miei pensieri e mi fa tornare indietro di anni e anni. Chissà, che cosa penseresti tu.

Riportami dove mi hai visto felice.

Le tue mani sono fredde, ma non so come sono di solito. Bene, so che nonostante il tuo silenzio ti stai domandando che cosa sono questi. Sorpresa, è un regalo! Ho pensato che se avessi avuto voglia di leggere qualcosa, questi libri avrebbero potuto fare al caso tuo. Il primo è una storia d'amore, il secondo è un romanzo d'avventura. Baci e viaggi, incontri e terre sconosciute. È tutto qui. Adesso è il caso che vada. Qualcuno potrebbe entrare e non ho voglia che mi trovino qui. Ti verrò a trovare presto. Ciao Vittoria.»

28   Dimenticami come l'allineamento dei pianeti

La visita in ospedale mi aveva trascinato in un abisso. Ero caduto in un pozzo nero, stretto e profondo almeno venti metri. Filtrava poca luce e non avevo il coraggio di guardare verso l'alto.

Ogni ora al lavoro era sembrata interminabile e assolutamente priva di importanza. Quando vieni investito in piena faccia da un'esplosione più grande di te, tutto ciò che è ordinario diventa banale, passa in ultimo piano e diventa assolutamente trascurabile. Almeno per il tempo in cui i frammenti rimangono conficcati per un po' di tempo negli occhi e nella carne. Alcuni, a volte, sono così in profondità che faranno parte di te per sempre. Potrai tentare di rimuoverli, ma non ci riuscirai affatto, perché si sono fusi con la tua carne.

Le parole di Viola della sera prima e la visita in ospedale erano state come una bomba atomica. C'era una frase che era rimasta in circolo nella mia testa.

Riportami dove mi hai visto felice.

Riavvolsi il nastro mentale dei miei ricordi molto lentamente. La prima volta che avevo visto Vittoria sorridere era una giornata come le altre. Un fiore rosa di ciliegio era stato rapito dal vento e trasportato per qualche metro. Nella sua discesa aveva accarezzato la guancia di Vittoria per poi posarsi sul libro aperto poggiato sulle gambe. Le labbra si erano inarcate lentamente verso l'esterno. Gli occhi avevano smesso di leggere.

La ragazza aveva preso in mano il fiore e aveva sorriso. Sorrideva come se stesse vedendo la cosa più bella sulla faccia della Terra. E quel sorriso nato in quel modo, quasi senza motivo, era stato per me talmente inaspettato che mi aveva colto di sorpresa.

Forse aveva sorriso così perché il fiore l'aveva fatta pensare a qualcosa o qualcuno? Forse le aveva suscitato una sensazione piacevole? Oppure semplicemente, a volte, bisogna sorridere anche delle piccole cose. Quelle che perdi di vista subito quando sollevi troppo in alto lo sguardo o sei immerso nel tuo mondo, di cui fanno parte tante cose, ma non le piccole cose. Visto da uno sconosciuto sembrava il punto d'incontro tra due mondi, qualcosa di divino, un messaggio floreale consegnato dal vento.

La bellezza di quel momento piccolo e semplice aveva contagiato anche me. D'un tratto era stato come riuscire a parlare una lingua mai conosciuta o vedere sfumature che mai avevo visto prima. Così, guardando Vittoria, avevo sorriso anch'io.

Se fosse stato possibile, l'attimo in cui tornare indietro, forse, sarebbe stato proprio quello. Eravamo entrambi felici.

La sera era stata silenziosa e la cena che con poca voglia avevo cucinato era ancora quasi tutta nel piatto. Avevo letto articoli, siti web, forum e una marea di commenti di medici e pazienti. Avevo iniziato a sospettare di avere anch'io alcune malattie rare impronunciabili. Poi avevo deciso di spegnere il pc. C'era qualcosa di remoto che batteva flebile dentro la testa.

Un pensiero era nato e, ancora allo stato larvale, si trascinava lento come un piccolo bruco su una foglia verde. Una foglia così leggera che può flettersi pericolosamente da un momento all'altro o spezzarsi.

Era ormai passata la mezzanotte da un pezzo e spensi le luci con destinazione finale il letto. La luce bianca che filtrava dalla finestra era più intensa del solito. Come una falena decisi di poggiare il mio viso contro il vetro e rivolsi lo sguardo verso l'alto in cerca della Luna. «Uno, due, tre! Quattro!» La Luna non era l'unica a brillare in cielo questa sera. L'avevo sentito alla radio qualche giorno prima, che sarebbe stato possibile osservare l'allineamento, ma l'avevo completamente dimenticato. La Luna, Giove, Venere e in fondo Mercurio. La notte era meno oscura del solito, ma forse era solo una mia impressione. Eppure, era strano e triste non vedere nessuno che puntava gli occhi al cielo. Dopo qualche minuto, vidi apparire dal nulla un bagliore ben definito che si spostava velocemente tra le stelle. Una stella cadente! Beh, dovevo assolutamente esprimere un desiderio, non si è mai troppo grandi per farlo: "Il mio desiderio è che…ma cosa?"

Un fascio di luce ancora più vicino seguito da una piccola esplosione mi aveva distratto. La stella cadente nel frattempo si era nascosta sotto il manto stellato, invisibile.

Il lampione di fronte alla mia finestra si era spento. Intorno si vedevano ancora degli insetti svolazzare che ora migravano lentamente attratti da un'altra fonte di luce. Era ben visibile la luminescenza delle lucciole che si allontanavano ora spaventate. I frammenti di vetro erano sparsi sul marciapiede e sulla strada. Nelle case nulla pareva cambiato. Nonostante il piccolo boom luccicante, nessuno sembrava essersi accorto della cosa o più probabilmente non le dava importanza.

L'esplosione mi aveva fatto pensare improvvisamente al signor Macrì e alle lampadine della scuola. Quella stella cadente che avevo visto era come una discoteca silenziosa, era un momento di passaggio. Sentivo invece che Vittoria era una di quella lampadine che avrebbe creato uno spazio buio in mezzo all'anima.

Probabilmente la stanchezza si stava tramutando in allucinazioni, perché mi sembrava adesso di vederlo lì il signor Macrì. Fissava dalla strada il lampione fulminato e scuoteva la testa.

«Remo, avrò bisogno di una scala più alta. Con quella che ho non arrivo lassù. Prima quelle della scuola e ora anche queste qui in strada. È sempre più complicato sostituire le lampadine. Dovresti ringraziarmi lo sai vero? Se non ci fossi io sareste rimasti tutti al buio qui, tu e tutti i tuoi amici che sono andati già a nanna da un bel pezzo a quanto sembra. Non fare quella faccia ragazzo! Le lampadine rotte possono essere sostituite con altre funzionanti. Quante volte mi hai visto farlo, eh? Se vuoi, puoi farlo anche tu. Puoi sostituire anche tu le lampadine ragazzo.

Lo so cosa mi stai per chiedere. E se non ho un'altra lampadina? Beh figliolo, a volte, possiamo essere noi stessi l'altra lampadina. Puoi essere tu Remo la lampadina di ricambio.

Non ti preoccupare adesso, è normale essere confusi. Capirai anche tu cosa intendo, solo, promettimi che non avrai troppa paura. Vedrai che andrà tutto bene.»

Sembrava così reale che ero stato sul punto di rispondere. Eppure, non poteva essere reale. Iniziavo a sentirmi esausto, stremato. Era come se mi fosse piombata addosso solo adesso l'intera giornata.

Mi lasciai andare sul materasso come un corpo morto e chiusi gli occhi.

Il sole aveva deciso di sollevarsi troppo presto, ma era stato il bip bip bip della sveglia a dare il colpo di grazia. Ero già in piedi, ma tutt'altro che completamente cosciente. Nel breve tragitto dal letto al bagno il mignolo del piede, già fragile a causa delle fratture accumulate negli anni, si era andato a schiantare contro la gamba del comodino e poi la mia spalla aveva sbattuto, quasi un incidente frontale, contro il muro. Dopo questa dose di dolore ero perfettamente allerta e pienamente sveglio.

La lampadina del bagno non si accese. Guardandola pensai di nuovo al signor Macrì e a come era morto. Erano passati ormai più di cinque anni. Quella esterna del cortile era stata l'ultima lampadina della scuola di cui si era occupato. Forse l'impianto difettoso, alla fine, aveva avuto la meglio su di lui. Una scarica elettrica lo aveva attraversato con forza, folgorandolo come un fulmine in pieno giorno. Quando venni a saperlo, quello che mi sorprese ancora di più della sua morte furono le molte vite che riuscì a salvare. Polmoni, reni, cornee, cuore. Nessuno aveva deciso per lui. Il signor Macrì aveva scelto di essere un donatore. Quel giorno aveva salvato la vita a due persone e permesso di tornare a vedere a una terza. Così, in fondo, era stato come se non avesse mai attraversato l'altra parte del fiume, forse Caronte gli aveva concesso un lasciapassare speciale.

Poi qualcosa, dentro di me, iniziò a girare. Luna, pianeti, stella cadente, esplosione, lampione, lampadine, donatore, morte, vita.

Il bruco era diventato una farfalla con ampie ali blu.

E poi accadde l'allineamento dei pianeti nei miei pensieri.

E allora capii.

Il mare delle risposte fu cristallino per un momento.

Capii che forse c'era un modo di cambiare il corso delle cose. Forse si poteva evitare l'esplosione, forse la lampadina poteva ancora brillare.

29   Dimenticami come un test

Il camice bianco mi guardava attraverso gli occhiali spessi. Dal suo volto asettico non trasparivano emozioni mentre mi chiedeva: «È sicuro?»

Risposi: «Sì, dottore» come un automa, ignorando le vocine di diverso avviso nella testa che si dimenavano incontrollate.

«E non è un parente se ho capito bene.»

«Sì, esatto.»

«Sa bene, vero, che potrebbero esserci delle complicazioni? Che c'è un margine di rischio per lei? Le faccio queste domande perché voglio essere sicuro che abbia ponderato bene la decisione e tutte le implicazioni.»

«Sì dottore. So che potrebbero esserci dei rischi per me o che qualcosa potrebbe non andare come previsto. Sono sicuro al cento per cento di quello che sto facendo.»

«Va bene. La mia collega, la dottoressa Vincenzi, le spiegherà meglio la prassi e si occuperà di effettuare il prima possibile tutti i test necessari per gli accertamenti. La situazione è molto grave, quindi la tempestività può fare la differenza.»

«Grazie dottore.»

La dottoressa, che fino ad allora non aveva proferito parola, indicò con la mano la direzione della sala principale e disse: «Prego, mi segua, da questa parte. Vista la situazione, se lei oggi fosse disponibile potremmo fare i test per verificare il suo stato di salute, la sua idoneità ed infine escludere eventuali controindicazioni alla procedura. Per lei potrebbe andare bene?»

«Sì, certamente.»

«Perfetto. Inizieremo con le analisi del sangue. Marica dovresti verificare gentilmente se la sala cinque è libera e dire a Luca di raggiungerci appena possibile.»

«Certo dottoressa. Sì, la sala cinque è disponibile. Riferisco subito a Luca.»

«Grazie Marica. Andiamo allora in sala per fare gli esami. Nel frattempo, le fornisco qualche informazione più specifica sulla procedura. Come le è stato già detto, l'intervento è complesso e non esente da rischi. Se risulta essere un donatore idoneo sarà fissata una data per l'intervento. La durata dell'intervento è molto variabile, in media diciamo circa otto ore per il donatore e dieci per il ricevente. Verrà prelevata la parte destra del fegato, circa il sessanta per cento dell'intero organo, e trapiantato nel ricevente, dopo l'asportazione dell'organo malato. Due equipe mediche eseguiranno gli interventi allo stesso tempo. Durante il prelievo potrebbero esserci delle complicazioni per il donatore. Questo accade circa nel trenta per cento dei casi, ma solo circostanze gravi e poco frequenti richiedono un'ulteriore procedura medica. Di rado si verificano complicanze fatali. Fino a qui le è tutto chiaro?»

«Sì, tutto chiaro. Per il ricevente quali rischi ci sono?»

«I maggiori rischi sono quelli di un rigetto dell'organo oppure di un'infezione.»

«E quanto sarà necessario rimanere in ospedale dopo l'intervento?»

«Non c'è in realtà una tempistica ben precisa. La permanenza dipende dalla velocità di recupero. Solitamente la dimissione per il donatore avviene una settimana dopo l'intervento. Per quanto riguarda il ricevente, il fegato si rigenera nelle settimane successive fino a ritornare alle dimensioni normali. Nel caso della signorina Vittoria temo ci vorrà più di qualche settimana, tenuto conto delle sue condizioni. Ah Luca, eccoti finalmente. Possiamo iniziare con le analisi.»

I giorni successivi furono un misto di test, risultati, spiegazioni di procedure, rischi, domande su domande.

La mia richiesta di ferie era stata accettata senza alcun problema. Il progetto appena concluso con successo, nonostante tutti gli ostacoli e imprevisti, unito al quantitativo a tre cifre di ore di ferie e permessi che avevo accumulato negli anni, avevano di certo favorito l'approvazione senza che ciglio fosse battuto. Avevo biascicato qualcosa di confuso al mio capo che aveva fatto qualche domanda di rito per accertarsi che stessi bene, visto il poco preavviso. Infine, aveva probabilmente pensato che avessi solo bisogno di staccare per un po' e riposare prima dell'ennesimo nuovo progetto o nuovo cliente. I colleghi, invece, venuti a sapere delle ferie imminenti avevano per lo più cercato di capire come gestire la mia assenza nelle settimane successive, premurandosi di raccogliere ogni informazione o documento in mio possesso che potesse risultare utile per i progetti o i clienti.

Mi sembrava ormai di passare più tempo in ospedale che in qualsiasi altro posto. Le ore passavano così lentamente che sembravano interminabili.

Avevo fatto visita a Vittoria qualche volta, ma era sempre immobile e incosciente. Nella stanza era ormai da sola e l'unico suono era quello delle macchine. Avevo visto Viola insieme a un ragazzo fuori dalla porta, si abbracciavano bagnando con le lacrime le magliette l'una dell'altro.

Il parco mi sembrava avvolto da un'aura cupa. L'ultima volta che mi ero seduto sulla panchina avevo percepito in bocca un sapore metallico, un retrogusto amaro. Da allora non ci avevo più messo piede.

Avevo poco appetito, buttavo giù qualche boccone improvvisato sul piatto imponendomi di mangiare qualcosa. Avevo smesso di rispondere al campanello della porta. Era sempre la mia vicina con qualche cibo dolce o salato che aveva preparato, ma solo l'odore adesso mi nauseava.

La notte, invece, mi riappacificavo con il mondo guardando le stelle.

La chiamata temuta e desiderata arrivò una mattina presto. E con un misto di speranza e di paura allo stesso tempo scoprii che i risultati erano positivi: ero un donatore sano e compatibile.

Ai dottori chiesi di rimanere anonimo, almeno fino al giorno del trapianto. I loro occhi sgranati testimoniavano lo stupore per la richiesta. Gli avevo detto che io e Vittoria eravamo amici da parecchio tempo e per questo sarei stato disposto a sottopormi all'intervento. Quindi non c'era da stupirsi della confusione provocata dalla mia scelta, ma non fecero né tante domande né tante storie. In realtà, la motivazione era molto semplice, anche se loro non potevano saperlo. Non avevo voglia di ricevere domande da perfetti sconosciuti sul perché del mio gesto. In fondo non sarei riuscito a spiegare cosa provavo e loro non avrebbero potuto capirlo. Forse sarebbero stati grati, ma in fondo mi avrebbero preso per matto. Solo Viola l'avrebbe capito.

L'intervento era stato fissato due giorni dopo.

Dopo la lunga attesa, forse era successo tutto troppo in fretta. Sentivo un groppo alla gola, magari era paura, oppure non riuscivo più a sopportare il silenzio intorno. Avevo bisogno di parlare con qualcuno. Fissai il telefono per troppo tempo, indeciso se fare la chiamata o meno. Poi la mano si posizionò meccanicamente in un nome esatto della rubrica del telefono.

«Pronto?»

«Cloe. Ciao, sono Remo.»

«Ciao Remo! Volevo chiamarti, ma non avevo più il tuo numero. Quando ti deciderai a sbarcare anche tu in qualche social? Non sai cosa mi è successo, ho distrutto il telefono. Tu come stai? Sei riuscito a trovare Vittoria?»

«Eh, volevo parlarti di questo. Ho trovato Vittoria sì, ma le cose non sono andate come previsto. Ti dispiace se ci vediamo da qualche parte, ho bisogno di parlarne con qualcuno.»

«Sai non mi piace affatto questa voce. Comunque, sì, certamente, facciamo tra un'ora al bar vicino al parco oppure preferisci in un altro posto?»

«Grazie, sì il bar va bene. A dopo allora.»

Cloe aveva ascoltato tutta la storia. Era rimasta in silenzio ad ascoltare, ma le emozioni che provava erano ben visibili dai cambiamenti dell'espressione del volto. La sua tazza di cioccolata calda era ancora piena a metà.

Alla fine, dopo qualche minuto, disse: «Remo, non ho parole. Mi dispiace tanto. Credo che in questo momento tu sia la persona più coraggiosa, pazza, stupida e altruista allo stesso tempo che conosca. Capisco perché avevi bisogno di parlarne con qualcuno, soprattutto qualcuno che non ti avrebbe creduto totalmente svitato. Non riesco a immaginare che cosa ti passa per la testa in questo momento, ma capisco, almeno credo di capire, quella parte di te che ti spinge a fare tutto questo, anche per una persona che in fondo non conosci affatto.»

«In fondo, anche tu mi hai aiutata quel giorno senza sapere niente di me, esatto?»

«Sì, in un certo senso. Remo?»

«Cloe?»

«Posso abbracciarti?»

E quell'abbraccio aveva sapore di conforto, di amicizia, di famiglia, di comprensione, di coraggio e di lacrime.

Cloe era la sorella che non avevo mai avuto. Una sorella che, come tutte le persone che erano entrate a far parte della mia vita da qualche mese, non avevo ancora avuto modo di conoscere bene e di cui sapevo troppo poco.

Davanti alla tazza di cioccolata ormai fredda, ci promettemmo di sentirci e vederci spesso dopo l'intervento. Cloe era curiosa di sapere di più su di me e Vittoria, io volevo conoscere i particolari del suo mondo. Mi disse che sarebbe venuta a trovarmi in ospedale, poi sfoggiò il suo sorriso brillante, di quelli che ti fanno credere che andrà tutto bene.

Durante la sera il telefono aveva cercato di attirare la mia attenzione, ma era stato ignorato. C'erano due chiamate perse di Viola e un suo messaggio.

Remo, è una bella notizia che volevo dirti a voce. Hanno trovato un donatore e il trapianto di fegato sarà giovedì. Questo è fantastico! I medici hanno detto che se l'operazione va a buon fine ci sono ottime possibilità che Vittoria si rimetta e che riescano a controllare e arginare quello che ha causato il suo malessere. Sono troppo felice! Chiamami quando leggi il messaggio. P.S. So che sei andato a trovarla in ospedale, ti ho visto ieri!

Viola notava sempre cose che mi sfuggivano. Quando mi aveva visto? Nel corridoio dell'ospedale i giorni dei test?

Ero felice dell'entusiasmo e della speranza che trasparivano dal messaggio, anche se mi sembrava in parte di tradirla nascondendole l'identità del donatore.

Non la richiamai nei giorni seguenti perché temevo che non sarei riuscito a controllare le mie emozioni e avrei finito per raccontarle tutto.

Mercoledì sera fu insonne e con ricorrenti stati d'ansia.

Giovedì non fu per niente come l'avevo immaginato.

Avevo stipato in un borsone tutto il necessario per trascorrere una settimana in un letto d'ospedale. Vestiti, pigiama, biancheria intima, pantofole, asciugamani, spazzolino, dentifricio, fazzolettini, caricabatteria, cuffie, il libro a metà che trascuravo da troppe settimane, il libro di mia madre.

Avvisai del mio arrivo in ospedale la receptionist che mi fece accomodare in sala d'attesa. Dopo dieci minuti abbondanti, dalle porte azzurre apparve la dottoressa Vincenzi. La tensione sul suo viso era evidente.

«Salve dottoressa Vincenzi.»

«Buongiorno. Ci sono state delle complicazioni con il paziente ricevente, la signorina Vittoria. Può seguirmi in reparto così le spieghiamo meglio?»

«Sì, certamente. Quali complicazioni esattamente?»

«Durante la notte c'è stato un collasso anche dei reni. Purtroppo, la gravità della situazione si è evoluta molto più rapidamente di come ci aspettavamo. Il corpo non ha reagito come speravamo alle cure. Mi dispiace dirlo, ma effettuare il trapianto di fegato con i reni in questo stato non farebbe differenza purtroppo.»

«Che cosa significa? Non c'è soluzione?»

«Mi dispiace. La lista di attesa anche per casi gravi come questo è molto lunga. È molto improbabile trovare un donatore per il trapianto nelle tempistiche richieste dal caso. Con il solo trapianto di fegato, non ce la farebbe. Anzi, le sue condizioni, se sottoposte adesso ad un intervento, potrebbero peggiorare sensibilmente. Di nuovo, mi dispiace molto.»

«Dottoressa Vincenzi, aspetti. Non potrei essere io il donatore?»

«Del rene intende?»

«Sì. Se dono sia parte del fegato, sia un rene, c'è qualche possibilità per Vittoria?»

«Si rende conto delle implicazioni in termini di rischio di un intervento combinato di questo tipo? E dell'impatto che questo potrebbe avere sulla sua vita post-intervento?»

«Dottoressa, se così facendo ci sono delle possibilità, allora dobbiamo provare.»

«Attenda qui per favore. Devo consultarmi con i miei colleghi.»

La dottoressa scomparve dalla porta azzurra da cui era venuta.

Ero in una zattera pronta a spezzarsi, sospeso in un mare di incertezza, sferzato dal vento dei rischi e braccato dagli squali della paura.

30 Dimenticami come l'ultimo ricordo

Il libro di mia madre era l'oggetto a me più caro. In un certo senso rappresentava l'anima di una persona che non avevo mai incontrato condensata in forma cartacea. Una vita riversata in un fiume d'inchiostro. Ero certo che mi aveva fatto scudo negli anni da cose ben più terribili di quelle che mi erano successe. Ancora adesso, stringendolo nelle mani, mi sentivo protetto.

Forse non dovevo separarmene proprio prima dell'operazione. Per la prima volta, sentivo però che non ero io la persona ad averne più bisogno. Anche se lasciarlo in quel comodino freddo mi dispiaceva parecchio.

Mi convinsi che sarebbe stato un prestito temporaneo. Mi ripetevo che me l'avrebbe ritornato Vittoria in persona. Magari ci saremmo rivisti fuori dall'ospedale, al parco! Sì, il parco sarebbe stato il posto perfetto per vederci con nuovi occhi, più da vicino. Questa volta mi sarei deciso a spiccicare qualche parola, forse sarebbe stato facile, naturale. Forse avrei parlato come un fiume in piena, oppure sarebbe bastato il silenzio per condensare tutto quello che non sarei riuscito a dire. Forse con qualche pezzo di me in corpo sarebbe riuscita a comprendermi senza troppa fatica.

Tra la copertina del libro e la prima pagina c'era un bigliettino bianco con una frase scritta con inchiostro nero.

Ti proteggerà come ha fatto con me. Tienilo con te fino a quando starai meglio.

Remo

PS. Se stai pensando che non conosci nessun Remo e ti stai chiedendo chi sono, ci sono alcune lettere nel libro, forse capirai.

Vittoria aveva gli occhi semichiusi. Le palpebre tremavano come se volessero aprirsi, lottavano, ma non riuscivano. Come due mani stanche che cercavano di sollevare una montagna. Non sapevo se potesse sentirmi o se percepisse la mia presenza. Intrecciai la sua mano con la mia e chiusi gli occhi.

La vidi più bella che mai. Il suo sorriso colorava il mondo con delle sfumature diverse. Gli occhi erano rivolti verso di me, ma sembravano andare oltre, proprio come era successo tante volte al parco seduti l'una di fronte all'altro.

Lasciai leggermente la presa. Riaprendo gli occhi non mi voltai a guardare Vittoria. Volevo pensare a lei come l'avevo immaginata adesso.

E fu quello l'ultimo ricordo mentre lasciavo andare leggermente la presa. Mentre cedevo il controllo del mio corpo.

La voce coperta dalla mascherina bianca mi stava parlando: «Fai lentamente il conto alla rovescia a partire da dieci.»
«Dieci, nove, otto, sette, sei, cin…»

Anestesia totale e buio siderale.

31   Dimenticami come le cascate dell'aldilà

«Cinque, quattro, tre, due, uno.»

Quando aprii gli occhi riuscii a vedere solo un'impenetrabile oscurità. Sentivo un gelo infernale addosso che mi faceva tremare mani, schiena e denti. Cercai con le dita i vestiti cercando di coprirmi meglio, invece trovai solo la pelle torpida. Ero nudo, rannicchiato sulle ginocchia che poggiavano su un terriccio umido.

Le mani intorno al corpo toccavano le ossa sporgenti. Non ero mai stato così spoglio, non solo fisicamente, ma denutrito nell'anima. I miei capelli e la mia barba erano lunghi come forse non lo erano mai stati. Le unghie delle mani e dei piedi sembravano quelle di un animale selvaggio più che di un essere umano. Gli occhi erano incavati, rinchiusi in fosse profonde.

Sentivo distante l'impatto nel terreno di un lento e costante gocciolio. Alcune gocce emettevano un suono ovattato che moriva subito. Altre producevano un suono più definito, come se cadessero su piccole pozzanghere d'acqua o di un altro liquido. In direzione del gocciolio mi sembrava di vedere filtrare uno spiraglio di luce quasi impercettibile, un'ombra di luce.

Mi sollevai a fatica e provai a trascinarmi in direzione della luce. A ogni passo sentivo le articolazioni che si flettevano, generando un dolore intenso che mi scuoteva come se fossi un ramoscello senza foglie durante una tempesta.

Fortunatamente riuscivo a sostenermi aiutandomi con le mani. Con le dita percepivo come una parete rocciosa ai lati, a tratti tagliente e a tratti scivolosa. Dovevo essere in una grotta. Perché mi trovavo lì? Come ci ero arrivato?

L'ultimo ricordo che avevo era il viso di Vittoria e poi una voce che faceva un conteggio alla rovescia che mi aveva fatto perdere i sensi.

Passo dopo passo il rumore delle gocce si faceva più intenso.

I miei occhi si erano adattati e cercavano di sfruttare al meglio il leggero raggio di luce flebile per carpire qualcosa e cercare di dare un senso a ciò che avveniva intorno.

Le gocce nascevano dall'alto della grotta. Era pieno di cristalli color smeraldo e indaco. Irregolari e allungati. Apparivano come denti aguzzi di una bestia dormiente e affamata: la belva che mi aveva inghiottito e ridotto a brandelli.

Continuando ad avanzare i cristalli diventavano più ampi e numerosi. Alcuni erano fusi insieme e formavano un gruppo unico, indistinto. Sembravano sciogliersi con una rapidità maggiore in presenza dello spiraglio di luce, che si faceva più definito e acceso.

Il terreno, prima umido, era ora fangoso e scivoloso come uno scoglio infestato di alghe e muschio. Dovevo ricorrere con più forza alla presa delle mani. Sentivo del liquido tiepido scorrere sul palmo e scivolare sul polso, era il mio sangue. Sicuramente erano state le rocce taglienti. Non percepivo però alcun dolore. La forma della grotta continuava a mutare. I cristalli erano così allungati verso il terreno che non mi era quasi più possibile proseguire. Mi abbassavo sempre di più, sempre di più, fino a quando non potei che avanzare carponi. Ero immerso a metà nel liquido prodotto dai cristalli.

Sentivo poco distante un rumore di acqua scrosciante che inghiottiva il gocciolare multicolore. Un fiume? Un torrente? Il mare?

D'un tratto la grotta si aprì totalmente.

Luce totale e intensa.

Il cambio improvviso fu quasi accecante. Le mani rimasero davanti agli occhi a fare da scudo fino a quando il bagliore divenne sopportabile.

Un'ampia cascata color indaco e smeraldo.

Sembrava nascere dall'apertura della grotta e proseguiva a strapiombo verso l'ignoto. Il rumore era continuo e assordante. Provai a sollevare lo sguardo in alto, ma fu impossibile. Era come guardare una palla di fuoco incandescente. Potevo solo rivolgere lo sguardo davanti a me o verso la cascata. All'orizzonte non era possibile scorgere nulla. Non appariva nessun colore. Solo la totalità di un bianco fantasma.

Rimasi a guardare verso il basso, senza sapere che cosa fare. Poi sentii una voce provenire da una direzione non ben definita.

«Salta.»

Un sussurro.

«Salta Remo.»

Era una voce femminile.

«Non avere paura Remo, salta.»

La grotta sembrava ruggire dalla profondità da cui ero arrivato. Il terreno tremava e mi scuoteva facendomi perdere l'equilibrio. Il buco da cui ero venuto sembrava accendersi e colorarsi di arancione. I colori della grotta si trasformavano a ogni battito di ciglia e adesso un rosso intenso si avvicinava. Iniziavo ad intravedere un fiume rosso, vivo e irregolare, una colata di lava che mangiava i cristalli e tutto ciò che incontrava. La grotta di lì a poco avrebbe inghiottito anche me con la sua lingua di fuoco, frantumandomi con i suoi denti aguzzi. Attendere un istante di più avrebbe significato una sola cosa. L'unica possibilità era quella di ascoltare la voce misteriosa ed essere inghiottito dalla cascata smeraldo.

Mi avvicinai alla sporgenza a punta. Chiusi gli occhi e saltai.

Avevo temuto che l'acqua fosse gelata, di morire di freddo un secondo dopo il salto, eppure mi sbagliavo: era tiepida, piacevole.

Avevo temuto di non riuscire a respirare dentro la cascata, eppure era come se facessi parte del liquido.

Precipitavo veloce come acqua, ma non avevo paura. Ero acqua io stesso. Tenevo le braccia aperte e mi sembrava di volare. Forse la direzione era sbagliata, ma non avevo paura. Era come avere ali di seta.

A volte bisogna solo ascoltare e stare in silenzio. Incassare il colpo e sentire il sangue sulle gengive. Prendere gli insulti senza ribattere. Premere il grilletto, lasciarsi andare. Conoscere le conseguenze e fottersene.

Era così che mi sentivo, come non ero mai stato, ed era bellissimo. Ero libero, leggero nel vuoto indaco smeraldo. Finalmente anch'io indaco e smeraldo, colori che non erano mai stati miei.

Sentivo però d'un tratto un suono diverso avvicinarsi. Il problema non è mai la caduta, ma l'atterraggio. L'impatto è più significativo del lancio nel vuoto.

Quei minuti sospesi furono spezzati troppo presto dall'impatto con il mare orizzontale. Le braccia aperte si richiusero con forza e mi trasformai in un siluro diretto nelle profondità dell'abisso rosso. La sensazione di leggerezza aveva fatto spazio all'immobilità totale. Ero piombo di una lenza spezzata senza controllo, diretto a morire nel nulla.

La pressione aumentava velocemente, timpani e occhi sembravano voler detonare da un momento all'altro. Un nocciolo di un reattore nucleare pronto ad esplodere. I polmoni si erano svuotati quasi del tutto e la mancanza di ossigeno iniziava a farmi soffocare.

Non furono sirene benevole a rallentare la mia discesa agli inferi, ma una barriera di alghe rosse. Annodandosi in ogni parte del mio corpo si aggrapparono a me con forza, stritolando pelle e ossa, senza lasciare andare. Stritolarono fino a quando la mia discesa fu finalmente arrestata.

Fluttuavo senza ossigeno tra le alghe, che, adesso, dopo avermi salvato, lasciavano lentamente la presa.

Gli occhi aperti facevano male, ma riuscivano a vedere tutto limpidamente, mentre mi lasciavo andare. Senza paura.

Le alghe, all'apparenza, erano le uniche forme di vita, ma i miei occhi non vedevano ancora ciò che il riverbero della mia caduta aveva attirato. Una moltitudine di creature marine senza occhi sorgeva dagli abissi sconosciuti, falciavano l'acqua diretti verso me. Erano distanti, ma i lunghi denti della morte erano ben visibili. Sbattevano con forza l'uno contro l'altro per tentare di arrivare per primi. Facevano a gara per nutrirsi della mia anima.

Un branco nero divoratore.

«Risali.»

Sarei morto annegato in un mare di niente.

«Risali Remo.»

Quella voce, di nuovo.

«Non avere paura Remo, risali.»

E mi feci guidare nuovamente dall'ignoto.

Guardai in direzione della voce e la vidi spiccare tra le alghe rosse: una lunga liana verde foresta. Era distante pochi metri.

Mi feci strada tra le alghe che mi fecero largo, richiudendosi subito al mio passaggio come mura di un castello sottomarino. Alcune però, colorandosi di verde, si avvolgevano a me, a gambe, mani, torace, bacino. Era come avere un vestito d'alghe fatto su misura.

Le creature cieche e indiavolate avevano accelerato l'andamento, il movimento della preda le aveva rese più frenetiche e violente. Le più vicine avevano iniziato a mordersi, dando vita a uno strato denso di porpora. Appariva sempre più un mare infernale. Il sangue aveva risvegliato in alcune delle creature l'istinto irrefrenabile di nutrirsi, anche dei propri simili. Il cannibalismo ora guidava alcuni che laceravano carne altrui per nutrirsene.

Avvicinatosi alla barriera di alghe, il mucchio si trasformò in una formazione a punta di freccia.

Raggiunta la liana mi sembrò di riuscire a respirare di nuovo. Vicino a essa c'erano delle bollicine di ossigeno che divoravo con avidità. Tenendo salda la presa con le mani, metro dopo metro risalivo ed ero ormai giunto fuori dallo strato di alghe.

Temevo che i diavoli dentuti mi avrebbero raggiunto e fatto a pezzi. L'impatto iniziale aveva creato un cratere che però non aveva perforato da parte a parte il muro di alghe. Con morsi continui come tenaglie si facevano varco, ma la barriera protettiva con uno spesso strato ancora intatto sembrava robusta.

Alla fine, le creature, stremate per lo sforzo, si arresero e ripresero con più foga a mangiarsi tra loro, diventando invisibili nella nuvola densa di porpora.

Arrivato in superficie respirai a pieni polmoni. Avevo ancora il vestito verde foresta. La cascata continuava a tuffarsi nel mare. La liana continuava ancora fuori dall'acqua. Sembrava discendere da un albero posto su un'isoletta di terra fluttuante nell'aria. L'albero era possente con un'apertura molto ampia e rami pieni di foglie verdi. Aveva un aspetto familiare in un certo senso, ma non era simile a nessun albero che avevo visto.

Man mano iniziai a salire. Giunto nell'isola, mi resi conto che era molto più grande di come appariva dal basso. C'era qualcosa che spiccava nella sezione da cui si dividevano e moltiplicavano i rami. Sembrava essere una casa. Una casa sull'albero! Percorsi senza esitare i gradini della scala di legno che portava alla casa. C'era un movimento selvaggio tutt'intorno, ma nessuno sembrava badare a me. Gli scoiattoli saltavano da un ramo all'altro, le lucertole invece erano immobili ai raggi del sole. Il cinguettio degli uccelli nascosti nei nidi tra le foglie era una melodia variegata e piacevole. Creature simili a pappagalli con piume dai colori sgargianti e bellissimi si pavoneggiavano per cercare di far colpo sulle femmine della stessa specie.

La porta era aperta. L'interno era più spazioso di quello che avevo pensato. C'era un piccolo tavolo, due sedie e un letto che assomigliava più a un sacco a pelo poggiato per terra. Le pareti di legno all'interno, così come i vari oggetti, erano pitturate di sfumature diverse di indaco e smeraldo. Entrai abbassando la testa.

Una figura minuta sembrava essere apparsa all'improvviso. Era di spalle, iniziò a parlare e si voltò.

«Ciao Remo, finalmente sei riuscito a venire da me.»

Non poteva essere, eppure sentivo una parola farsi strada a forza dalla mia testa alla mia bocca. Non riuscii a trattenerla: «Mamma?»

«Sì, ero sicura che mi avresti riconosciuta subito. Come sei cresciuto. Vieni qui, fatti abbracciare.»

«Sei proprio tu? Com'è possibile? Non sai quante volte ho desiderato poterti vedere e parlare.»

«Lo so bene. È per questo che sono qui. Io ti ho pensato sempre, ogni giorno.»

«Perché siamo qui? Cos'è questo posto?»

«Non l'hai ancora capito?»

«Veramente no. Prima ero in una grotta fredda e gocciolante e che stava per crollarmi addosso. Poi la cascata, il mare, le alghe e quelle creature spaventose e assetate di sangue. E adesso questo. Mi sembra tutto così folle.»

«La grotta è il punto di partenza: è il passato. Era buia e fredda perché è così che ti sei sentito spesso. E quella luce flebile che filtrava e hai deciso di seguire? Quella era la strada verso la rinascita. I cristalli prima non esistevano. Si generavano a ogni tuo passo in avanti. Quelli smeraldo rappresentano l'energia e la vita, l'indaco è tutto ciò che è possibile, tutto ciò che puoi diventare. Ogni passo che hai fatto, anche se il tuo fisico cedeva, la tua mente e il tuo cuore diventavano più forti. L'energia iniziava a crescere dentro te e uscire dalla grotta e raggiungere la luce ti sembrava sempre più possibile, nonostante la tua schiena si piegasse sempre più e dalle mani sgorgasse sangue vitale. La luce diventava più forte perché eri tu stesso ad alimentarla. A volte, Remo, siamo noi stessi che creiamo le nostre grotte scure e ci incateniamo. E, a volte, siamo proprio noi stessi a creare la luce per riemergere dall'oscurità e continuare a splendere più di prima. A volte non serve una lampada o una torcia, è sufficiente credere, sperare, lottare, vivere, perdonare, amare.»

«E la cascata?»

«Sei stato tu a crearla, goccia dopo goccia, con i cristalli. La cascata rappresenta la rinascita. Ricordi il terremoto nella grotta e la lingua infuocata? Avevi due scelte: rifugiarti nel passato e farti inghiottire per sempre, oppure saltare. Saltare e rinascere. E quando hai preso quella decisione, nelle tue vene non scorreva più solo sangue, ma energia e sogni. Tu stesso sei diventato cascata.»

«E perché sono caduto?»

«Sei caduto perché hai pensato a quando saresti caduto. E le tue paure sono diventate realtà.»

«Quindi sarebbe bastato non pensarci? Sì, cioè non farsi prendere dalla paura o non pensare agli eventi negativi?»

«Non è così semplice. A volte nulla può impedirci di cadere, ma pensare alla caduta può rovinare gli ultimi istanti di felicità. E in alcuni casi, può farci vacillare e cadere davvero. L'istante esatto a metà tra il salto nella cascata e la caduta è il presente. Bisogna viverlo appieno. Se cadi, puoi sprofondare nell'abisso più nero. È così profondo che, se qualcosa ti trascinasse giù, potresti non riuscire a risalire. Quelle creature affamate che venivano verso di te battendo i denti? Quelle si nutrono delle tue paure e dei sogni morti. Sei stato tu stesso a crearle. Paure e spazi neri come li definisci tu. Queste cose possono farti annegare in un mare di afflizione. A volte la salvezza risiede dentro di noi, Remo.»

«Gli spazi neri…adesso inizio a capire forse. La casa sull'albero sono gli spazi bianchi vero?»

«Esatto. La casa è il futuro. È fatto di spazi bianchi, di sogni e vita. Sai perché è proprio una casa sull'albero?»

«C'è qualcosa a cui sto pensando, ma è sfocata, non riesco a ricordare bene. È qualcosa che ha a che fare con quando ero bambino. È qualcosa che forse ho sempre voluto fare.»

«Pensaci bene, guarda dentro di te.»

«Adesso sì che mi ricordo. Ho sempre desiderato costruire una casa sull'albero!»

«Il tuo primo spazio bianco era quello di costruire una casa sull'albero. L'altezza, il verde, gli animali. Sarebbe stato un nascondiglio perfetto per sfuggire alle cose cattive e pensare alle cose belle. Senza spazi bianchi non saresti mai uscito dalla grotta oppure saresti ancora nell'abisso. È per questo che io sono qui. Io sono quello spazio bianco che dentro di te ti ha sempre protetto. Quella figura che non hai mai visto o toccato con mano, ma che rappresenta amore smeraldo. Adesso abbiamo poco tempo però, non puoi rimanere qui.»

«Perché non posso rimanere qui con te?»

«Non è ancora il momento Remo. Devi risalire la cascata e andare oltre la luce incandescente, quella che prima non riuscivi a guardare. Prima di andare però ricordati che nonostante tutte le cose brutte, l'importante è guardare dentro di sé e trovare la cascata.

Non esiste una sola grotta, ce ne sono di migliaia. È un labirinto di grotte, lì fuori e dentro di te. Non importa quante ne hai già visitate e prima o poi ti capiterà di entrare in un'altra grotta. E non farti ingannare dalle apparenze, non tutte le grotte sono tali fin dal principio, alcune hanno ingressi luccicanti e poi col tempo, andando in profondità, diventano sempre più oscure e insidiose. Ricordati sempre che, per fortuna e tranne rare eccezioni, ci sono altrettante cascate e case sull'albero.

Un'ultima cosa. Ricorda di guardare bene le ultime pagine del libro che ti ho dato. Nascondono un segreto che è ora di scoprire. Adesso vai Remo. Non puoi stare più qui.»

«Mamma, ci rivedremo ancora?»

«Certamente, anche ogni giorno, se vuoi. Ogni volta che ti guarderai allo specchio vedrai che nei tuoi occhi c'è una parte dei miei. Non sei mai stato solo Remo. Adesso è ora di andare. La cascata ha invertito il suo flusso, ma non durerà a lungo.»

«Ciao Mamma.»

Quell'abbraccio che avevo sempre cercato era arrivato. Profondo come un mare infinito.

Lasciai la casa sull'albero. Guardando indietro, prima di entrare nella cascata, vidi un bambino sull'isola. Era felice. Aveva le braccia aperte e faceva finta di volare. Sognava di pilotare un aereo. Quel bambino ero io.

La cascata mi sputò fuori come una palla di cannone.

La luce mi avvolse completamente.

32   Dimenticami come la luce

«…i dottori dicono che sentire una voce amica ti fa bene. Chissà se mi senti oppure no. In ogni caso è la mia terza buona azione nei tuoi confronti Remo questa settimana. Anzi no, adesso che ci penso bene la quarta. Innanzitutto, ti ho finalmente perdonato per avermi tenuto all'oscuro di tutto. La settimana dopo l'intervento ero molto arrabbiata con te. Ho scoperto all'improvviso che eri tu il donatore e soprattutto delle complicazioni durante l'intervento. Perché non mi hai detto nulla? Non mi sono mai piaciute le sorprese. A volte è meglio sapere le cose poco per volta invece che tutte alla fine.

Devo ammettere però che sei stato coraggioso. Questa è la seconda volta che vengo a trovarti e questo mi porta a tre buone azioni. Sai la prima volta che sono venuta a trovarti in questa stanza, quando ho visto quel libro tra le tue cose mi ha fatto sorridere. Lo stesso libro che avevi anche la prima volta che abbiamo parlato al parco. Non potevo credere che non avessi ancora finito di leggerlo. Evidentemente ti piace proprio portarlo a spasso senza mai arrivare alla fine. Oppure in fondo hai ragione tu in un certo senso. Forse, a volte, il viaggio è più importante della destinazione e il finale non conta poi così tanto. Soprattutto se il viaggio è stato così divertente, avvincente o interessante, può essere esso stesso la destinazione, vero? Sentimi adesso. Sto diventando una filosofa a stare con te. Cosa mi stai facendo Remo? Dovresti rispondermi prima o poi, non mi fa per niente bene parlare da sola. Comunque, anche oggi ti leggerò un bel po' di pagine del libro…»

La luce si stava affievolendo. Sul silenzio prendeva lentamente il sopravvento una voce soffusa. Era una voce già sentita prima.

Le palpebre erano pesanti e si aprirono a fatica. Sentivo dolore in ogni parte del corpo. Il prezzo di essere tornati alla realtà.

Una voce familiare continuava a parlare.

«Remo? Quella è una mano che si muove!?»

Non avevo ancora il pieno controllo del mio corpo e le immagini apparivano ancora leggermente sfocate, ma quel viso era inconfondibile. A stento e con uno sguardo contrito dissi: «Eh, Viola?»

«Ciao Remo! Finalmente! Dì la verità, non ne potevi più di sentirmi parlare vero? Non sai quanto sono felice che ti sia svegliato. Scusa, ma devo assolutamente abbracciarti.»

«Mhmm grazie per l'affetto, ma mi fa male tutto.»

«Ah, scusami. Come ti senti?»

«Un po' confuso. Da quanto tempo mi trovo in ospedale?»

«Quasi due settimane. Ci sono state delle complicazioni durante l'intervento. I medici ti hanno recuperato per un soffio. E poi sei praticamente diventato la bella addormentata. Adesso il peggio è passato per fortuna.»

«Vittoria? Come sta?»

«Era qui prima che arrivassi io. È andata a prendere una bottiglia d'acqua. Potrai chiederglielo tu stesso tra poco. Vado a chiamarla. Comunque, prima che vada, la mia quarta buona azione è stata mettere una buona parola per te. Anche se non credo che ce ne sarebbe stato bisogno.»

«Suppongo che dovrei dire grazie.»

Viola uscì dalla stanza, ma subito dopo due mani e la sua testa comparvero sulla soglia della porta.

«Remo?»

«Sì?»

«Grazie.»

Vittoria ce l'aveva fatta. Ero felice.

Due settimane.

Chissà quanti giorni avevo passato nella caverna, nell'abisso e nella casa sull'albero.

Vittoria entrò nella stanza sulla sedia a rotelle. Dall'ultima volta che l'avevo vista sembrava una rosa che era sbocciata di nuovo. Il viso era più rilassato e il suo sorriso valeva più di tante parole. I suoi occhi erano avvolgenti, mi rapivano e anestetizzavano ogni male.

Gli occhi nocciola rimasero per qualche minuto a guardarmi, così vicini come non erano stati mai e poi spezzarono il silenzio nella stanza: «Ciao Remo.»

«Ciao Vittoria.»

«Ti sei svegliato finalmente. Come ti senti?»

«Adesso meglio, tu?»

«Io sto bene. Mi sto riprendendo in fretta. I dottori mi hanno detto di non sforzarmi troppo, per questo uso la sedia a rotelle.»

«Sono contento che l'intervento sia andato bene.»

«Se sto bene è grazie a te. E so che dirtelo cento volte non sarebbe sufficiente, ma grazie. Non avrei chiesto a nessuno di fare quello che hai fatto per me.»

Vittoria intrecciò la sua mano con la mia dolcemente. Gli occhi guardavano verso il basso. Piccoli rivoli iniziarono a solcarle il viso.

«Non potevo permettere di lasciarti andare via. Non me lo sarei mai perdonato. Sapere che stai bene e vederti qui è la cosa più importante.»

Le lacrime scendevano copiose adesso. Portai a fatica la mano sul viso di Vittoria, accarezzandola.

«Non piangere. Ti sembrerà strano e privo di alcun senso logico considerando anche che non ci siamo mai parlati prima d'ora, eppure dalla prima volta che ti ho vista ho capito che c'era un legame invisibile tra noi. Un legame che andava oltre l'ordinario. So bene che ci sono poche cose per cui vale la pena veramente lottare e rischiare. Sei speciale Vittoria.»

Vittoria aveva portato la sua mano sopra la mia. Adesso mi guardava intensamente.

«Sai, mi sono chiesta tante volte perché non sei mai venuto anche solo a dirmi un semplice ciao. A parlarmi anche solo con una scusa. Quando ho letto le lettere che mi avevi scritto, quelle nel libro di tua mamma, mi è esploso il cuore. Sapevo finalmente che quello che provavo anch'io, lo sentivi anche tu. Ero così felice e confusa: come possiamo provare così tante cose l'uno per l'altra senza conoscerci affatto? Eppure, gli sguardi di nascosto, i tentativi di avvicinarsi andati male, la felicità di trovarti sempre di fronte e la sensazione di essere legati in qualche modo. Tutto così bello e inspiegabile. Poi ho scoperto quello che avevi fatto e che eri in questa stanza, immobile. Sono venuta a trovarti ogni giorno, sperando di poterti abbracciare. Adesso che sei qui, mi sembra di conoscerti da sempre. Allo stesso tempo, però, sono confusa. Non riesco a spiegarmi tutte queste sensazioni, mi sembrano più grandi di me. A volte mi chiedo perché l'hai fatto visto che la verità è che in fondo non mi conosci affatto.»

«Capisco perfettamente come ti senti. Sai una cosa Vittoria?»

«Cosa?»

«L'amore è anche fatto di niente.»

Vittoria mi guardava dritto negli occhi. Le sue labbra si erano distese in un ampio sorriso. E capii che forse era lo stesso per lei. Aggiunsi: «Per alcune cose non c'è bisogno di una spiegazione. L'importante è viverle. Le risposte arriveranno prima o poi, o forse no. Non c'è un motivo. A volte è sufficiente anche un solo sguardo nell'anima per innamorarsi.»

Non ci fu bisogno di dire altro. Vittoria distese la sua testa vicino al mio cuore.

Ci abbracciamo senza tempo e senza dire nulla.

Il mondo scorreva intorno, ma a noi non importava.

Eravamo fermi in quella stanza.

Ognuno ascoltava il battito del cuore dell'altro. Con la consapevolezza che, forse, sì, l'amore è anche fatto di niente.

33   Ricordami come l'ultima lettera

Il giorno che il libro di mia madre fu nuovamente con me era da poco cominciato un nuovo viaggio. La destinazione era sconosciuta e poco importante.

Le paure erano molte, ma avrei tenuto a bada l'abisso.

Creavo nuovi spazi bianchi ogni giorno, come solo tanto tempo fa avevo fatto. La stanza si ingrandiva e si allargava, i quadri erano più lucenti che mai. Sul soffitto adesso vi erano anche cristalli indaco e smeraldo che alimentavano continuamente sia i sogni recenti che quelli più in fondo alla stanza, illuminando di luce nuova ogni cosa.

Ero ritornato bambino. Questa volta avrei goduto ogni singolo istante di quel viaggio che avevo rimandato da troppo tempo.

Le due ultime pagine del libro di mia madre erano incollate tra di loro. Non ci avevo mai fatto caso. E forse non l'avrei mai scoperto se non fosse stato per quel giorno nella casa sull'albero con mia madre, tra le cascate smeraldo e indaco.

C'era una lettera scritta a mano indirizzata a me.

Caro Remo,

se stai leggendo questa lettera significa che non sono lì vicino a te per poterti abbracciare.

Ho scelto te perché sei sempre stato la cosa più importante.
La malattia mi aveva reso così debole.
A volte bisogna avere il coraggio di rischiare tutto per le persone che significano tutto per noi, perché senza loro, il mondo non avrebbe alcun significato.
Se le mie condizioni dovessero peggiorare e non riuscissi a dirtelo, sappi che ti ho amato più di qualsiasi cosa al mondo.
I dottori avevano sconsigliato la gravidanza, ma non li ho ascoltati. Sentirti dentro di me è stato come vedere la bellezza del mondo tutta insieme, vivere mille altre vite e rinascere di nuovo.

Se ti mancherò, guarda dentro di te, farò sempre parte di te figlio mio.

Dimentica tutto il male, perdona e non guardarti indietro.

Scegli sempre l'amore, incondizionato, rischioso, doloroso.

Scegli sempre l'amore perché è l'unica cosa che ci rende vivi.

Sono certa che ci rincontreremo un giorno.

Per sempre tua, mamma.

INFORMAZIONI SULL'AUTORE

DM. Callisto vive in Italia. Divora continuamente libri di qualsiasi genere. Ha una passione per la scrittura che spesso si manifesta improvvisamente e ad orari imprevedibili.
Scrivere è un bisogno, il riflesso profondo della sua anima.
Sogna e immagina costantemente i suoi personaggi, mondi che non esistono ancora e storie che aspettano solo di essere scritte.
"L'amore è anche fatto di niente" è il suo romanzo d'esordio.

Instagram: @Dm.callisto